谨以此书献给

中国共产党建党90周年

青藏铁路通车五年纪行

天路之魂

李向宁 马钧 唐涓 著

陕西出版集团
陕西人民教育出版社

图书在版编目（CIP）数据

天路之魂/李向宁，马钧，唐涓著. —2版.—西安：陕西人民教育出版社，2012.4
ISBN 978-7-5450-1675-8

Ⅰ. ①天… Ⅱ. ①李… ②马… ③唐… Ⅲ. ①纪实文学-中国-当代 Ⅳ. ①I25

中国版本图书馆CIP数据核字（2012）第074598号

天路之魂——青藏铁路通车五年纪行
李向宁 马钧 唐涓 著

顾　　问：张　炜
策　　划：孙　毅　黄平利　田和平　李崇君

出版发行：陕 西 出 版 集 团
　　　　　陕西人民教育出版社
地　　址：西安市丈八五路58号
邮　　编：710077
网　　址：http://www.snepublish.com
经　　销：各地新华书店
印　　刷：中煤地西安地图制印有限公司

开　　本：787mm×1092mm　1/16
印　　张：19.75
字　　数：280千字
版　　次：2011年5月第1版　2012年4月第2版
印　　次：2012年4月第2次印刷

书　　号：ISBN 978-7-5450-1675-8
定　　价：58.00元

青藏铁路示意图

盐湖
格尔木
青海湖
西宁
昆仑山口
可可西里
藏羚羊
不冻泉
五道梁
唐
沱沱河
三江源
沱沱河
沱沱河大桥
古
唐古拉山口
青藏线最高点
拉
安多
粮仓
山
那曲
牦牛
纳木错
念青唐古拉山
当雄
赛马
羊八井
地热温泉
拉萨
日喀则
林芝

序

修极天路，扬中华魂

肖云儒

陕西人民教育出版社出版的《天路之魂——青藏铁路通车五年纪行》是一部让人翻开就再也放不下的长篇报告文学。

青藏铁路是当今世界海拔最高的铁路，修建这样一条路，不仅要有海拔最高的工程科技水平，更要有海拔最高的意志力量和精神境界。作者抓住了路，更抓住了魂，描绘了中国的铁路建设者如何用中华之魂去构筑极天之路的惊心动魄的过程，同时较有深度地打开了筑路人的精神世界，并且以他们为精神聚光点，辐射出整个中华精神的光彩，尤其是展现了中华传统精神的现代变迁。

以极天之路，写中华之魂，便成为这部书的最大看点，也就构成了这本书的最大特色。

几年前，韩红演唱的歌曲《天路》，在我们面前展现了青藏高原的新景观：那里依然有青青的牧场，高高的山冈，霞光中的雄鹰，却新添了修到藏民家门口的天路和天路带给高原新的吉祥。今天，《天路之魂》又将我们的视线带进了令人神往的青藏高原。它由抒情进入叙事，由叙事进入宏观的思考。在作者笔下，青藏铁路不再是一条普通的铁路，而是一条西部开发路、汉藏团结路、高原幸福路、现代英雄路。它的意义早已从促进内地与边塞地区经济、社会、文化发展的层面，提升到民族团结、国家安全、国际政治格局层面。作者写出了青藏铁路深层的战略意义，它为我国绕过太平洋岛链开辟欧亚之间更便捷的新通道奠了基，是南亚和平稳定的一个因素，对中国国际战略的实施有着长远的作用。更不可忽视的是，作者的笔触深入到了文化精神层面，在这个层面上有新的开拓。

路，青藏铁路，是怎样一条路？媒体曾经做过大量报道，但一直缺乏一部全景式描绘和开掘的书。《天路之魂》第一次具有新意地为我们作了详尽而有深度的解读。

魂，中华精神，又是怎样一种精神？尤其是现代中华精神，它是怎样一种精神？在理解上，并不是没有偏视和误读。过去在表现青藏铁路一类题材时，我们的记者和作家常常会习惯性地停留在道德层面的颂扬上，诸如艰苦奋斗、自力更生，一心奉献、不怕牺牲，用异常的精神力和意志力战胜异常的困难，用巨大的群体责任感战胜人情人性的惯常要求，等等。这种习惯性的关注角度一点不错，既是当时当地实际情况的反映，也的确是中华民族千百年来精神传统焕发的光彩。这样来写青藏铁路的修建也的确具有真实性，但是已经很不够了。

胡锦涛总书记指出的青藏铁路精神，是“挑战极限，勇创一流”。“极限”和“一流”指的都是对过去的超越，是新境界、新标准。要“挑战极限，勇创一流”，没有我们民族传统的艰苦奋斗精神不行，但仅有艰苦奋斗精神也不行；最重要的是得有一流的科学精神，只有一流的科学精神才能挑战修路工程中的种种极限，也只有一流的科学行为才能将争创一流的勇气转化为一流的成果。在现代社会，人们对“一流”的理解也愈来愈丰富了，不只是指完成任务，也不只是指“快”和“大”，还讲究“好”和“精”。其中包含着有没有一流的质量，一流的管理，一流的经济效益，一流的人性化服务和相应设施，尤其是一流的生态效益、文化效益，等等。

据铁20局工地一线总工程师任少强介绍，他们在解决冻土、环境保护、健康保障三大难题时，突出的就是这种新时期的一流科学精神。对第一个难题，当时西方媒体断言，青藏铁路过不了多年冻土的风火山。他们经过无数次的科技攻关，终于解决了多年冻土隧道的施工技术难题。不仅提前建成了风火山隧道，还拿到了国家科技进步奖。第二个难题，就是要在铁路建设的同时，保护好青藏高原的总体生态环境，保护好野生动物、沿线植被、湿地和自然景观不受破坏。他们给野生动物预留通道，在工地上移植草皮，实现了高原生态的良性循环，体现出可持续发展的科学态度。第三个难题就是建设者的健康保障问题。高原上的氧气含量是平原的40%，决不能牺牲建设者的健康来换取工程进度。他们和北京科技大学共同研发了最大的分氧站，把氧气直接送到隧道里。冬天又采用最厚的活动板房，在隧道里装空调，调节冻土的温度。以高度的科学化保证了高度的人性化。还需要强调的是，书里还记叙了建设者全力保护西藏文化的很多措施。

可见，仅仅靠战争年代的拼搏和不怕苦不怕死精神，已经不能完成现代社会赋予我们的历史任务了。也不能简单地用延安精神来解读青藏铁路精神。青藏铁路精神已经有了现时代崭新的内容，这个新，就新在由道德价值、理想情怀上升到科学发展观层面。它已成为中华魂的新的组成部分。

青藏铁路的建设不仅仅是建设史上的奇迹，更是中华精神现代转型的奇迹！从这个意义上，本书弘扬的不只是青藏铁路精神，而且是中华民族在一个新的历史阶段新的民族精神。这是我读《天路之魂》最强烈的感受。

在写作上，《天路之魂》重全景式展现。既全景地展现了以铁路为轴的现代青藏高原新风情，具有浓郁的民族、宗教、历史、文化信息和人文价值，也通过作者的采访，追寻历史,空间和时间上都具有全景性。行文有激情有气势，间以时空交织，时空转换，写实与想象被报告文学的结构意识熔冶于一炉。

几位作者都生活在青海，得天时地利之便，我切望他们能对这条高原幸福路作持之以恒的跟踪写作。可以根据新的需要转换叙述角度、叙述对象、叙述形式，通过高原铁脊，一次次地打开高原新貌和高原心灵，使青藏高原进一步融入世界，融入现代社会。

引　言

2006年7月1日，浩瀚苍穹下，历史定格在“地球第三极”：青藏铁路承载着党中央的英明决策和几代国家领导人绘制的新时期强国富民的宏伟蓝图，无数科技工作者和建设者艰苦奋斗、可歌可泣的卓越功绩，高原各族儿女殷切期盼经济发展、文化繁荣、生活幸福的美好愿望，跨越千山万壑，穿过茫茫雪域，实现了全线通车。这天，是中国铁路建设史上一个值得永远珍藏的日子。

毫无疑问，这是一条横亘于世界屋脊的天路，是几千年历史上从未有过的辉煌壮举。它所穿行的青藏高原，冷峻高拔，雄阔坦荡，不仅是高山的世界，也是江河的故乡。终年不化的雪山，滔滔不绝的江河，难以数清的湖泊，浩瀚苍茫的戈壁，一望无际的草原，沙漠绿洲的奇幻，高山深谷的惊险，都在这里呈现出雄浑、神奇而迷人的特异风情。

青藏铁路，铁骨铮铮，豪情万丈，气势犹如长啸中的钢铁巨龙，风驰电掣中带着撼天动地的力量。它气度非凡地在4000万年前隆起的高原上，在蓝天和荒漠对应的空间里，飞奔腾跃，迤逦而过。这条钢铁大道走过八百里瀚海弥漫的黄沙，越过横空出世莽昆仑的危岩，穿过可可西里无人区的草甸，跨过格拉丹东的冰川，翻过唐古拉接天的雪峰，进入藏北辽阔的羌塘大草原，沿着水雾氤氲的羊八井地热带，精神抖擞地到达神圣的“日光城”——拉萨。

青藏铁路在它从格尔木到拉萨1142公里的正线中，标高在海拔4000米以上的连续线路长达960公里，占正线总长的84%。其中，海拔4500米以上的路段为800公里，占70%；穿越连续多年冻土区的路段有550公里。同世界既有高原铁路相比，青藏铁路高海拔路段的连续长度是世界之最，海拔高度是世界之最，线路长度和施工难度也是世界之最。

走向雪域高原的青藏铁路，饱经沧桑而愈显豪迈，底色厚重却时尚美丽。它不仅途经了高山峡谷、草原戈壁、盆地河流……也踏过了那些先民列祖、部落王国和古代建筑的遗痕……它似乎带着远古人顽强的生命力和刚劲精神，像一条纽带，把布达拉宫和天安门、历史和现实、城市和草原、真实和想象牢固地连接在一起，为青藏两省区经济社会的腾飞插上了金色的翅膀。

无疑，这是一场艰难的挑战，而挑战激起的，则是中华民族顽强不屈和勇于进取的雄心壮志。克服了高寒缺氧、多年冻土和生态脆弱三大世界性建设难题，中国人用自己的力量，纵贯起一条穿越世界屋脊的“钢铁巨龙”。

西藏，从此结束了没有铁路的历史。

目录

开篇

金色的原野

横空出世莽昆仑

长江源头沱沱河

唐古拉：鹰飞不过的地方

羌塘：大地深处的唐卡

拉萨：众神栖居的天堂

天路之魂

开篇

天路之魂 TIANLUZHIHUN

在许多佛教大师的眼里，西藏是一方高洁神圣之地。它是三界宇宙的中心，天神以山为阶梯，上下往返于天地间，将生命之水带向四方，孕育万物生长。在天神的庇护下，群山净洁，鸟兽众多，草木旺盛，是神游之地。然而，在这片孕育了中国古老文明的神奇土地上，路却一直像妖魔一样，制造着灾难，困惑着众生。于是，信奉藏传佛教的人们，一直在心里默默地祈盼着大慈大悲的菩萨能够除妖降魔，给雪域中的众生一条生路……

唐蕃古道述说千年历史沧桑

雄壮、神奇的青藏高原并非自古以来就雄踞在地球之巅。亿万年前的早二叠纪，青藏高原尚在碧波万顷的大海中沉睡。这片汪洋大海，横贯现在欧亚大陆的南部地区，与北非、南欧、西亚和东南亚的海域连接，地质史上称为古地中海，也叫“特提斯海”。辽阔、深邃的古地中海，南北两侧是已被分开的原始古陆，南边是冈瓦纳大陆，北边是欧亚大陆。二叠纪晚期，两块大陆分裂、飘移，分离出来的印度板块向北迅速移动，特提斯海洋壳受到挤压、碰撞，强烈的地质运动迫使古海退却，成为陆地。随着碧波荡漾的海洋历史逐渐结束，距今4000万年前波澜壮阔、轰轰烈烈的喜马拉雅造山运动迫使青藏高原以其撼天动地的力量崛起隆升，并以骄傲的雄姿成为地球上的制高点。

古老而年轻的青藏高原，沉积着山水的底色和岁月的沧桑，以绝无仅有的海拔、连绵起伏的接天雪峰、寒冷恶劣的气候、辽远空旷的空间而与南极、北极并列，被人们称为地球的“第三极”，或者“生命禁区”。

这个海拔在3000~5000米之间，个别地区海拔超过6000米，平均海拔达4500米的地球上最高的高原，雪峰连绵、冰河密布、沼泽暗生、冻土纵横、植被稀少、高寒缺氧，极端气温在零下40摄氏度以下，有的地方空气含氧量只有平原地区的一半。高海拔造就了气候的瞬息万变：时而碧空如洗，时而乌云密布，雷电、风沙、暴雨、大雪、冰雹交替出现。

宋朝诗人陆游曾描绘道："……寒暑不分昼夜同。嵯峨九关常烈风，凛然萧森变冲融，不悸不眩身如空。"民谣曰："六月雪，七月冰，八月封山九月冬。"这都是青藏高原大陆性气候的真实写照。

青藏高原莽莽苍苍，巍然矗立，辽阔的地域包括了西藏自治区全部、青海省的大部、四川省西北部、甘肃省西南部及新疆维吾尔自治区的南缘。东西横跨2700公里，南北纵贯1400公里，总面积达250万平方公里。

西藏自治区位于青藏高原的西南部，北连青海省和新疆维吾尔自治区，东南与云南省相毗邻，东以金沙江为界与四川省相邻，西和南分别与印度、尼泊尔、不丹、缅甸等国家接壤。这里地域辽阔、山川瑰丽、物产丰富、自然资源富饶，是一块有着广阔发展前景的宝地，也是我国的西南门户和天然屏障。自古以来，以藏族为主体的各民族就繁衍生息在这片土地上，创造了多姿多彩的民族文化，成为中华民族乃至世界文化宝库中一颗璀璨的明珠。

千百年来，西藏这片神奇的高地，这片离天最近的地方，以其独特的自然风貌和衍生出的无数神话故事，让人们在敬畏和猜测中产生了神秘感，神迷心醉地总想探索它的秘密，揭去它朦胧、神秘的面纱。

然而，西藏这个具有诱惑力、让人充满遐想的地方，却因山高路险总是拒人于千里之外。世界上14座8000米以上的高峰，有11座雄踞它的周围；50余座7000米以上的高峰，180座6000米以上的高峰耸峙在它的境内。雄伟壮丽的喜马拉雅山在南部边境蜿蜒起伏——海拔8844.43米的珠穆朗玛峰如同一把利剑，直刺苍穹。被称为"万山之祖"的昆仑山在北部耸立，东面横亘着山高谷深的横断山脉，喀喇昆仑山和拉达克山则扼守着西部，在其中部和北部地区坐落着冈底斯山、念青唐古拉山和唐古拉山等世界著名的山脉。这些高耸云端、绵延千里的群山，终年积雪，犹如一道道高大坚固的围墙，为西藏构筑了与生俱来的天然屏障。

当高山把这片土地和内陆隔绝，通往西藏的古道就始终困顿在历史的风雪线上。几千年来，在西藏与内地的沟通、交流中，虽然唐蕃古道和茶马古道的马帮不断顽强地穿越唐古拉山口和横断山脉，把内地的茶叶、盐、丝织品等运往高原，再把高原上的特产、马匹运往内地，用商品沟通着西藏和内陆的联系。但是，翻越苍茫雪山，进出西藏的道路毕竟是一条无比艰险、刻满死亡记录的天路，它的路标就是这荒野中随处散落的白骨。谁也无法知道，从内地到西藏之间的茫茫荒原上，曾有多少旅人、征夫无助地倒毙在路边，成为荒原中的孤魂野鬼。

严酷的自然条件极大地制约着西藏的对外交通。不少历史文献也对入藏道路之险恶有着令人惊心动魄的描述：

汉代，居于今天四川甘孜巴塘、理塘一带的白狼国国王在奉献给汉朝皇帝的诗《白狼歌》中，十分传神地写出了当时道路的艰险：“荒服之外，土地埆。食肉衣皮，不见盐谷。吏译传风，大汉安乐。携负归仁，触冒险陕。高山岐峻，缘崖磻石。木薄发家，百宿到洛。”

● 青藏高原

《卫藏通志》记载西藏昌都至工布江达沿途交通情况："察木多南河而进，逼仄多偏桥，行者戒焉。""浪荡沟二十里，……进沟上山，有偏桥行，险异常，雪凌滑甚，且有瘴气。"过瓦台山，"高峻且百折……过此戒勿出声，违则冰雹骤至。山之中鸟兽不栖，四时俱冷，逾百里无炊烟"。沙贡拉山"峭壁摩空，蜿蜒而上，过阎王碥，夏则泥滑难行，冬春冰雪成城，一槽逼仄，行人柱杖鱼贯而进，此赴藏第一险阻也"。

《由藏归程记》云："阎王碥，巨石临崖，崚嶒逼仄，其无路处，驾一偏桥，偶一失足，与鬼为邻，号曰阎王。"阿兰多30里至破寨子，"有横石森如人立，俗名鹦鹉咀，凿以为道"。

《西藏始末纪要》一书中也有这样的形容："乱石纵横，人马踏绝，艰险万状，不可名态"；"世上无论何人，到此未有不胆战股栗者"。

清人吴廷伟在《定藏纪程》中记录了他从西宁到拉萨，又从拉萨到成都，再返回西宁的经历，路途"共计一万三千二百三十三里，自康熙五十九年四月二十八日起程，六十年五月二十日事竣，计一年有余。其间忍饥受寒，劳瘁之状，笔难尽述"。

清人焦应旗在《藏程纪略》中记载了翻越拉里之山时的情况："坚冰滑雪，万仞崇岗，如银光一片。俯首下视，神昏心悸，毛骨悚然，令人欲死。是诚有生未历之境，未尝之苦也。"

……

两千里"唐蕃古道"，遗落下了多少生命的绝响？留下了多少行者的血泪？带给了历史多少叹息！

唐代诗人李白曾感叹"蜀道难，难于上青天"，而青藏线充满着艰难与危险的道路，比穿行蜀道还要艰难。

1244年，西藏的宗教领袖萨迦班智达·贡嘎坚赞带着年仅10岁的侄儿八思巴和几名弟子前往凉州，与蒙古皇子阔端商议西藏归顺的条件。他们由拉萨北上，经当雄，过那曲，渡黄河之源，翻越昆仑山，抵达凉州（今甘肃武威）时已是三年以后。

1652年，在清朝顺治皇帝的邀请下，西藏的五世达赖取道唐蕃古道到北京觐见皇帝，行程耗时将近一年。

直到新中国成立前，进藏最便捷的路径仍然是从印度坐火车到大吉岭，再骑马到拉萨。从四川或青海入藏，最少也要三个月。中国中央政府派遣的官员大多取道印度进藏。

1951年，在中央人民政府的邀请下，以阿沛·阿旺晋美为首的西藏和平解放谈判代表团进京签署和平协议时，为了缩短行期，绕道印度、新加坡、香港、广州，历经近半年才抵达北京。

……

在许多佛教大师的眼里，西藏是一方高洁神圣之地。它是三界宇宙的中心，天神以山为阶梯，上下往返于天地间，将生命之水带向四方，孕育万物生长。在天神的庇护下，群山净洁，鸟兽众多，草木旺盛，是神游之地。然而，在这片孕育了中国古老文明的神奇土地上，路却一直像妖魔一样，制造着灾难，困惑着众生，于是信奉藏传佛教的人们，一直在心里默默地祈盼大慈大悲的菩萨能够除妖降魔，给雪域中的众生一条生路。

其实，很久以前，藏族人民就尝试用自己的双手，在崇山峻岭中开辟沟通各地的人畜小道和骡马驿道。明朝时，西藏就有个叫汤东结布的桥梁设计师，召集一些设计和冶炼工匠，在宽阔的雅鲁藏布江和其他大河上，架起了50多座溜索桥，便利人们往来。但是，这位被藏族人民奉为“铁桥活佛”的僧人因能力有限毕竟不能修建与外界沟通的大道。于是，千百年来，能歌善舞的藏族人民只能借助神话和歌谣来表达自己的心愿，期待着激流上架起“金桥”、崇山中铺通“天路”。然而，直至1949年，西藏的交通仍是“羊肠小道猴子路，云梯溜索独木桥”。人们主要的交通运输方式依然是人背畜驮，可以行驶汽车的道路只有两公里。那个时候，贫苦农奴最担心的就是为农奴主从事长途背运，有许许多多农奴为此在艰险的路途中失去了生命。

昔日的烟云随风远去，昔日的图画也模糊不清。多少感慨，多少唏嘘，多少憧憬……历史的车轮终于驶进了20世纪50年代。

藏区寺院一角

高原“问路”的世代梦想

佛光普照，众生皈依，田园牧歌，神山环绕，西藏本应该是最为慈悲的圣地，可有谁能想到，在黑暗农奴制的统治下，这块圣地却曾是人间地狱。那个时代的西藏丑陋贫穷，一代代农奴在封建领主的眼里，只是会说话的牲口，人的尊严、人的权利、人的教育，只能是在遥远的天界。他们一无所有，能带走的只有影子，能留下的只有脚印。贵族和上层领主的身份是纯净的黄金，而占西藏人口95%的下等农奴的命价，只抵得上一根草绳。

1951年，应第十世班禅大师的请求，党中央发出了解放西藏的命令。随后，中央人民政府和西藏地方政府签订了和平解放西藏的十七条协议，西藏得以和平解放。西藏的历史翻开了崭新的一页。

当时有一首藏族民歌这样唱道：

东方升起了十五的月亮
那月亮照亮了最黑暗的地方
噢，那不是十五的月亮
那是人民英雄解放军

东方升起了金黄色的太阳
那太阳温暖着最寒冷的地方
噢，那不是金黄色的太阳
那是人民领袖毛泽东

人民之所以把毛泽东、解放军比做太阳和月亮，是因为人民从此看见了光明和希望。他们知道，他们迎来的将是一个美丽的新西藏。

然而，和平解放之初，西藏依然没有公路与外界相通，为了供应粮食等物资，国家曾动用4万多峰骆驼组成大型驮队向西藏运输货物。由于自然条件恶劣，平均每行进一公里就要留下12具骆驼的尸体。于是，毛泽东主席就指示进藏的部队：一面进军，一面修路。毛主席说："进军是解放西藏，修路也是解放西藏。西藏最大的困难就是没有道路，修路就是从经济上解放西藏。"

在毛主席的指示下，中央政府对发展西藏地区的交通极为重视，立即决定修建川藏、青藏公路。于是从1950年起，两路筑路大军以高度的革命热情和顽强的战斗意志，用铁锤、钢钎、铁锹和镐头，劈奇峰峭壁，越高原冰川，填泥坑沼泽，开始了举步维艰的筑路壮举。川藏公路穿越整个横断山脉的14座大山、5条江河、8条大断裂带，工程的巨大和艰险在世界公路修筑史上前所未有。青藏公路则翻越海拔3800米到5320米之间的高山8座，跨越大河13条。由于地形地貌复杂、冻土地带长，1937公里的线路共修建涵洞474座，桥梁60多座，创造了公路建设史上的奇迹。在川藏和青藏公路建设中，10万多名战士和工人五易寒暑，"跨怒江攀横断，渡通天越昆仑”，栉风沐雨，顶风冒雪，用生命和鲜血把宽广平坦的公路一寸寸地铺向世界屋脊。

当年的筑路战士、76 岁的藏族老人白洛，忆及当年修建川藏公路的情景时仍难掩伤感：“当时边进军边修川藏公路，几十座雪山根本看不到路的影子，全凭毅力往前闯。在‘怒江天险’架桥时，把战士用绳子吊下悬崖，在两岸石壁上一点一点地拿铁镐开凿平台，为此牺牲了不少同志。”

有资料记载，在后来的青藏公路改建中，上万名筑路工苦干了 12 年。有许多人 12 年没脱过棉衣，12 年没洗过澡，12 年没回家过一个春节。有一个工程部门，全处 1500 人，因严重缺氧诱发高原疾病，所有人员心脏偏移、增大，各种高原病患者就诊 7600 人次，最高门诊量达到每天 180 人，发病率为 50%。在 5 月到 7 月的 90 天里，仅葡萄糖注射液就消耗了 1500 千克，止痛片用掉了 13 万片。从 1981 年到 1985 年，在青藏公路改建的 4 年中，青海方面上山筑路的共有 12000 人次，而接受过治疗的高山病患者和工程事故伤残人员就占 80%。

1954 年 12 月 25 日，全长 4360 公里的川藏公路和青藏公路同时通车到拉萨，至此结束了西藏没有通往内地公路的历史。当天，班禅额尔德尼·确吉坚赞大师在《人民日报》发表题为《藏族人民的又一大喜事》的文章，他高兴地写道：“我们要由西藏到内地去，无论是到西康或是到青海都不再需要两个多月了，而且那些高山大河再也不能阻碍我们行走了。”通车的那天，毛主席对阿沛·阿旺晋美说：“藏族人民把公路称为‘幸福之路’，将来我们还要修铁路，让火车爬上世界屋脊。”

川藏、青藏公路的通车，现代化交通运输代替了千百年来的栈道、溜索、人背畜驮的运输方式，大大促进了西藏公路沿线经济的发展。为了进一步扩大交通网，推进西藏经济全面发展，1955 年 3 月 9 日，国务院召开第七次会议，专题研究西藏问题。周恩来总理在会上强调指出："要发展，就需要修路。以后，国家每年都给西藏以财政补助。"在周总理的主持下，这次会议通过了《国务院关于西藏交通运输问题的决定》。

交通运输是西藏经济的命脉。在党中央的英明决策指引下，西藏的公路建设得到了巨大的发展。1957 年 10 月 6 日，由新疆叶城至西藏阿里的新藏公路建成通车。中国和尼泊尔国际公路中国境内部分，于 1965 年 6 月通车。由云南景洪至西藏芒康的滇藏公路于 1976 年 7 月胜利完成。这三条公路与川藏、青藏公路共同构成西藏五大进出通道，形成了以拉萨为中心的公路交通网。

在发展公路交通的同时，西藏航空事业也突破"空中禁区"，于 1956 年 5 月试航成功。1965 年，西藏民航开通了北京—成都—拉萨航线；1975 年开通了兰州—格尔木—拉萨航线。

油料是经济发展和人民生活不可缺少的能源，而西藏的油料运输却是个大难题。过去靠汽车运油往返总里程约 2500 多公里，自身消耗的油料就占 1/3，成本很高。1972 年，周恩来总理批准修建格尔木至拉萨的输油管线。该管线于 1973 年 3 月动工，1977 年 10 月建成投入使用，全长 1080 公里，是世界上海拔最高、当时国内最长的输油管线。

青藏公路施工场景

公路、航空条件的改善，极大地促进了西藏经济社会的全面发展，但作为中国内地唯一不通铁路的省级行政区，已有的通道远不能满足西藏日益增长的经济社会发展的需求，落后的交通仍然极大地制约着西藏的发展。然而，要在青藏高原这种原始、独特、脆弱、敏感的地理生态环境中修建铁路，确是人类铁路建设史上亘古未有的工程项目。

1804 年，理查·特尔维域克在英国威尔士发明了第一台能在铁轨上前进的蒸汽机车。1825 年，英格兰的斯托克顿到达灵顿间的蒸汽火车铁路修筑成功。从此，铁路便以舒适、快速、节省能量、载重量大等优势在英国和世界各地通行起来，而且成为世界交通的领导者。直至飞机和汽车发明才使铁路的唯一性有所降低，但是，铁路在交通运输中的重要地位至今没有改变。

1919 年，晚年的孙中山就曾把目光投向遥远的西藏。他在《建国方略之二——实业计划》中就规划出西北铁路、高原铁路等铁路干线，提出建设拉萨至兰州、拉萨至成都、拉萨至于田等铁路的宏伟设想。可是，凋敝的国力、连年的战火、动荡的时局，注定了进藏铁路成为他一生中无法实现的诸多夙愿之一。

20 世纪 50 年代中期，共和国的决策者们着手研究进藏铁路建设问题。在党中央、毛主席的指示下，1955 年，铁道部开始了青藏铁路的规划和准备工作。在铁道部的领导下，铁道兵相关部门开展了进藏铁路勘测设计和考察的工作。这是青藏铁路建设迈出的第一步。

1956 年，铁道部第一勘察设计院正式承担进藏铁路的前期规划工作，并开始对兰州到西宁的兰青线、西宁到格尔木的西格段进行实质性勘测。

1958 年 9 月，青藏铁路建设迈出历史性的一步。青藏铁路西宁至格尔木段开工建设，同时格尔木至拉萨段开始勘探。但随之而来的三年国民经济困难时期使国家的经济实力一时难以承受如此大规模的工程，再加上“大跃进”中铁路建设指标过高，基建战线过长，开工后原材料跟不上，冻土、缺氧难题一时无法攻克等原因，

1961年3月，已经完成全线初测的青藏铁路工程被迫下马。

但是，广大铁路建设者的决心没有变。他们坚信，青藏铁路总有一天要修建。1961年，铁道部科学研究院西北研究所（现中铁西北科学研究院）在海拔4780米的风火山上，建立起多年冻土定位观测站。

青藏铁路建设的难度举世公认。国外一些权威专家断言：按人类现有的科技水平，要让铁路横穿昆仑山和唐古拉山，至少要在100年以后。美国火车旅行家保罗·泰鲁在《游历中国》一书中写道："有昆仑山脉在，铁路就永远到不了拉萨。"瑞士一位权威隧道工程师评论：穿越昆仑山的岩石和坚冰根本不可能。复杂的冻土环境，是制约青藏铁路建设的世界性难题之一。

然而外国专家泼来的冷水，浇不灭中国人民兴建进藏铁路的坚定信念。

1973年，毛主席在会见尼泊尔国王比兰德拉时说："青藏铁路修不通，我睡不着觉。"周恩来总理也对修建青藏铁路的问题作了重要指示："要巩固边疆、开发边疆、发展西藏，从根本上改变西藏的面貌，提高生产力，改善人民的生活，就必须修路。要争取尽快将火车通到拉萨。"

由此，中国政府再次将修建青藏铁路提到议事日程。1974年3月，青藏铁路再次上马。铁道兵第七师、第十师6万多名指战员再上高原，展开青藏铁路西宁至格尔木段建设大会战。

海拔高达3700米的关角隧道，全长4.01公里，石质破碎，施工中随时会发生塌方，而且洞中严重缺氧。为了修筑这座隧道，铁道兵付出了沉重的代价。

此外，青藏铁路有32公里必须铺在世界著名的察尔汗盐湖的盐壳上。第七师精心施工，打砂桩，挖盐壳，回填片石，创造了盐湖筑路的奇迹。

经过五年艰苦奋战，胜利终于来到眼前：1979年青藏铁路一期工程西宁至格尔木段铺轨通车，1984 年投入运营。

铁路的运输能力是任何一种交通方式都无法比拟的。青藏铁路一期工程（西宁至格尔木段）建成运营以来，已成为开发青海柴达木盆地、推动青藏两省区经济发展的主要交通线路。它促进了青海钾肥厂、锡铁山铅锌矿、青海铝厂、青海油田、格尔木炼油厂、茫崖石棉矿和龙羊峡、李家峡两座大型水电站等一大批大中型项目的建设和发展，为青海 500 多万各族人民脱贫致富和现代化建设打下了坚实的基础，同时也对西藏的开发发挥了重要作用。如果能续建青藏铁路，将其铺至拉萨，将会极大地提高综合运输能力，从根本上改善青藏两省区的交通条件和投资环境。这是当时建设者们的最大心愿。

带着成功的喜悦，乘着胜利的东风，已积累了一定高原修路经验的筑路大军正准备以格尔木为新的起点，挥师昆仑山、跨过沱沱河、翻越唐古拉，计划于 1983 年铺轨到拉萨时，工程又不得不再次下马。原因是当时国家虽然迈开了经济建设的步子，但是刚刚经历过十年“文革”的浩劫，百废待兴，国力有限，一些大的工程一下子难以支撑。1978 年 8 月 13 日，时任国家计委主任的余秋里在他主持的进藏铁路论证会议上交底说：“现在全国有 65000 多个基建项目，投资 3000 多个亿，都要进行清理，要实事求是。该上的就

● 20 世纪 70 年代青藏铁路西宁至格尔木段铺设现场

上，该下的就下，修铁路也要比较。”于是，在这次会议上，青藏铁路格拉段工程还上不上就成了讨论的焦点。国家计委、铁道部与铁道兵的领导、专家在论证时认为，既然国力难以承受建设费用（当时预算为28亿元人民币），加上技术上高原缺氧与多年冻土两大难题没有完全解决，那么只好选择停建了。为此，国家计委、铁道部、铁道兵联合向中央打报告，建议在海拔较低的云南修建滇藏铁路。这一报告获得中央同意后，铁道兵与铁二院开始联合勘测滇藏铁路。由于山高路险，建设投资比青藏线多数倍，1981年这一方案也搁浅了。

但是，修筑进藏铁路的愿望和信念，在中国领导人的心中从来没有动摇过。

西部开发带来的历史机遇

1978年，党的十一届三中全会做出全面实行改革开放的重大决策，从此改革开放的春风使中华大地再次焕发了活力。从20世纪80年代开始，中国进入了一个新的发展时期，改革开放和现代化建设全面展开。邓小平同志提出了“要顾全两个大局”的地区发展战略构想：一是沿海地区加快对外开放，较快地先发展起来，内地要顾全这个大局；另一个是当发展到一定时期，即到20世纪末达到小康水平时，全国就要拿出更多力量帮助中西部发展，东部沿海地区也要服从这个大局。

1983年夏天，时任西藏自治区党委第一书记的阴法唐在北戴河向邓小平汇报西藏工作，邓小平同志主动问起进藏铁路的情况：“进藏的铁路到底走哪边好？”

阴法唐书记回答说：“还是走青藏线好。”

小平同志又问：“盐湖怎么办？”

阴法唐书记说：“盐湖已经过去了，铁路已经修到格尔木了。”

小平同志笑着点点头：“还有啥问题？”

阴法唐书记说：“主要是冻土问题。不过一些专家认为可以解决，问题不大。”

小平同志停顿了一下问：“从格尔木修到拉萨要多少钱?”

“我们与国家计委预算过，原来说要28个亿，现在看可能要三四十个亿。”阴法唐回答说。

“距离多远?”

“1100多公里。”

小平同志扳着指头算了算说：“用不了。”他考虑了一会儿接着说：“还是走青藏线好!”

听了邓小平的谈话，阴法唐很受鼓舞，对铁路进藏的信心更加坚定了。1984年2月，中央召开第二次西藏工作座谈会。会上，阴法唐专门提到了修建青藏铁路的问题。他有些动情地说：“只有把铁路修通，才能从根本上改变西藏交通运输的落后状况，请国家尽早给予安排。”尽管他愿望迫切、心情激动，但因与会代表意见不一致，青藏铁路的修建又一次被搁置。

青藏铁路何时能修到拉萨呢？这一历史的问号，在神州大地已盘桓了近半个世纪。

经过20多年的改革开放，中国的综合国力已显著增强。在迈向新世纪之际，南水北调、西电东送、西气东输……一批跨世纪工程应运而生。经过“两上两下”的波折，经过长达六年的比较、论证，青藏铁路二期工程终于再次向我们走来。

1994年7月，中共中央、国务院召开第三次西藏工作座谈会，再次提出修建进藏铁路问题，并比较深入地谈到了做好进藏铁路建设的前期准备工作。这一议题得到了江泽民总书记的肯定和关注。根据这次会议精神，从1995年起，铁道部加快了修建进藏铁路的前期准备工作，并向铁道部第一、第二勘察设计院下达了进藏铁路规划研究任务，提出了青藏、甘藏、滇藏、川藏等四个进藏铁路方案的规划研究。1996年，铁一院再次进行了青藏线的踏勘，拿出了进藏铁路方案规划研究报告。

无论是“高峡平湖”还是“高原天路”，这些举世瞩目的工程都跟1999年中央提出的一项区域协调发展战略有着密切的关系。

1999年6月17日，江泽民总书记在西北五省区国有企业改革发展座谈会上发出动员令：“抓住世纪之交历史机遇，加快西部地区开发步伐。”同年9月22日，中共十五届四中全会明确提出：“国家要实施西部大开发战略。”这一年年末，在全国计划工作会议上，国家发展计划委员会主任曾培炎指出：“要像当年搞特区那样，加快西部地区大开发。”从此，“西部大开发”的口号响彻华夏大地，中国西部的大地上掀起了开发的滚滚热潮。西部大开发，这一人类历史上规模最大、难度最高的开发战略，将担负起近4亿人民过上富裕生活的重任。

2000年1月，国务院成立了西部地区开发领导小组，由国务院总理朱镕基担任组长，副总理温家宝担任副组长。经过全国人民代表大会审议通过之后，国务院西部开发办于2000年3月正式开始运作。

不久，国务院西部地区开发领导小组召开西部地区开发会议，研究加快西部地区发展的基本思路和战略任务，部署实施西部大开发的重点工作。10月，中共十五届五中全会通过的《中共中央关于制定国民经济和社会发展第十个五年计划的建议》，把实施西部大开发、促进地区协调发展作为一项战略任务，强调：“实施西部大开发战略、加快中西部地区发展，关系经济发展、民族团结、社会稳定，关系地区协调发展和最终实现共同富裕，是实现第三步战略目标的重大举措。”

西部地区特指陕西、甘肃、宁夏、青海、新疆、四川、重庆、云南、贵州、西藏、广西、内蒙古12个省、自治区和直辖市。西部12个省区市的面积达685万平方公里，占全国总面积的71.4%；

1999年末，西部地区总人口约3.65亿，占全国总人口的29%；西部天然气储量占全国总储量的64.5%，水力资源蕴藏量占全国的82.5%。西部地区地域广阔，自然资源丰富，而在20世纪90年代中后期，西部12省区市的人均国内生产总值仅相当于全国平均水平的2/3，不到东部地区平均水平的40%。

而中国东部地区由于具有良好的经济基础、有利的地理位置，加上国家政策的支持，现代化建设迅速走在了全国的前列，经济社会发展突飞猛进，人们普遍过上了小康生活。

东西部经济发展差距诱发了一系列的经济、环境和社会问题。20世纪90年代中后期，国内有效需求不足成为影响中国经济发展的主要制约因素。西部地区的巨大社会需求与极低购买力之间的突出矛盾，制约了东部地区产品的内销。发源于中国西部的以洪涝灾害、沙尘暴等为主要特征的生态、环境问题成为中国经济发展的重大制约因素。西部老百姓只能通过对自然资源的大规模初级开发来满足生存和发展的需要，既没有能力也没有技术和意识去改善环境问题。另外，在这一时期内，西部国有企业大量破产、被兼并，导致国有企业职工大量下岗，加之“三农”问题日渐突出，群体聚集事件时有发生，成为当时中国社会突出的问题。

按照中国现代化建设“三步走”的战略目标，进入21世纪，中国开始步入第三步战略目标阶段，与其他地区相比，西部地区的任务更为艰巨。不解决西部地区的经济、社会、生态问题，也就没有全国经济社会的可持续发展。

2000年11月，国务院颁布《关于实施西部大开发若干政策措施的通知》，制定了从2001年到2010年十年间西部大开发战略实施的各项政策措施及其细则。实施西部大开发的重点任务是：“加快基础设施建设；加强生态环境保护和建设；巩固农业基础地位，调整工业结构，发展特色旅游业；发展科技教育和文化卫生事业。”西部大开发总体战略目标是：“力争用5到10年时间，使西部地区基础设施和生态环境建设取得突破性进展，西部开发有一个良好的开局。到21世纪中叶，要将西部地区建成一个经济繁荣、社会进步、生活安定、民族团结、山川秀美的新西部。”

此前，为了便于中共中央、国务院做出正确决策，铁道部已紧锣密鼓地进行进藏铁路的选线论证。专家对四套方案进行比较后，目光集中投向青藏铁路，因为青藏线长度最短，比其他线路缩短484公里至1016公里；投资额最小，不到其他方案的30%；工期短，见效快，沿线地形开阔平坦，桥梁隧道少，工程难度较小。

2000年5月，铁道部与中国国际工程咨询公司领导一起专程赴青藏线进行实地考察。在拉萨，西藏自治区人大常委会主任热地代表西藏人民表示，哪条铁路进藏快就先修哪条。经过研究对比，铁道部和西藏自治区人民政府对先修青藏线取得了共识。

此后，铁道部又多次邀请各方面专家进行一次次论证：从滇藏、川藏、甘藏、青藏四条线比较，到滇藏、青藏两条线对比评估，再到青藏线可行性论证，终于将一份翔实可行的报告送到江总书记手中。而此时距江总书记1994年提出做好进藏铁路建设的前期工作已有六年。

2000年11月10日深夜，江泽民总书记在铁道部的报告上作了重要批示。他指出，修建青藏铁路是十分必要的，对发展交通、旅游，促进西藏地区与内地的经济文化交流是非常有利的。我们应该下决心尽快开工修建。

2001年2月7日，国务院总理办公会议听取了国家计委关于建设青藏铁路有关情况的汇报，对青藏铁路建设方案进行了研究，同意批准立项。

在审议青藏铁路建设方案时，朱镕基总理指出，经过20多年的改革开放，我国综合国力显著增强，已具备修建青藏铁路的经济实力。通过多年不间断的科学研究和工程试验，科研人员对高原冻土地区筑路技术问题也有了比较可行的解决方案。随后，朱镕基要求有关部门进一步完善建设方案，抓紧做好项目可行性研究论证工作，力争早日开工建设。

2001年3月，九届全国人大四次会议通过了“十五”计划纲要。青藏铁路被列为“十五”四大标志性工程之一，名列西部大开发12项重点工程之首。会后，青藏铁路的各项开工准备工作紧锣密鼓地加快进行。

2001年6月，中央政府决定投资330.9亿元修建青海格尔木至西藏拉萨的铁路。6月4日，铁道部青藏铁路建设总指挥部在青海省格尔木市成立，并在西藏自治区拉萨市设立分指挥部。6月27日，国务院批准青藏铁路格拉段开工建设，并决定于6月29日在海拔3080米的格尔木南山口火车站和海拔3639米的拉萨河畔柳梧隧道工地同时举行开工典礼。

半个多世纪以来，历经两次上马，两次下马，进藏铁路终于全面开工建设。2001年6月29日，是一个值得载入史册的日子：这一天，青藏高原阳光灿烂，彩旗招展，各族同胞载歌载舞，用一颗颗感恩的心来庆祝这一期盼已久的日子。

这一天，青藏高原沸腾了。

世界屋脊上的千古华章

这是人类铁路建设史上亘古未有的壮举，这是对一系列极限的英勇挑战！建设者们既面临高寒缺氧，又面临多年冻土、生态脆弱的难关。这无疑是对他们身体、心理、智慧、意志的严峻考验。

青藏铁路格拉段的开工牵动着中南海，也深深地牵动着胡锦涛等中央领导人的心。2002年5月27日上午，正在青海考察工作的胡锦涛专程来到海拔3080米的青藏铁路南山口施工段现场，亲切慰问正在辛勤劳动的一线职工。

戴上红色的安全帽，胡锦涛来到热火朝天的轨枕场、轨排钉联场和制梁场，并登上10米高的成型路基，细心察看轨排试铺情况。胡锦涛十分关心青藏铁路建设的科技创新、医疗保障和生态保护等问题。他指出，在建设过程中，要严格按照科学规律办事，积极探索、勇于创新，要把保护生态环境放在突出位置，爱护这里的一草一木。他反复叮咛，青藏铁路建设一定要把保障建设者的身体健康和生命安全摆在高于一切、重于一切的位置，把建设者作为最宝贵的资源加以珍惜和爱护，确保广大建设者始终保持强健的体魄和旺盛的战斗力。

胡锦涛满怀深情地对大家说：在世界屋脊上修筑一条海拔最高、线路最长的高原铁路，是人类铁路建设史上前所未有的伟大壮举。我们要努力把青藏铁路建设成一流的高原铁路，在这片古老而神奇的土地上书写西部腾飞、民族振兴的壮丽篇章。

总书记的亲切关怀、深情慰问和诚挚鼓励温暖着每一个建设者的心，鼓舞着每一个建设者的斗志。全线建设队伍大力发扬敢打硬仗、奋战高原、吃苦奉献的“开路先锋”精神，广泛开展“雪域高原党旗红”“创党员先锋岗、建红旗责任区”等建功立业的劳动竞赛活动，呈现出“党建作基础，领导和党员作表率，干群团结奋战在高原、立功在高原、奉献在高原”的生动局面，有力地推进了各项工程的顺利进行。

青藏铁路建设的总体部署是：由北向南，逐步推进，分段建设，分段铺轨。从2001年6月29日到2006年7月1日，十多万筑路大军拼搏在雪域高原，历经5年鏖战，终于修通了这条天路。

《青藏铁路大事记》是这样记录他们艰难前进的足迹的：

2001年首战告捷。参建职工克服高原恶劣环境带来的许多常人难以想象的困难，组建了11支青年突击队，迎难而上，顽强拼搏，格尔木至望昆段路基基本成型，五个冻土实验段工程全面展开，提前完成了全年建设任务。

2001年11月14日，新疆、青海交界处的昆仑山地区发生8.12级强烈地震。格尔木至沱沱河间300多公里正在施工的青藏铁路工程和临时设施遭到不同程度的破坏，然而参建队伍无一人伤亡。地震发生五天后，各工点均恢复了施工。

2002年重点攻坚。青藏铁路建设进入海拔4500~5000米的高原，开始迎战全线施工最困难的连续多年冻土工程，望昆至唐古拉山路基全面开工。

在望昆至唐古拉山456公里的连续多年冻土地段，集结了10个工程局队伍、近24000名建设者和近6000台(套) 设备，全面摆开战场。三岔河特大桥、昆仑山隧道等重点控制工程施工全面展开。

6月29日，青藏铁路铺轨大幕拉开，南山口至望昆段开始铺轨。当年完成正线铺轨121公里，11月1日到达昆仑山下的望昆车站。

9月26日，地处海拔4800米的世界高原冻土第一长隧——昆仑山隧道 (全长1686米)，经过一年的艰苦鏖战，提前45天贯通。

10月19日，海拔4905米、比秘鲁铁路的海拔最高点还高出88米的风火山隧道胜利贯通。这座世界铁路第一高隧全长1338米。

10月29日，青藏铁路第一长桥——全长11.7公里的清水河特大桥，经过参建人员205个日夜的奋战，主体工程顺利完工。

12月24日，西藏境内的柳梧隧道提前贯通，羊八井隧道等重点工程进展继续加快。

2003年全面攻坚。建设队伍向全线海拔最高地段唐古拉山垭口 (海拔5072米) 挺进，全面展开冻土施工，加快站后工程和铺轨架梁。

7月2日至6日，铁道部副部长孙永福赴青藏铁路现场办公，提出建设世界一流高原铁路要实现三大目标：运行时间最短，设备“免维修”，管理基本“无人化”，确保建设质量经得起历史、运营、旅客和社会的评价。

7月5日，拉萨火车站站场开工。这项标志性工程将建成与布达拉宫相媲美的不朽之作。

这一年，近4万建设者一手抓抗击非典、预防鼠疫，一手抓攻克“三大难题”。全线32个重难点工程已攻克21个，唐古拉山以北主体工程基本完成，以南完成一半以上。

这一年，青藏铁路第一长隧——全长3345米、海拔4264米的羊八井1号隧道于10月12日贯通，标志着青藏铁路全线七座隧道全部贯通或完工。

这一年，铺轨列车通过了世界上海拔最高的风火山隧道，创造了日铺轨7.925公里、日架梁32米11孔的高原铺架新纪录，全年铺轨架梁195公里。

2004年整体推进。全线路基、桥涵、隧道等主体工程基本完成，形成站前、站后、铺架协调推进之势，实现铺轨过半。

2004年，铺轨架梁成了控制性工程。为了加快铺架进度，需在西藏境内的安多建立第二铺架基地，可是当时西藏境内没铺铁路，机车、铺轨机要运进安多，只能靠汽车运，于是就出现了“汽车驮着火车跑”的新鲜事。2004年3月18日，首台内燃机车拆解后从秀水河站用汽车运抵安多，于3月23日组装调试后一次运转成功。168台机车、铺轨机、架桥机、轨道车等大型铺架设备，用汽车运输，翻越5231米的唐古拉山垭口，陆续运抵安多组装。

2004年6月22日上午11时30分，青藏铁路安多铺架基地开始铺轨。在海拔4700多米的安多车站，两台铺轨机分别向拉萨和唐古拉山两个方向落下轨排，标志着青藏铁路实现了南北双向三面铺轨。当年10月10日，西藏境内铁路从安多铺轨到达那曲。这一年，格尔木南山口到不冻泉157公里站后试验段工程基本建成，完成房屋建筑2832平方米、电力线路462公里、通信光缆1131公里。全路首次采用的GSM—R无线通信已完成试验段网络和终端设备试验。

2005年全线决战。这一年站前工程全部完成，铺轨架梁全线贯通，站后工程全面推进，质量、环保再创佳绩。

这年3月，铺轨列车由唐古拉山南北双向同时向世界铁路的最高点唐古拉山垭口挺进。8月24日，人类第一次将轨排铺过海拔5072米的唐古拉山垭口。

10月12日，青藏铁路铺轨架梁全线贯通。15日，载着12300吨援藏优质大米、面粉、煤炭、钢材等物资的专列，通过刚刚铺通的青藏铁路运抵拉萨。铁道部将"压道车"变成援藏物资专列，为西藏人民提前带来了火车进藏的福音。

2001年2月10日，也就是青藏铁路开工的4个月前，英国《卫报》发表了一篇题为《中国梦想在西藏登上新的高处》的文章。

● 各族群众欢迎进藏列车

文章中写道："一条穿越世界上最难的地区、把西藏同中国其余地方连接起来的铁路已经开工建设。如果建成有可能与长城媲美。但是，在永久冻土层修筑这条铁路有许多令人胆怯的困难。这条铁路的最后一段已被专家称为'几乎是不可能建成的'。"

英国人的担心是不无道理的，因为青藏高原堪称"世界屋脊"，大部分地区的平均海拔都在4500米以上，在这个"生命的禁区"修筑铁路，无疑是人类铁路建设史上前所未有的壮举。青藏铁路穿越青藏高原腹地，多年冻土、高寒缺氧和生态脆弱这三大世界性高原铁路建设难题首先成为建设的"拦路虎"，也是实现高起点、高质量、高标准地把青藏铁路建设成世界一流高原铁路的关键。可以说，青藏铁路的成败就在于"三大难题"的解决。那么，青藏铁路建设是如何攻克这"三大难题"的呢？

冻土，是指温度在零度以下并含有冰的各种岩土和土壤。冻土是一种对温度极为敏感的土体介质，具有流变性，其长期强度远低于瞬时强度。正是由于这些特征，在冻土区修筑工程构筑物就必然面临两大危险：冻胀和融沉。在这两种现象的反复作用下，工程构筑物基底便会出现破裂或塌陷。冻土问题是目前世界性的难题，世界上几个冻土大国如俄罗斯、美国、加拿大等都为解决冻土技术难题付出了巨大的努力。

青藏铁路格拉段全长1142公里，其中多年冻土地段达550公里，是目前全球穿越永久性冻土地带最长的高原铁路。多年冻土问题能否解决作为决定路基建设成败的关键因素，早就引起建设各方的高度重视。20世纪60年代以来，冻土科研人员就开始对青藏线多年冻土进行多学科、综合性科学考察。1989年，中科院寒旱所成立了冻土工程实验室，开展了大量的冻土力学、物理学、工程学方面的基础研究，为铁路建设提供了试验设计参数。2000年，铁道部第一勘察设计院通过勘察和测试，为铁路建设提供了依据。2001年，在铁道部的主持下，中科院、铁道科学院、中铁西北科学院等

200多名科技人员在青藏线5个冻土工程试验段开展了39个课题施工先期试验。经过几十年的不懈努力，冻土科学取得了开创性的研究成果。

中科院寒旱所冻土工程国家重点实验室在研究中发现，抛石路基是青藏铁路理想的冻土路基，可以解决路基的冻胀与融沉问题，于是提出了“主动冷却路基”的思想，并在海拔4700多米的青藏铁路北麓河实验站进行了路基新结构试验研究，主要进行抛石路基、碎石护坡、通风管道路基、保温材料路基、路基沉降及合理高度的试验研究。研究发现，抛石路基可以根据夏季、冬季的温度变化自动调节温度，是保护冻土的“天然空调”，能有效解决冻土路基中的冻土冻胀与融沉问题，将为青藏铁路的稳定运营提供重要保障。在确保多年冻土环境稳定方面，他们在沿线多年冻土区的不同环境中，组织开展了大量的冻土环境科研试验项目，在片石通风路基、片石通风护道、碎石护坡、热棒路基等工程措施方面取得了大量成果，并被广泛应用于铁路工程设计中，确保了多年冻土环境的稳定。

在建设过程中，各集团公司、指挥部以及各项目部也都成立了科技攻关组，在工地建起了完整、规范的中心试验室，开展科技攻关。经过不断努力，各科研项目均取得了重要的阶段性成果。这些成果主要有：低温早强耐久混凝土施工技术研究、高原多年冻土区隧道开挖技术研究、隧道“三缝”施工工艺试验、隧道施工通风技术研究、隧道供氧及健康监测技术研究、湿喷混凝土施工技术、防排水结构和隔热保温层施工技术、隧道仰拱作业桥的研制和使用、聚氨酯保温层施工工艺试验在全线推广采用、高原施工机械的管理和改造、精颗粒土填料压实质量的快速检测标准及方法、高含冰量冻土地段路堑爆破开挖和换填保温层施工技术、多年冻土区桥涵工程施工技术等。

专家总结出了不同冻土地温带的工程设计原则，广泛借鉴和吸收国内外成功经验，创造性地采取了解决冻土施工难题的相应对策：

对于不良冻土现象发育地段，线路尽量绕避；对于高温极不稳定冻土区的高含冰量地质，采取“以桥代路”的办法；采用通风路堤、热棒、铺设保温层等新技术、新材料、新工艺，提高冻土区路基稳定性，保证铁路工程安全。

在依靠科技、确保多年冻土环境稳定方面，他们大力开展冻土环境保护的工程措施研究。工程开工前及施工中，在沿线多年冻土区的不同环境中，组织开展了大量的冻土环境科研试验项目，研究保护多年冻土环境的各种工程措施。在桩基施工中，大量采用旋挖钻干法成孔，严格控制混凝土入模温度，减少施工过程中对多年冻土环境的热扰动，由此成功地攻克了高原冻土施工难关，为世界铁路建设史谱写了辉煌的篇章。

冻土实验

青藏铁路沿线生态系统类型多种多样，生物群落丰富多彩，是我国和南亚地区的“江河源”和“生态源”，也是世界上仅有的独特生态环境系统和世界山地生物物种的一个重要的起源和分化中心。高寒、独特、原始和极其脆弱是这一区域生态环境的显著特征，而野生动物保护、高原植被恢复以及湿地、湖泊环境保护就成了铁路建设面临的环保难题。

青藏铁路开工以后，在国家环保总局等有关部委指导下，铁路建设者以强烈的政治责任感，坚持“预防为主、保护优先、开发和保护并重”的指导思想，在工程建设中响亮地提出了“质量环保双优”的工作方针，把环境保护与工程质量放在同等重要的地位，评选优质工程实行环保一票否决制。

为确保野生动物的生存环境不受影响，青藏铁路在设计时对可可西里、三江源、楚玛尔河等自然保护区采取尽量减少切割以避免对野生动物生存环境的影响。线路在通过湖泊、湿地等环境敏感地带时，采取绕避或进行路桥比选，无法绕避的则根据野生动物的生活习性及迁徙规律、沿线野生动物种群分布、种群交换、栖息地、繁殖地等状况，在相应地段设置野生动物通道，以保护野生动物的迁徙、繁衍和正常生活。在青藏铁路唐北段和唐南段的设计中，分别设置野生动物通道 25 处和 8 处。通道形式有桥梁下方、隧道上方及缓坡平交三种形式。对于高山山地动物群，采取隧道上方通过的通道形式；对于高寒草甸动物群采取桥梁下方和路基缓坡通过的通道形式。可可西里地区是藏羚羊迁徙的必经之地，为了保证藏羚羊自由迁徙，建设单位在此地设立了 4 处野生动物通道，其中长 11.7 公里的清水河特大桥和长 4 公里的楚玛尔河大桥是按“以桥代路”方案设计的，桥墩和桥墩之间共有近 3000 个桥孔可供野生动物通过。

高原植被保护问题是青藏铁路建设能否成为“生态铁路”的根本。如何保护建设占地上的植被，实现高寒地区的植被恢复和再造，是青藏铁路建设不可回避也不好突破的难题。为了保护沿线的生态环境、自然景观，青藏铁路建设工程取土采取分段集中的原则，取土场选择在路堤上侧 200 米以远植被稀疏的山包、丘包、融区、河滩以及少冰、多冰地带。工程选取弃土场避开沼泽型、湖泊型、河床型等湿地，因为这类湿地具有涵养水源的功能，也是部分野生动物生息繁衍的栖息地。线路在漫流区或大面积湿地分布地段通过时，采取以桥代路、加大桥涵密度等措施，避免切割、阻挡地表、地下径流的排泄。对隧道出渣加强了调配，尽量减少渣场的设置。同时合理规划、设计施工便道及便道宽度，并要求各种机械和车辆固定行车路线，不能随意下道行驶或另开辟便道，以保证周围地表和植被不被破坏。在多年冻土区，对工程挖方段和取土场的草甸植被采取分割划块铲起，移植于适当的地方培植，以备利用。将取土场表层的熟土在取土前推置一旁集中堆放，待取土完毕后覆盖平铺，以便尽快恢复其生产力。在路基工程的坡面、两侧等积极采取有效、可行的植被恢复方案，严禁挖取其他地方的草皮用于路基工程防护。为了保护环境，青藏铁路建设指挥部还和中科院动植物所、林科院等单位合作，在沱沱河、安多、当雄建立了三个海拔 4000 米以上植草试验点，这在我国植物研究史上是没有先例的。

湿地是地球上拥有丰富自然资源的独特生态系统。由于具有涵养水源、蓄洪调洪、调节气候、净化环境等功能，因此被称为地球的“肾脏”。湿地系统是青藏高原水土系统的重要组成部分。为了最大限度地保护沼泽湿地，铁路建设者进行了艰苦的努力，他们反复设计方案，减少在湿地地区和冻土不稳定地区筑路，大量采用以桥代路、路基抛填片石、填筑渗水材料等措施，保证地表径流对湿地水资源的补充，防止湿地萎缩，确保了水源涵养功能不受影响。

青藏高原是美丽的天堂，但也是可怕的地狱，在这里死神随时都可能发出死亡的召唤。

从格尔木到拉萨共 1142 公里，沿线平均海拔都在 4500 米以上，自然条件十分恶劣。这里，极端气温在零下 40 摄氏度以下，有的地方空气含氧量只有平原地区的一半。高海拔造就了气候的瞬息万变，如果患上感冒，极易引起脑水肿、肺水肿等高原性疾病。为此，民谚有“到了昆仑山，两眼泪不干；到了五道梁，难见爹和娘；到了风火山，气息已奄奄”等说法。

在严酷的环境下修建铁路，如何确保建设者生命安全，也是一项世界性难题。

青藏铁路建设之初，在北京有关会议上，在格尔木、拉萨青藏铁路建设指挥部和各施工现场，铁道部副部长孙永福就不断地讲："建设青藏铁路，必须充分落实'以人为本'的精神，我们不仅要高质量的工程，更要建设者的生命健康。过去，受经济基础和医疗水平的限制，在青藏公路建设中牺牲了不少战士。今天，我们有条件去保障建设者的生命健康安全，修青藏铁路不能像修建青藏公路和青藏铁路一期工程那样，在观念上、在管理水平上、在技术水平上都要提高一步，尤其要提倡'以人为本'，关心爱护职工，解决他们生活上的困难，不能提倡硬拼、死干、不要命的做法。"孙部长说得斩钉截铁、慷慨激昂，使所有听过他讲话的人心里都有了一种信心和温暖。

为了做好卫生保障工作，中国医学科学院、中国预防医学科学院和军事医学科学院等科研机构的专家就高原病的防治防护和防范进行研究并献计献策。铁道部和卫生部按照高原特殊环境的客观规律，依据现代高原医学的理论和实践，制定了《青藏铁路卫生保障若干规定》和《青藏铁路卫生保障措施》两个指导性文件。就卫生保障专门做出规定，这在中国工程建设史上还是第一次。

2001年，随着工程建设的展开，青藏铁路建设总指挥部提出了"先生存，再生产"的口号，各参建单位立即做出了"兵马未动，保障先行"的部署。开工前首先建立三级医疗机构：第一级是在每个工程项目部设立卫生所，以便小病患者得到及时防治。第二级是在每个工程局指挥部设立工地医院，配有高压氧舱、心电图分析仪、彩超等精良设备，确保大病能得到救助。第三级是在格尔木和拉萨设立定点医院，为抢救重病患者开辟医疗绿色通道。全线共建立一级医疗机构115个，二级医疗机构23个，三级医疗机构6个，上场医务人员680人。此外，沿线还建立了17个大型制氧站、25座高压氧舱，各工地医院仅设备投资就达6000多万元。

各工程局根据高原生理规律，建立了严格的卫生保障制度，对所有参建人员进行严格的工前、工中和工后体检，严禁高原不适应人员上线；为职工建立健康档案，经常做血压、心脏等检查，半年进行一次全面体检，不合格者立即送下山。有些工程局还规定，施工点每抬升100米，职工体检一次。职工宿舍供应充足的氧气，每人每天强制吸氧两小时，关键地段每天吸氧8小时，抗高原反应药品分发到每一名参建者手里。同时，严格控制作业时间和劳动强度，如在海拔4000至4500米处施工的职工每天工作不超过4小时，铺轨、打隧道4小时一班倒。针对脑水肿、肺水肿晚上容易发病的规律，坚持夜间查铺，发现问题及时处理。周密的卫生保障和医务工作者的不懈努力，创造了青藏铁路二期工程开工以来无一例高原病死亡事故的奇迹。

● 定期体检

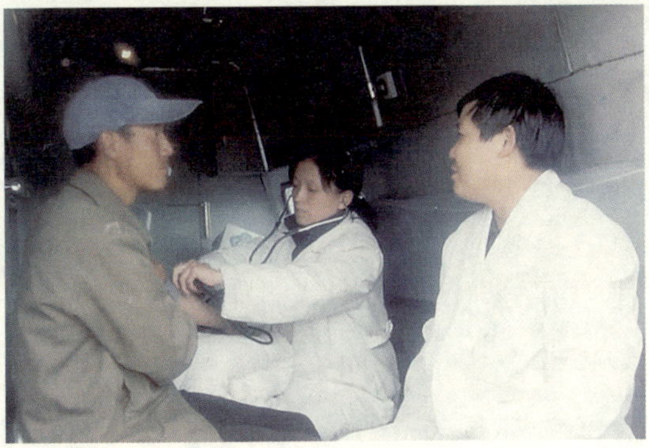

西方人的怀疑、忧虑和饶有兴味的“关注”都已成为过去，事实已经做出了有力的回答：青藏铁路战胜了多年冻土、高寒缺氧、生态脆弱这三大世界性难题；完善的后勤保障和医疗体系，创造了开工以来无一例高原病死亡事故的奇迹；严密细致的环境保护措施，最大限度地构建和维护了人与生态环境的和谐。依靠先进的科学技术，铁路建设者成功地攻破了一道又一道棘手的难关。

对这条跨越世界屋脊的“天路”的开通，有海外媒体报道说：“古老与现代，传统与创新，宗教与世俗，转经筒与电脑，昨天、今天和明天，都在这里碰撞、凝聚和交融。这将是一条精神之路，是一条真正意义上的天路。”对于青藏铁路开通的意义，有学者认为，这是和“英吉利海峡海底隧道”“巴拿马运河”开通有着同等意义的历史大事。

青藏铁路全线铺通，创世界铁路海拔最高新纪录，当年11月被第十批中国企业新纪录列为重大创新项目，荣登“中国企业吉尼斯大全”。

青藏铁路凝聚着新中国三代领导人的智慧和关怀，承载着几代科学家和铁路人的追求和梦想，凝结着劳动者的心血和汗水。这是经过近30年改革开放中国综合国力显著提升的表现，是人类千百年来对青藏高原不断认识、探索以及与之亲近、融合的一次升华，是中国人以“挑战极限、勇创一流”的新时期民族精神在“世界屋脊”创造的世界奇迹。青藏铁路是中国共产党在雪域高原上为各族人民树起的一座新的历史丰碑。

正如胡锦涛主席在通车贺信中所说的那样：“青藏铁路全线铺通，是我国社会主义现代化建设取得的一个重大成就，对于实施西部大开发战略，对于加快青海、西藏经济社会发展，对于改善沿线各族群众生活、加强民族团结、共同实现全面建设小康社会的宏伟目标，都具有十分重要的意义。建设青藏铁路，是党中央、国务院从推进西部大开发、实现我国各民族共同繁荣发展的大局出发做出的一项重大决策。建设这条世界上海拔最高、线路里程最长的高原铁路，是人类铁路建设史上前所未有的壮举。”

青藏铁路通车已经五年了。五年来，这条经济快捷的运输大道给青藏两省区的经济发展、民族团结、文化繁荣等方面究竟带来了哪些变化？作为连接南亚陆路大通道的区位优势又是如何进一步突显的呢？带着这些问题，我们在2010年9月末的一天，从河湟地区的中心、青藏铁路的起点——古城西宁出发，沿着青藏线，追随文成公主的足迹，走向拉萨，寻找当年铁路建设者的事迹，感受青藏铁路给青藏两省区带来的变化。

天路之魂

金色的原野

日月山的宏伟、青海湖的博大、金银滩的美丽，都不及关角山的悲壮，因为在这个传说中孙悟空与二郎神大战的地方，铁道兵曾经与关角山展开过一场人与大自然的生死大战。

1975年4月5日10时40分，关角山隧道出口突然发生大塌方。紧急呼救声中陶玉和戴上安全帽，走进隧道大约200多米处塌方现场。五六米高的隧道被塌方完全砸断，里外隔绝，塌方有多长距离，里面有多少人，他们的情况怎么样，一切都是未知数。外面心急如焚的指战员开始抢险，他们在隧道顶端打了一个洞，陶玉和由隧道低处爬进小洞，一米一米向前掘进，用手或短锹将石头扒到怀里再往外运……

海藏咽喉日月山

2010年国庆节前夕，我们怀着敬畏的心情，驱车从青海省的省会古城西宁出发，踏上了苍茫的青藏线。

1300多年前，大唐王朝文成公主带着一尊释迦牟尼佛12岁时的等身像和大量的种子、农具、织物以及书籍、药物等嫁妆，从长安来到现今的西宁，在西宁以西的日月山垭口，告别了中原大地，随前来迎亲的吐蕃大相禄东赞入藏，和吐蕃赞普松赞干布完婚。这是历史上第一次藏汉联姻，也是藏汉两个文明融合的开始。

西宁，一座似在天上又在人间的城市，一座古老而又年轻的城市，一座屹立于黄河、湟水河、大通河三河间的城市，一座历经岁月磨洗正在大踏步走向现代化的城市。她饱经沧桑而愈显豪迈，底色厚重却时尚美丽。她是青藏高原天路之门上的一颗耀眼的明星。

从西汉时骠骑大将军霍去病西征匈奴，在此地设立西平亭开始，西宁就以一种特殊的印记载入了中华历史的典册。后来，西汉大将军赵充国率军西进河湟屯田，带来了中原地区先进的农耕文明。于是西平亭由一个军事驿站升格为集政治、经济、军事为一体的真正城市——西平郡。屈指算来，西宁已经有了2100多年的历史。

作为黄河上游“三河间”巩固西陲的重镇，西宁也曾因朝代的更迭变迁而几易其名。从五胡十六国时期的南凉国都，到隋唐时期的古鄯州；从唃厮啰时代的青唐城，再到宋元明清以后的西宁府。古城的历史留下了华夏民族或聚或散或荣或辱的真实遗迹。

出西宁西是湟水谷地的最后一个县，叫湟源县，也是青海最后一块适合农业种植的地区。再向西，海拔陡然升高，农业文明止步，便进入游牧的世界。沿着和青藏铁路并行的青藏公路行走，从汽车的车窗望去，可以清晰地看到，随着海拔的增高，天空越来越蓝，云彩越来越白。绿洲逆着蜿蜒的河流渐渐淡去，山包高峻，呈现着褐色的石头，原野广阔，裸露出原始的泥土。过了历史上有“小北京”之称的丹噶尔古城，沿着109国道向西40多公里就是赫赫有名的日月山了。

日月山山势平缓，既无陡峭的山峰，又无嶙峋的怪石，更无茂密的山林。所见之处全是馒头般的大山峁，朴实而宏伟，活脱脱高原人的形象。

正值金秋，山东麓土地裸露，一片片褐色的田地里，满是收割好的小麦、青稞捆子。它们肩肩相并，行行排列，等待着农民打碾。山脚下，村落点点，黄绿相间。黄的是油菜花，绿的是树，太阳一照，金灿灿的十分耀眼。路瘦得像勒出的一道黑线。

山坳间漫下一条清凌凌的河水，游蛇似的七拐八扭，山便显得生动起来了。河里铺满了大大小小的石头，颜色灰白灰白的，拦得那水激起了雪白的浪花。河的两边，一户人家便有一丛树。有一片树，便是一个村庄，一栋栋土坯垒起来的房子。从这绿的缝隙中，能看到平展展的屋顶上晒的新麦。阳光照上去，满眼生辉。一群孩童坐在门前的矮墙上，津津有味地吃着煮熟的新洋芋。跟前蹲着一只黄狗，眼巴巴瞅着孩子们手中直冒热气的洋芋，讨好地摇动着尾巴。

从山的东坡，沿着弯弯扭扭的公路登上垭口，眼界顿时开阔，线条柔和的山脉静静地蛰伏在地平线上，衬托着醒目的日月亭。遥遥相对的日月亭，虽然为现代人所建，但造型别致、色彩艳丽、气势壮观，大有古典亭台楼阁的艺术风格。站在亭前极目远眺，山东面村里的一顶顶房屋如同火柴盒一般，山下走动的人更小得似蚂蚁。

转身西望，满眼绿树掩映的村落不见了，那条清凌凌的河水消失了，更没有了那一片片金黄散香的油菜花。跳入眼帘的全是绿绿的山峦，一眼望不到边的青草地，一群群的牛羊，还有那星星点点的帐房。偶尔有一两个牧民骑在马背上，赶着洁白的羊群慢悠悠地行走。

日月山属祁连山脉，海拔最高点为4877米，因山体呈现红色，古代称为“赤岭”，历来是内地赴西藏大道的咽喉。早在汉、魏、晋以至隋、唐等朝代，便是中原王朝辖区的前哨和屏障，故有“西海屏风”“草原门户”之称。

北魏孝明帝神龟元年（518），僧人宋云自洛阳西行求经，便是取道日月山前往天竺。在历史上，日月山还是唐朝与吐蕃的分界。

公元7世纪，以松赞干布为首的吐蕃雅隆部，兼并了其他部落后，在如今的拉萨建立了吐蕃王朝，与当时的唐王朝就以赤岭为界。

松赞干布倾慕唐王朝的繁荣与文明，他被推为赞普后，于贞观八年（634）派出使者赴长安与唐朝通聘问好。唐太宗对吐蕃的首次通使也很重视，当即派使臣冯德遐持书信前往致意还礼。松赞干布见到冯德遐后非常高兴，便派遣使者携带大量金银珠宝随冯德遐到唐朝求婚。但是，唐太宗没有同意。随后，松赞干布又几次派人向唐朝请婚也未能如愿，便决定用武力通婚。于是贞观十二年（638）发动了对唐的首次战争。那次战争，松赞干布率军进攻唐松州（治嘉诚，今四川松潘），被唐军击退，这就是历史上的“松州之战”。

日月山

吐蕃兵败后，松赞干布遣使到长安谢罪，并派大相禄东赞备厚礼——黄金五千两及宝物珍玩数百件，到长安再次向唐太宗请婚。贞观十五年（641），唐太宗允许以宗室女文成公主远嫁松赞干布，并派江夏郡王李道宗随同吐蕃使者禄东赞护送文成公主去吐蕃王朝的都城逻些（今拉萨）。

年轻的文成公主从长安出发时年仅16岁，而当她走到西藏拉萨时，已经年满19岁了，赴藏的路她竟走了三年。

如今，同样也是16岁的湟源姑娘梅秀，却不能理解1300年前的文成公主何以要永远离开大唐豪华舒适而熟悉的宫殿，历尽艰辛，远天远地地嫁给一个她从未见过的吐蕃王。在梅秀看来，历史上的大唐公主，应该是恩宠有加、骄横跋扈的，她想嫁什么人还不是随心所欲，何必要舍近求远？但是，她不知道，唐朝公主的远嫁包含着深刻的政治意义，其目的是为了大唐的江山永固。

梅秀站在日月山东边的山坡上卖藏饰品。她手里拿着五光十色的玛瑙、天珠和做工粗糙的工艺品藏刀，每当看见旅游车上下来挎着照相机的外地人，她都要小跑上前，拿着饰品向车里的人恳求："买一个吧，买一个吧，这可是真的玛瑙玉石。"历史在梅秀的身上留下了模糊的印记。梅秀是日月山下的日月村人，她说她的父亲是汉族，母亲是藏族。"我一半藏族一半汉族。"她这样向我们介绍自己。其实梅秀也是藏汉联姻的结晶。

海拔3520米的日月山垭口是一条真正的地理分界线。晴朗的天空，瞬间就涌来了一团团云朵，随即往西翻滚，陡然间结成一大片，接着就下起雨来。透过雨滴扯成的珠帘，那挺立的座座山峰显得妩媚娇柔，草也被浸得越发绿了，雨水落在叶片上，像一对对凝望的眸子，晶莹剔透，生机盎然。从雨帘向东望去，太阳却依旧明亮地照着，天空蓝莹莹的，没有一丝儿云。奇怪？这难道是两个世界、两重天吗？我们正不得其解，突然间雨停了，云雾倏忽散去而不知去向。不一会儿，复又朗朗晴空。要不是亲眼目睹，简直令人难以相信！

站在日月山山顶，看着这昔日大唐与吐蕃的界碑、农业区与牧业区的界线，我们在被这里奇妙的自然景象陶醉之余，更深深赞叹文成公主当年西行千里和亲的勇气!

日月山东坡垭口上热闹非凡，旅游大巴、中巴和各种轿车停在柏油路边。车上的人纷纷下车参观照相，并到卖旅游纪念品的摊位上买东西。白牦牛被主人牵着，神情木然地和游人合影。山脚下多了一条四车道高速公路，车可轻易翻过山头。不变的是日、月两亭与远方的雪山，它们默默对视了几千年。

文成公主在马车里颠簸了一年，到了这么一个山麓两边截然不同的世界。在赤红的山顶，17 岁的女孩肯定出现了高原反应，头隐隐作痛，呼吸也有些困难。她一定没有想到会有这样的感觉，也没有想到中原和吐蕃竟是如此的不同。问使者路还有多远，得到的答复是刚刚进入吐蕃地界。顿时公主思亲心切，便取出皇后陪送的、据说能看见家乡和亲人的日月宝镜照看，然而，镜中显现的只是自己消瘦的面容和残阳斜照下的赤岭山脉。她此时才明白，父母是为江山社稷而哄骗了自己，悲愤伤心之余，她把宝镜扔了出去，摔成了两半，正好落在两个小山包上，东边的半块朝西，映着落日的余晖，西边的半块朝东，照着初升的月光，日月山由此得名。后人还说，公主伤心的泪水、思乡的泪水化作倒淌河，由东向西，流入青海湖。

伤心归伤心，悲愤归悲愤，但是，一想到身负唐蕃联姻通好的重任时，公主在摔碎了日月宝镜的同时，也斩断了对故乡亲人的眷恋情丝，下定了毅然前行的决心。就这样，年轻的公主便义无反顾地踏上了西行的道路。

继这次和亲的 70 年后，唐王朝又以宗室女金城公主嫁给吐蕃赞普弃隶蹜赞。金城公主沿着文成公主走过的路，又一次经过了日月山。金城公主入蕃和亲，对于促进唐蕃经济文化交流，同样具有重要的意义。

今天，日亭、月亭在当年公主驻足的地方高高耸立，站在亭前西望，当年崎岖艰险的路途如今已变成了连接汉藏人民的康庄大道，也成了让后人追思不已的名胜景点。对许多寻找唐蕃古道的人们来说，他们的天路之旅不正是回味着当年公主路过时留下的芳踪与遗韵吗？

寻梦青海湖

过了日月山和倒淌河小镇，公路就笔直得如一条直线直伸云天。湛蓝的天空中，一团一团的云集结得很浓重，镀了白银似的致密闪亮，看上去竟然有金属的质感。草原远远舒展开去，北面的大通山峰是赭红的，低一点的山坡上披着泛黄的矮草。舒缓地带的草略绿一些，和山坡形成了色差对比。

汽车刚转过一道山梁，在天地交接的地方，一条深蓝色的丝线便跃然而出。高大的山脉栖身其中，丝线的一部分虽然被山挡住了，但随着车的前行，线条越来越宽。终于，青海湖的身姿显露出来了。极目远望，虽然它只给周边褐色的世界添加了一抹深蓝，但这抹深蓝足够彰显出一种神秘的美。

青海湖恣意伸展着身体，湖边的原野上，靠近公路处的是一片一片开败了的油菜花。靠近湖的是开始发黄的广阔草场，草是叫不上名字的杂草。草间开满了各种野花，有紫色的牵牛花、黄色的野菊、白茸茸的蒲公英。这些草本植物都是牦牛和羊群最喜爱的食物。

在青海湖畔眺望，天际寥廓，远山苍翠，雪山倒映；湖水碧澄，波光潋滟；草原壮美，羊群似云。一望无际的湖面上，鱼群欢跃，万鸟翱翔。青海湖的确太美了。眺望着眼前这一片静静的湖泊，心灵顷刻间得到宁静，仿佛连身上的俗气都洗了个干干净净。

由祁连山的大通山、日月山与青海南山之间断层陷落形成的青海湖，蒙古语称为“库库淖尔”，即“青色的海”之意。它既是中国最大的内陆湖泊，也是中国最大的咸水湖。它长 105 公里，宽 63 公里，周长 300 多公里，面积约 4300 平方公里，湖的最深处达 32.8 米，湖面海拔 3196 米。

既是断陷湖，青海湖的湖盆边缘就多以断裂与周围山峦相接。形成初期，距今 20 万~200 万年前，青海湖原是淡水湖且湖水外流，与黄河水系相通。那时气候温和多雨，湖水通过东南部的倒淌河泄入黄河。至 13 万年前，由于新构造运动作用，湖周围山地强烈隆起并逐渐上升，使原来注入黄河的倒淌河被堵塞，青海湖遂演变成了闭塞湖。加上气候变干，青海湖也由淡水湖逐渐变成咸水湖。在布哈河三角洲前缘约 20 公里处的古湖堤遗址和原在湖滨、现距湖东岸 25 公里处建于汉代的察汉城表明：北魏时青海湖的周长号称千里，唐代为 400 公里，清乾隆时减为 350 公里。如今东西两边已分别退缩 25 公里和 20 公里，水位下降约 100 米。

青海湖又叫西海，它得名于地理位置，也得名于民间传说。汉族的传说和东海龙王有关。很久以前，东海老龙王有四个儿子，大儿子封王在北海，二儿子封王在东海，三儿子封王在南海，唯独小

● 美丽的青海湖

儿子无海可封王。老龙王就来到了青海草原，汇集了108条河流，造就了一个偌大的西海，把小儿子封王在这里。这个西海就是青海湖。

藏族的传说自然与吐蕃王朝有关。很早以前，青海草原上只有一眼清泉，有一块石板盖在上面，泉水常流不溢。周围放牧的百姓，饮水后都知道把石板盖好，否则就会大祸降临。有一年，吐蕃王朝的宰相隆布嘎尔父子逃亡，来到这眼清泉边喝水，懒惰的儿子喝完了水忘记了盖石板，泉水就奔淌出来，把千里草原变成了汪洋大海，成千上万的牧民被海水淹没了。这事触怒了天神，于是，天神将印度赤德山冈的峰头搬来压住了海眼，从而造就了青海湖和海心山。

青海湖的西北隅，距布哈河三角洲不远的地方，一东一西有两座大小不一、形状各异的岛屿，左右对峙，傍依在湖边。远远望去，像一对相依为命的孪生姊妹，在湖畔相向而立，翘首遥望着远方。这两座美丽的小岛，就是举世闻名的鸟岛。

鸟岛，因岛上栖息着数十万只候鸟而得名。西边小岛叫海西山，东边的大岛叫海西皮。海西山形似驼峰，岛顶高出湖面7.6米，面积原来只有0.11平方公里，现在随着湖水下降有所扩大。每年春天，当印度洋上的暖流涌来时，侨居南亚诸岛的斑头雁、鱼鸥、棕颈鸥便越过冰雪皑皑的喜马拉雅山向北迁徙，飞到海西山，筑巢垒窝，生儿育女。数十万只鸟儿从早到晚不停地起飞落下，落下又飞起。天上地下，全是鸟儿们的身影，方寸之地简直是一片欢腾的世界，繁忙的世界，喧闹的世界。到了产卵季节，全岛布满鸟巢，鸟蛋一窝连一窝，密密麻麻数也数不清，所以，人们又把这里称为“蛋岛”。六七月间，幼鸟羽毛丰满，能远走高飞时，父母才带着它们到湖里去游荡、觅食、嬉戏。到了九十月间，西伯利亚的寒流渐渐南侵，幼鸟们也能展翅高飞了，便随父母纷纷离开，向南移居，到印度、尼泊尔、孟加拉国、泰国、新加坡等地避寒。

鸟岛之所以能成为鸟类繁衍生息的理想家园，主要是因为它有着独特的地理、自然环境。这里地势平坦，气候温和，三面环水，环境幽静，水草茂盛，鱼类繁多，是鸟类繁衍生息的天然场所。

美丽的青海湖鸟岛，是鸟儿的乐园，鸟儿的天堂，也是青藏高原的一大奇观。近年来，这优美壮丽的鸟岛风光，这奇特的水禽生活，吸引了无数游人前来观光，引来了多少人对它的憧憬和向往。

鸟岛是青海湖的一大景观，但也是青海湖生态恶化的标志。湖中小岛 1970 年就成了半岛，1980 年已经完全脱离了湖泊，变成了陆地。如今的鸟岛，不过是在滚滚黄沙的侵蚀下残留的 20 多平方公里的风沙地了。鸟岛的消失是青海湖生态的悲哀。

青海省因青海湖得名，青海省也因青海湖闻名。凡是知道青海的人都知道青海湖，凡是来青海的人都要去青海湖游览观光。因此，青海湖就成了青海的旅游胜地和招牌。

宛如一颗美丽的蓝宝石镶嵌在青藏高原的青海湖，以其高原明珠般的神秘风韵吸引着中外游客。在青海湖二郎剑景区大门口，我们看到，前来这里的旅游大巴络绎不绝。景区内的马路上、游船码头上、湖岸边，游客随处可见。游客或徜徉在岸边拍照戏水，或登上游船畅游湖中，一幅人与自然和谐的画卷令人心动。

如果不是帮着照合影，我们也许就和穆先生擦肩而过了。来自广东的穆先生一行三人，看上去都有 50 多岁。他们一下旅游车，就不停地拍照。看到我们挎着照相机，就让帮他们三人照合影。穆先生说，他们是退休后开始结伴旅游的，在职时没有时间，退休了就走一走祖国的山山水水。问起为何要来青海，穆先生说，青海、西藏是他们向往的旅游胜地之一。尤其青海湖是一定要来的，因为这一带是唐蕃古道途经之地。环湖周边以其碧水、蓝天、雪山、草原和万鸟云集、鱼翔湖底的绝美画卷构成了绮丽壮美的高原风光，太令人向往了。过去青藏铁路不通，可现在方便了，游完青海就去西藏。

穆先生正和我们聊天，一位年轻的女导游催他们上车。女导游向我们抱歉地笑笑，我们顺便问起青海湖的旅游情况。导游说，青藏铁路通车后，每年来青海湖的游客很多，旺季每天平均接待几万人。好多人去西藏都是先到青海，缓冲一下，再上西藏。在青海旅游，青海湖是必游之地。

青海湖管理局的一位工作人员说，自2000年青海湖被评为“国家重点风景名胜区”后，来青海湖地区旅游的国内外游客数量明显增加。尤其是青藏铁路的开通，每年为青海湖带来40多万新游客。

青藏铁路改变了青海湖旅游，也改变了牧民单正。

美丽的青海湖，山水相映，宁静安详。湖岸居住着世代在湖边繁衍生息的牧民和他们的牛羊。在湖边牧场，我们来到了牧民单正的帐房前。牛羊在远处悠闲地吃草，它们对陌生人缺乏好奇，懒得抬头；藏狗却阴阴地盯着我们，稍稍靠近就狂吠起来，拴狗的铁链哗哗作响。

剽悍强壮的单正穿着一件褐色藏袍，在帐篷门口擦洗摩托车。我们说明来意之后，单正把我们让入帐篷，倒了几杯热乎乎的酥油茶。帐篷里有一个牛粪炉，一张单人床垫，一只钟表和两个手电筒，一看就知道这是夏窝子。每年6至10月，他都要把牛羊赶到湖边的牧场，10月以后，再回到村子附近的牧场，让两边的草场轮流休养。

单正说他家在湖边有300多亩的草场，2006年青藏铁路通车后，分出50亩种油菜。因为来青海湖旅游的人增加了很多，每年七八月油菜开花的季节，也是青海湖旅游的旺季。一车车游客都要在油菜地照相，有人还要进入油菜花中间照相，这样就可以收点费增加一些生活补贴。

单正说，种油菜是副业，养牦牛和羊是主业。牦牛和羊是牧民的生活保障，一家人的生活全靠它们，所以必须照顾好这些牛羊。

单正家离铁路虽然还有30多公里，但与铁路还是有着不可分割的关系。2007年冬天，通过亲戚的介绍，单正的儿子娘吾找了一份给铁桥安装护栏、清理散落路轨石子的工作。虽说辛苦一些，但一天能挣50元钱。这是娘吾人生里放牧之外的第一笔收入。单正说娘吾很珍惜这份工作，他在铁路桥下搭了一座帐篷，工作之余就住在帐篷里。通过在铁路上打工，娘吾挣了两万多元钱，他用这笔钱盖起了新房。

在帐篷里，我们问单正的生活，单正却一个劲地打听环青海湖公路自行车赛。比如运动员戴的帽子为什么是那种形状，车手的自行车能值多少钱，等等。我们给他一解释，单正就不住地吐舌头：啊拉拉，原来这么值钱呀！

环青海湖公路自行车赛每年7至8月在青海举行。经国际自行车联盟批准，2004年环湖赛由2.5级升为2.HC级，已成为亚洲级别最高、规模最大的国际公路自行车赛事之一，也是世界上最高海拔的国际性公路自行车赛。每年有来自世界五大洲的20支左右运动队、100多名运动员参加比赛，比赛总距离1000多公里，平均海拔3000多米，赛程7~10天，奖金总额25万美元。比赛线路设计以碧波浩瀚、鸟翼如云的青海湖为中心，并向周边地区延伸，沿途自然风光雄奇壮美，旖旎迷人。环湖赛是青海省三大招商平台之一，也是青海省委、省政府宣传青海的重要举措，其宣传推广具有商业运作与政府资源和媒体优势紧密结合的特色。因为有国家广电总局和中央电视台的参与，赛事在品牌推广和媒体资源上具备了与生俱来的吸引力，得到国内外众多媒体的关注。

单正说他每年都要看比赛，太壮观了，太叫人激动了！

青海湖是一个群山环绕的咸水湖，除了几个岛屿，环湖还分布着沼泽地和大片湿地草甸。

小泊湖是一块生命的绿洲。这片绿草茵茵、泉水汩汩、流水潺潺、多种野生动物和谐栖息宁静而美丽的湿地，依傍在青海湖的东岸。也许因为小而鲜为人知，所以人们就叫它小泊湖。

据说很久以前，这里就是环湖地区国家一级保护动物黑颈鹤的主要栖息地。碧水之中，青草之间，成群的黑颈鹤自由自在地生活，这里是它们快乐的家园。后来，随着生态的日渐恶化和人为的干扰，黑颈鹤的家园遭到了破坏。它们无可奈何地离去了，美丽的身影久久没有在小泊湖出现。然而，因为一位叫南加的普通藏族牧民多年的精心呵护，如今黑颈鹤又回到了这里，随之，珍稀野生动物普氏原羚也来这里生活。它们在这里和睦相处，生儿育女，繁衍生息，并和南加结下了深厚的友情，发生了许多不离不舍的故事……因了这样的故事，我们来到小泊湖，来到了南加的家。

小泊湖畔不仅是黑颈鹤的家园，也是南加的故土。出生在小泊湖畔的南加，对故土有着难以割舍的深情和无限的眷恋，这不光是因为故土的湖光山色，还因为有黑颈鹤陪伴的身影。他记得以前小泊湖的黑颈鹤很多。那时，他几乎每天都是在和它们的相处中度过的，看它们觅食，看它们嬉戏，看它们翩翩起舞。它们给他的童年带来了许多的遐想和无尽的快乐，因而他以生活在这样美丽的地方而自豪。爱黑颈鹤不仅是因为它们美丽，还因为它们神圣。相传很久以前，莲花生大师肩托两只黑颈鹤到青海湖讲经，当时他看到湖东岸荒凉干旱，遂将手中的108颗念珠撒出，珠子落地化成了现在

青海湖湿地

的108个泉眼，泉水逐渐形成了一片湖泊，这就是小泊湖。跟随莲花生大师的两只黑颈鹤飞到湖中驱邪匡正，保护万物，成了这一方的保护神。因了这样的传说，小泊湖畔的牧民对黑颈鹤就更加崇敬。在他们的心目中，黑颈鹤就是给他们带来福气的神，就是他们心中正义的化身。

20世纪70年代，青海湖环湖地区迎来了开发热潮。出于生存和发展的需要，人畜不断增加。由于人们对湿地进行排水、改造，致使大面积湿地干涸。过度开发和人类生产活动的频繁，加之恶劣气候的不断加剧，环湖周围的沙地面积日渐扩大，一些原本绿草丰美的草场渐渐被黄沙吞食，变成了沙漠。后来，湖东岸自南向北修筑了一条公路。这条平整宽阔的现代化快速路，虽然方便了海南与海北的沟通，促进了经济发展，但却打破了岸东的安详和宁静。很多人跑到小泊湖湿地捡拾黑颈鹤蛋或捕捞湟鱼。受到惊扰的黑颈鹤意识到了生命危险，便依依不舍地选择了离开，最后只剩下两只。

眼看美丽的黑颈鹤从小泊湖渐渐地消失，南加痛心极了。他决定用自己的力量保护黑颈鹤和其他野生动物，保护自己的家园。他曾多次劝说和制止进入小泊湖湿地企图捕捉黑颈鹤的人，不止一次地给他们讲黑颈鹤的故事。但是，谁会在乎一个小孩子的说教呢？一些人仍然执意闯入，甚至将南加打伤。尽管阻力很大，困难重重，但南加的决心没有动摇。从1994年开始，已长成一位强壮剽悍的汉子的南加，真正成了一个民间生态保护者。他不但自己行动还动员乡里的青年行动，将他们组织在一起，除了放牧，便去巡查。小泊湖周边，地域广阔，既有一望无际的草原，又有茫茫的戈壁沙漠，他和同伴们几乎每天都要骑马走一遍。遇到有不良企图的人，他们都要劝说制止。渐渐地，人们都知道了他们这个生态保护小组，有盗猎想法的人也就望而却步了。

1996年5月的一天，小泊湖意外地飞来了两只黑颈鹤。当南加看到久违了的黑颈鹤的身影时，他激动极了，几乎是屏住呼吸远远地看了许久许久。一连几天，他都不敢靠近，生怕惊扰了这来之不易的贵客。也许是感觉到了环境的安全，这两只黑颈鹤非常悠然自得，觅食、嬉戏、起舞，一切是那么自然，丝毫没有不安的举动。南加的家在小泊湖108个泉眼的旁边，黑颈鹤的栖息地就在他家的草场上。他在禁止外来人员进入这片草场的同时，尽量不让自家的牛羊进入。许多天后，他一点一点地靠近黑颈鹤，将自己吃的肉剁碎撒在湖边，黑颈鹤居然兴冲冲地来吃。以后，每隔几天，他都要去喂黑颈鹤，渐渐地，孩子也跟着去喂。没过多久，黑颈鹤就不怕他们了。孩子们也经常能和它们近距离接触，去喂食时，黑颈鹤就对着孩子们鸣叫、点头，甚至有时候还会跳起欢快的舞蹈。

在南加一家人的呵护下，两只黑颈鹤的家园安全了。每年3月份它们会提前飞来，直到10月份才飞走。可喜的是，这两只黑颈鹤已经陆续带来了十几只同伴在这里栖息、繁衍生息。采访时，南加指着离他家有一两百米的地方对我们说："多年来，那两只黑颈鹤一直生活在这里。这两天它们的两个孩子已经能飞了，估计今天领着孩子训练飞行去了。尽管现在黑颈鹤越来越多了，但是对它们，我还是一眼就能认出来的。"多年来，南加一家倾注了太多的感情，给予它们的是亲人一样的牵挂和关爱，难怪黑颈鹤会眷恋这块地方。

采访南加时，我们一直在思考一个问题，是什么支撑他干这样一个没有任何经济收益的生态保护工作，是什么使他放弃做生意，将心思全放在毫不相干的野生动物身上，仅仅只是为了"给它们一个家"吗？

突然，我们从南加充满善良的眼神中找到了答案。家园是人类最后的堡垒。每个人都有着保护家园的朴素意识。南加高尚无私的品质和对生态环保的觉悟，以及对家园和生灵的热爱就是支撑他干下去并乐此不疲的原因。令我们感动的是，在南加的脸上，见不到一个民间生态保护者的奔波和焦虑，而更多的是一种恬淡、安详、满足和自信。

从小泊湖向北就是青藏铁路哈尔盖段。也就是从这里，青藏公路开始伴随青藏铁路而行。青藏铁路从青海湖的北岸通过，在铁路线以南能看见连绵起伏的沙岛。据说很多年以前，此处是一个沙岛，斗转星移，水落沙出，岛与岸连接，便成了沙滩，但仍然叫沙岛。

沙岛依湖东西而列，高低起伏，面积有 10 平方公里。从环湖东路西进约 20 公里的路程，沿途均是草山。山不很高，却长满了矮草，有牛羊在其间觅食，一副悠然自得的样子。路虽不宽，却是柏油铺就，平平坦坦地便到了沙山。最初看到的沙山，还长着草，虽然不那么茂密，却也绿意盎然。但越往南走，绿草越稀，山土越黄，渐渐地便成了沙，但沙中仍然有绿草，仔细一看全是人工种植的，意在防沙。

沿沙山往南，路越发窄小，亦有了曲折，几经转弯，一片湖泊便出现在眼前。湖面平静，湖水翠绿色、浅灰色交叉，一群野雁、红嘴鸥等水鸟或闲庭信步地啄食，或无忧无虑地嬉戏，清脆的叫声不绝于耳。由于湖状如月牙，故称月亮湖。绕过月亮湖继续南进，便看到了沙山。沙山不高，应该称为丘，一律褐黄色，高低起伏着沿东西一溜儿摆开。透过沙山眼前豁然一亮，便看到了青海湖。湖面很阔，目所及处，均为绿波，浩浩淼淼，心境不由得逐渐宽阔起来。

湖岸边是沙滩。沙是黄色，沙质细腻干净，踩上去绵软如毯。沙滩深处长有野草，一尺高的样子，开满各种野花，黄的沙，绿的草，红的花，再配以蓝色的湖，难怪有人投资作游乐场。游乐场有沙滩车，可驱之驰骋于沙浪之中；有水上快艇，乘之可踏跃碧波之上；有骏马骆驼，骑之可奔腾花草之间。更令人高兴的是，沙岛刚举办完沙雕艺术展，几十位中外沙雕艺术家倾心创作的 20 多件大型沙雕作品还在，件件精雕细琢，栩栩如生。沙岛管理局的王晏明先生告诉我们，沙岛的沙子质地细腻、不含杂质，是理想的沙雕原料。因为青海气候条件优越，一件沙雕作品诞生后，至少能保存半年。年底，这些沙雕作品将被推倒回填，恢复到原来的地貌状态。

在沙岛采访，赞叹美景的同时，不免可惜游人不多。问起王晏明先生，他说旺季刚过，七八月份每天有近万人，青藏铁路的开通给沙岛旅游带来了崭新的发展机遇，来的人越来越多，预计明年沙岛游客将突破5万人次。

青藏高原的生态环境极其脆弱，任何形式的开发都不能以牺牲这里的生态环境为代价，沙岛也一样。我们在沙岛看到，景区内所有有植被的地方都安装上了栅栏，成了游客不能涉足的禁区。景区内开发的旅游项目，也不会对周边环境造成污染。

“沙岛是青藏铁路旁一颗璀璨的明珠，是青藏铁路沿线一个重要的旅游点，我们不能让这里的一寸沙土受到污染，这是对青藏铁路的贡献。”王晏明这样说。经营者的话使我们心里有了一些宽慰。我们也觉得，这等人间仙境，在搞好旅游的同时还应该充分考虑环境保护。

历史选择了金银滩

青藏铁路通过青海湖北岸的同时也经过金银滩。九月里，按说不是草原最好的时节，但秋雨过后的草原却别有一番风韵。天空一片瓦蓝，就像被冲洗过似的，通透得没有一丝云彩，没有一粒尘埃，艳阳无私而慷慨地照耀着。远处是层层叠叠的雪峰，凝然不动；近处是连绵不断的草原，成群的羊、马、牦牛，踩着碎步，在有些泛黄的草地间啃着秋的休闲。大自然用草黄涂抹着高原，涂抹出冬的底色。此情此景犹如一幅美丽而苍凉的大西北油画。那种凄美使人震撼又令人宁静、让人安详，心瞬间变得和天空一样宽广，一样明亮。

金银滩既是青藏铁路沿线青海境内最美丽的草原，也是最有名的草原。草原位于青海省海晏县境内，西部同宝山与青海湖相邻，东北部被高山峻岭环绕，南部与建于西汉王莽秉政时西海郡遗址海晏县三角城接壤。在这方圆1100平方公里的大草原上，麻皮河和哈利津河弯弯曲曲，缓缓流动。它们从远处的雪山流淌而来，潺潺流水泛着亮光，给草原带来了无限生机，又带着草原上的欢声笑语，悄悄地流向了远方。

在藏语里，金银滩的意思是“盛满酥油的草滩”，也称为“扎西雅莫塘”，意思是“吉祥的盛夏草原”。根据记载，历史上的金银滩是《后汉书》等史书中被称为“锦地千里”的西羌居地。“天苍苍，野茫茫，风吹草低见牛羊”是金银滩的真实写照。

金银滩名字的由来有几种说法。一说是绿色的草滩上繁花似锦，黄色和白色成了抢眼的色块，黄色的是金露梅，白色的是银露梅，因此被称为金银滩，于是就有了“金银滩，金银滩，流金跑银装不完”的赞誉。二说是因为草原丰饶，牛羊成群，盛产乳制品，黄的是酥油，白的是牛奶，所以被当地人称作金银滩。还有一种说法，相传清朝时，蒙古王固始汗孙罗布藏丹津，青海人称“丹津王”，乘康熙驾崩雍正继位之际，起兵反叛清王朝。清军进兵西宁，他兵败之后，从“藏大路”也就是现在的巴燕峡进入海晏。丹津王站在克

金银滩草滩

土垭壑西望，见青海湖畔一带山险林密，地势险要，进可攻，退可守，是一个兵家必争之地，便派胞妹阿宝前去驻扎。阿宝率一部分人马渡河，正值山洪暴发，河水猛涨，人马全被大浪冲翻，金银财宝全部落入河水之中。经过一番挣扎，人马虽侥幸脱险，但金银财宝却被冲走了。后来，一些蒙藏牧民放牧到这里，经常会从河床边捞到一些散金碎银。于是，“金银滩”的美名就这样传开了。

有关金银滩的说法尽管很多，但最让人耳熟能详的是王洛宾的歌曲《在那遥远的地方》。1939 年夏天，著名电影导演郑君里来到水草丰美的金银滩草原拍摄电影，王洛宾先生随他一同来到金银滩草原搜集民间歌谣。千户同曲乎的养女萨耶卓玛在影片中扮演了一个牧羊姑娘，王洛宾则被指派为萨耶卓玛的帮工。王洛宾与已出落得亭亭玉立、两只乌亮的眼睛闪射着大胆炽热光芒的萨耶卓玛亲密相处，内心产生了别样的情愫，他把自己用过的藏刀赠给了萨耶卓玛。有天放牧归来，卓玛在清点羊群，王洛宾一直注视着美丽的卓玛。当卓玛抬起头来的瞬间，看见王洛宾的目光躲向一边，卓玛的脸上泛起了红晕，举起了手中的鞭子，轻轻地抽在了王洛宾的背上，然后，跑回了自己的帐房。这一鞭子，使音乐家灵思泉涌，享誉海内外的《在那遥远的地方》由此诞生：

在那遥远的地方，
有位好姑娘，
人们走过了她的毡房，
都要回头留恋地张望……

可以想象，当年的王洛宾和萨耶卓玛有着多么真挚深厚的感情。这首歌曲后来作为世界著名歌唱家罗伯逊的保留曲目，唱遍了全世界。

为了纪念这位伟大的音乐家，海北州政府在金银滩立了一尊王洛宾的半身塑像，还兴建了王洛宾生平展馆。2002 年举办了第一届“王洛宾艺术节”，以后每两年举办一次。

美丽的金银滩还有一个神秘的别名：原子城。

1955 年 1 月，面对帝国主义的核威胁与核讹诈，党中央、国务院开始部署发展我国核工业的战略计划。1958 年 6 月，毛泽东主席庄严地指出："原子弹就那么大的东西，没有那东西，人家就说你不算数。那么好吧，我们就搞一点吧，搞一点原子弹、氢弹、洲际导弹。我看有 10 年工夫完全可能。"根据毛主席的指示，中国踏上了研制原子弹的艰苦旅程。

核武器研制是一项危险性大、放射性高、技术性强、要求严格的保密工作。通常这种研制工作都要在比较偏僻、安全的地方进行。因此中央决定在祖国的大西北建立一个核武器研制基地。

1957 年开始选址时，时任二机部九院院长的李觉将军和专家先后考察了甘肃、四川等地的许多高山丛林，也考察了青海的金银滩。在综合了地质、地貌、水文、气象、居民分布等情况后，专家组最终认为金银滩是最适合修建核武器研制基地的地方。因为金银滩地域辽阔、人口分布少、水源丰沛且四面环山，是一个典型的高原盆地。1958 年 7 月，时任中共中央总书记的邓小平代表中央批准了选址报告。从此，金银滩这片美丽的草原，成为我国第一个核武器研制基地——代号二二一基地。

为了国家的核事业，世代居住在金银滩草原上的 1715 户、近 9000 多名牧民群众，无怨无悔，拆下帐房，卷起铺盖，赶着 27 万多头牛羊，离开了这片祖祖辈辈生活的地方，迁居他乡。从此，这片美丽的草原成了神秘的禁区。

金银滩草原处于高寒地带，平均海拔 3100 米，霜冻期长，常年风雪交加，极端最低气温达零下 37 摄氏度，昼夜温差一般在 25 摄氏度以上，烤火期长达半年以上。有的地方六月飞雪，年平均气温不到 0 摄氏度，一年有八九个月脱不下棉衣。这里干旱少雨，年平均蒸发量为降雨量的十几倍。每年 2 到 5 月为风季，多西风和西北风，其余季节风沙很大，沿线平均每年瞬时风力在六级以上。空气中含氧量只相当于海平面的50%，一般人到此因缺氧都有高原反应，施工机械也因缺氧，油料燃烧不充分，导致功率下降。严酷的自然环境并没有摧垮5万多名建设者的意志。他们头顶蓝天，脚踏草原，发扬独立自主、自力更生、艰苦奋斗、奋发图强、团结拼搏、无私奉献的创业精神，经历了60年代初的自然灾害，经历了苏联毁约停援、撤走专家的背信弃义的艰难困苦，硬是在金银滩创建了占地570平方公里（原禁区面积1170平方公里）的中国第一个核武器研制基地，并诞生了中国第一颗原子弹、第一颗氢弹。金银滩草原由此谱写出了它最绚丽的华彩乐章，也因此被人们称为“原子城”。

为适应国际环境变化，表明我国全面禁止和销毁核武器，维护世界和平及适应社会主义现代化建设战略转移的需要，根据国家战略部署的调整，1987年6月，国务院、中央军委做出了撤销国营二二一厂的决定。至此，国营二二一厂已经完成了它的历史使命，缓缓地落下了庄严而神秘的帷幕。1995年5月，新华社向世界宣布，“中国第一个核武器研制基地”已全面退役。

为了让这块曾经为中国人民做出过巨大贡献的宝地再度生辉，1995年1月，经国务院批准，海北藏族自治州人民政府驻地由门源

● 原子城

回族自治县浩门镇迁至二二一基地。同年，省政府正式批准命名该基地为西海镇。从此，昔日的禁区揭开了她的神秘面纱，除了保留下部分建筑被海北州府合理利用，成为当地人生活家园的一部分外，原子城也成为青海省最为著名的旅游景点和国家级爱国主义教育示范基地之一。加之这里广袤美丽的大草原、浓郁的民族风情、浪漫动人的传说等，吸引了大批中外游客。人们可以零距离地接触这个充满神秘色彩的地方。据海晏县旅游局介绍，自2006年青藏铁路开通以来，全县累计接待省内外游客300余万人次，年均增长23%，累计实现旅游综合收入3亿元，年均增长29%。

经过艰苦卓绝的改造和投资建设，如今，西海镇已成为一座花园式草原新城。它虽然不大，还是个工厂生活区的样子，但给人的第一印象是干净、宽敞。街道两旁不高的小楼排列整齐。马路旁、楼房间，不时有石碑和路牌告诉人们，这里是昔日的“办公楼”“科研楼”“专家楼”，以及王淦昌、朱光亚、邓稼先、周光召等著名科学家住过的“将军楼”。这些当年原子城里最高机密和最高决策之地，如今成了州委领导的宿舍。原来的科技楼已被州图书馆、电视台、群艺馆和工会等利用。昔日的电影院今天还在使用，而昨天的厂部已变成了今天的镇政府办公楼。基地的图书馆已成为今日的展览馆，融入到西海镇偌大的家园之中。空旷的基地遗址也已列入规划，其中部分厂区已被开发利用。

时值初秋，天空湛蓝，艳阳高照，无垠的草原上吹过阵阵清风，给人一种清凉的惬意。原子城幽静的街道两旁，杨树、榆树的叶子开始变黄，装扮出西部草原秋天一派宁静祥和的景象。

在原子城西南部的一块丰美的草场上，有一片占地近千亩、个个形似藏族大官帐的白色建筑群，这是近年刚刚投入使用的金银滩藏家风情园。而原子城周围的草原上，还有许多雪白的帐篷。这些可不是牧户，而是牧民们开办的小型“牧家乐”。“牧家乐”主要经营酥油奶茶、羊肉系列餐，有些人家还开设了供游客娱乐的骑马射箭项目。经营骑马射箭项目的牧民陈有福告诉我们，青藏铁路二期工程一通车，来金银滩旅游的人增加了不少，看到这一商机，人们纷纷想挣旅游的钱，如今在金银滩从事这类经营的牧户已经超过了20多户。陈有福说，他是海晏县银滩镇西岔村人，在这里只是季节性地挣点小钱，主要是和父亲在铁路边开小商店。

陈有福的父亲已经67岁，守望铁路已整整50年了。前30年，父亲在离铁路不足5公里的山坡上放羊，羊群在山坡上悠闲地吃草，父亲就坐在一块石头上静静地等待通往格尔木的火车到来。长龙般的火车呼啸而过时，父亲就激动地站起身来，目光一直盯到火车身影的消失。虽然日日能俯视钢铁巨龙，但父亲仍然觉得与铁路和火车的距离非常遥远。他梦想着要是有一天能坐在铁路上看火车，最好能坐上一会儿火车，那该是一件多么幸福的事呀！20年后，梦想终于变成了现实，父亲举家搬迁到了铁路边上，呼啸而过的火车距离自己是那么的近，而且还坐了一次火车。不久，父亲在铁路旁开了一家专为铁路职工和旅客服务的小商店，这时的父亲觉得自己的生活已经离不开铁路了。

陈有福所在的海晏县银滩镇西岔村坐落在青藏铁路南侧的山麓。全村168户人家，靠少量的农田和放牧为生。半个世纪前，铁路修到山脚下时，乡亲们还拉着架子车参加了铁路站台的建设。但是，他们并不清楚铁路会给自己的生活带来什么。许多年过去，来往的旅客越来越多，小站越来越热闹，牧民们也从中嗅到了商机。渐渐地，一户、两户、三户……牧民们迈出了向铁路边搬迁的步伐。

陈有福说，当年的搬迁不是一帆风顺：一度因为“原子城”的退役、往来的车辆和旅客减少，小站冷清了许多，乡亲们也停止了搬迁。但随着西部大开发的实施，随着青藏铁路全线通车，观光旅游的人越来越多，小站又加开了通往西海电厂的货运列车，这里再度恢复了以往的热闹。这两年，以年轻的村支书为代表的第二代牧民再度迈出了向铁路边搬迁的步伐。当然，年轻的村支书的眼光要远远超过上一代，他并不满足于把自己的家单打独斗地搬到铁路边上，而是要把整个村庄搬迁到铁路边上，再造一个新家园，彻底改变原来的生活状态。去年，在省、州、县各级政府的大力支持下，村里争取到了小型调庄项目。根据这个项目，政府给每个搬迁户补助4000元建房资金和2000元修建两用畜棚的资金，水、电、路等基础建设也同步推进。如今，一个现代村庄的雏形已经显现：水泥路面已铺设到各家门口，一座座红砖瓦房正在拔地而起；正在修建的学校将为下一代牧民子弟提供优质的教育资源。可以想见，不久的将来，随着列车的南来北往，新一代牧民的理想将不断向远方延伸。

陈有福还高兴地说，去年政府还在村里实施整村推进项目，给乡亲们送来299头奶牛，等乡亲们全部搬下山后，可实现集中养殖、规模经营，所产的牛奶可直接出售给“天露集团”的奶站，而正在建设的藏毯加工厂将实现乡亲们在家门口打工致富的美好愿望。

列车依旧呼啸而过，对金银滩的牧民来说，划时代的变革正悄然而至……

关角山：登天的梯

西出海北刚察县100公里，便进入海西的天峻县。同刚察一样，天峻依然是片绿草肥美的大牧场。与刚察不同的是，天峻有着独特的山水。

天峻的山，首推天峻山。天峻山，亦称天沁山，海拔4125米，为环青海湖的十三座名山之一。云雾天观天峻山，山势陡峭，峥嵘突兀，轻云薄雾缭绕山腰，有着浓浓的诗情画意。天峻山只有一条通向峰顶的小道，狭窄曲折，宛如羊肠。山坡上灌木稠密，松柏葱茏，两面壁立的岩峰，下绿上白，耸入云端。顶峰则平如镜、绿如茵，牧草丛生，野花繁茂，花香鸟语。东可远眺茫茫西海水，北可俯瞰布哈河，令人心旷神怡，流连忘返。

说了天峻的山还要说疏勒的山。过了曼塘，便可看到一座座山峰千姿百态，各具妙色，嶙峋叠嶂，迤逦绵延：岗格尔肖合力皑白，尕巴玛尔当日岗丹红，硫磺山淡黄，曼塘日根靛青，岗侧吾吉山碧绿。由于风雨和阳光的作用，有的像少女藏装，分外妖娆；有的像盘山公路，同一色砾石铺成，神秘莫测。疏勒南山的山峰及峡谷，是第四纪冰川：远看，刀脊广布，角峰峥嵘；近观，冰舌晶莹剔透，冰帽犬牙交错，银光闪耀。大片大片的冰林冰斗，高矮不等，奇形异状。降雪时，皑皑白色，天地难分；起风时，声音隆隆，响彻云霄；天晴时却又幽雅寂静。

有了美山便有了人文胜迹。县东天棚鲁茫沟和江河卢森古老的岩画、壮观的夏日哈石经院；县南传说中二郎神杨戬大战孙悟空藏身的二郎洞、辉煌的喇嘛寺；县北奇妙的吉祥撮等，都保留着未经雕饰的原始风貌，充满着神秘感和粗犷感。

天峻的水首推布哈河。布哈河发源于疏勒南山夏格尔，境内长218公里，流域面积13528平方公里，哺育了万顷高山草甸。布哈河两岸沙棘密布，棘果飘香，每逢天高气爽之际，石羊、黄羊、马鹿、普氏原羚等野生动物来此饮水。每年夏季，青海湖裸鲤成群，结队逆水而上产卵繁殖，场面十分壮观。

有了这美丽的山水，天峻人透着按捺不住的自豪。他们说，青藏铁路开通后，已经有不少游客来他们的家园观光。他们相信，不久的将来，会有更多的人迷上天峻的山水。

出县城往南20公里，青藏公路就把天峻县城和关角山连接起来。“关角”藏语意为“登天的梯”。那里海拔3700米，在青海，这样的山不算高，但关角山却有着它独特的意义：一是这里有西王母石室；二是青藏铁路著名的关角隧道就从此山经过。几乎每个到天峻旅游或经过天峻的人都要去西王母石室看看。

巴特去过无数次了，因为这里靠近他家的草场。每年夏天，巴特就把牛羊赶到这里放牧。巴特是蒙古族人。青海省境内的蒙古族人又称“德都蒙古人”，主要是成吉思汗及其弟弟哈布图哈萨尔的后裔。他们进入青海后便留下放牧，繁衍生息至今。巴特说他就是成吉思汗的后代。巴特长得的确很像蒙古人，高个、大脸、身材魁梧，看上去很年轻。巴特说他不年轻了，他的儿子都30岁了。巴特的儿子照日格在湟源县铁路段打工多年，并在湟源买房安家，几乎彻底告别了放牧生活。与住在关角山帐篷里，小心谨慎照料着70头牦牛、300只羊的父亲相比，照日格似乎比父亲提前过上了幸福生活。但巴特并不羡慕儿子的生活，在儿子的新房里住过两夜后就再也没去过。他说舍不得牛羊，舍不得关角山，因为曲曲弯弯的铁道和轰轰隆隆的火车时常让他着迷。不知道看不见铁路和火车后，他的生活会是个什么样子。

西王母石室坐落在关角山下，青藏公路北线的路边。这是一座玲珑的小山，高仅20多米，绕一圈也就是百十来米。山包虽然很小，却四周陡立，无处可攀。靠着公路的一面有一个上窄下宽的天然洞庭，洞口不大，约一人高，里边却有十余米高、几十平方米大。洞内有一个可供四人并坐的天然石炕，这就是西王母石室。带领我们去的巴特告诉我们说，关于这个洞有两个传说：汉族的传说是孙悟空与二郎神大战，二郎神用剑将附近一座山的山尖劈下，又用脚踹了一个洞；藏族的说法是格萨尔王在此修炼得道。巴特却坚信汉族的说法，他觉得只有孙悟空和二郎神才有这样的本事。各民族都将最美的故事、最丰富的想象赋予了大自然。许多美妙的传说令人浮想联翩，大自然的奇巧与神秘让人感叹不已。

二郎洞往北没多远是关角隧道出口，二郎洞往南山谷比较宽。进入了柴达木盆地的青藏铁路为了降低高度，在这里连续盘了四个大大的圆圈。走在这一段公路上，你会感到你的四周全是铁路。有的铁路桥上几十米便有另一座铁路桥跨过，就像现代都市里的立交桥。二郎洞西边紧邻公路，过了公路就开始爬山。一连几座海拔4000多米的陡峭山峰岩石裸露，直入云霄，雄浑壮观。二郎洞朝东是一个大约两三公里长的山谷，里面又分岔为两个更小的山谷，中间地势比较平缓，两边山势不是很陡。山谷里所见有几个羊圈的地方就是巴特的家，每年冬季牧民们就会赶着羊群和牦牛来这里越冬。夏季草原上盛开着许多不知名的小花，非常漂亮。只是方圆上百公里没有一棵树，两山之间的河沟永远是干涸的，从没见河水流淌。

也就是在孙悟空与二郎神大战的地方，60多年前铁道兵与关角山也展开了一场人与自然的生死大战。

青藏铁路一期工程西宁至格尔木段全长810多公里，是国家级铁路干线。从1956年开始踏勘，1958年开始部分区段和关角隧道等重点工程的施工，先后由铁道兵第七师、第十师、铁道第一工程局等单位施工建设。1960年11月铺轨到海晏，1963年12月铺轨到克土，1972年铺轨到哈尔盖。后在“大跃进”、国民经济困难、五年调整时期及“文化大革命”时期，一期工程被迫停工。

1974年，襄渝铁路贯通后，数十万铁道兵奉命挥师再上高原，青藏铁路又开始修建。由青海湖北岸的哈尔盖一路往西，经天峻草原进入关角山北麓。在关角山的南麓，这支队伍经过二郎洞一直往南，由察汗诺尔折向西经德令哈到格尔木南山口。这就是青藏铁路一期工程的第二阶段。这一段铁路海拔大都在3000米以上，最高点在关角隧道，海拔达到了3700多米，是当时我国海拔最高的铁路隧道。

有一份资料是这样介绍当时情况的：关角隧道全长4.01千米，洞内轨面最高处海拔3692米。隧道地质构造复杂，通过11处大断裂层，岩石破碎，极易坍塌。除沉积岩和变质岩外，尚含有大量泥灰岩、高岭岩、蒙托石等膨胀性岩层侵入体。洞身全部在地下水位线以下，洞内昼夜涌水量最多达一万立方米。

1974年10月关角隧道复工。当铁道兵打开封闭13年的洞口时，洞内积水齐拱线，拱顶坍落，边墙倒塌，洞口塌方淤积严重，且洞内又严重缺氧，连火柴都划不着。在洞内工作久了人就会胸闷无力，甚至昏厥，施工难度很大。指战员们克服艰难险阻，历时一年半，共清出弃渣杂物近5万立方米，然后才开始掘进上导坑。

那时，铁道兵施工设备十分简陋，没有什么现代化的施工机械，打隧道靠的是风枪、装载机、铁斗车，基本是人力施工。路基施工是推土机加人海战术，刚刚进口的日本d-80推土机就是最现代化的装备了。当时在青藏铁路施工的全部是铁道兵战士，没有民工和其他配合力量。沿线的天峻、乌兰等县，一个县的全部人口加起来也不过一万余人，施工部队的人数超过了当地人口。漫长的战线、简陋的设备、恶劣的自然环境，决定了这是一场足以使鬼泣神哭、感天动地的大会战。

1975年4月5日10时40分，关角隧道出口突然发生了近30米长的边墙倒塌、掉拱大塌方的重大事故。1589立方米塌方体将正在施工的127名指战员封闭在洞内。面对生死考验，他们无所畏惧，在寒冷、饥饿、缺氧的极端困难条件下，顽强地坚持向外突围。

当年的铁道兵、现居西安的陶玉和在他的博客中回忆道：

> 我那时在铁道兵四十八团政治处宣传股服役，是团里宣传报道组的成员。1975年4月5日下午，我正在暗室里忙活着，突然有人喊我，让我赶快带上照相器材出发。当我背上摄影包来到政治处院子外面时，团里唯一的一辆供团首长专用的嘎斯69吉普车已等在那里，车上的人催促我赶快上车。车疯了似的往四十七团方向开去。我这才知道关角隧道出口发生了大塌方。
>
> 我戴上安全帽，走进隧道大约200多米处的塌方现场。现场情况很惨烈，五六米高的偌大隧道被塌方完全砸断，里外隔绝。塌方有多长距离，里面的指战员怎么样，有多

少人，一切都不清楚。外面的指战员按照上级的命令已经开始了抢险。大家在隧道顶拱的左下角打了一个1米高的小洞，一米一米地向前推进。小的塌方还不断出现，大家还要边挖边支撑。我由隧道低处向上爬到大约5米高的拱角处，几乎是爬进了小洞，洞里的人都是趴在那里，用手或短锹将石头扒到怀里，再用脚蹬到后面一个人面前。高一点的地方人们就蹲在那里，把石渣往外运。我亲历过几次塌方，也多次拍摄过塌方抢险的照片，但像那天这样凶险的场面却是从没见过。

不知多长时间，我随着抢险突击队的战士一起退出了隧道。突击队员分成几批，轮番上阵。我稍做休息，又随下一批突击队进了隧道，如此反复几次。最新的消息不断传来，洞里被堵指战员在一位有经验的副营长指挥下，已经开展了自救，他们向外突击的位置正好和外面在同一位置，并通过打进去的钢管和外面取得了联系。师领导急切地追问里面人员的情况，到底有多少人，有没有伤亡。塌方刚发生时，担负施工任务的两个营立即清点洞外人数，最先说是少了200多人，后来又找到一些，反复几次，直到太阳下山，外出人员全部归队，才最终确认少了127人。当听到洞里正好是127人，且无一伤亡时，整个工地一片欢腾，士气大振。朝夕相处、生死相依的战友无恙，这是天大的好消息啊！

紧张的救援，一夜无眠，所有的人都没有合眼。这是撕心裂肺的一夜，是牵肠挂肚的一夜，是与死神搏战的一夜，是与时间赛跑的一夜。

6日早上8时许，前方传来好消息，洞口贯通了，可以容一个人钻出来。人们立刻涌进隧道，准备迎接死里逃生的战友。我站在斜坡上，目睹了127名被困战友一个个走出了险境。师团领导一个一个和他们握手，安慰他们。有的战士出来后身体虚弱，站立不住，医务人员立刻上前搀扶，我也及时地拍下了最后一组镜头。随着隧道内外长时间的欢呼声和口号声，一场特大塌方抢险战斗，以未伤一人未死一人127名指战员全部脱险的结果胜利结束。

据我们了解，陶玉和所回忆的那次塌方虽然没有人员伤亡，但在整个隧道工程和另外一次塌方中，却有不少年轻的生命魂归关角山。

距西宁364公里的察汗诺，位于海西州的乌兰县铜普乡。在大山脚下，察汗诺车站的铁路职工带我们寻找到当年的铁道兵萧军社，当时他正在草滩上放羊。萧军社身材较矮，头戴鸭舌帽，普通得跟一般农民、牧民没两样。萧军社于1976年3月1日在老家陕西彬县参军，曾是铁道兵10师48团4营17连2排6班战士。他告诉我们：

“一来到青海就打关角隧道，每天三班倒，挖洞工具是铁锹、钢钎、风钻，后来铺钢轨、上螺丝、维修。记得有个河南籍战士，在施工中一只胳膊受了重伤不能动了，叫他休息他怎么也不肯，用一只胳膊照样干活。当时的口号是‘大病不叫苦，小病坚持干’。关角隧道发生过两次大塌方，在塌方中牺牲了一些战士，很多埋在了赛什克农场。我一直都记着他们，有时还在梦里梦见他们……”

铁道兵10师47团6连2排6班战士张生林对关角隧道的开凿过程记忆犹新：

1974年，我参军入伍到铁道兵部队。1975年3月23日到天峻县老兵连，两天后进入关角隧道工作。当时穿的工作服是从朝鲜运来的，有的衣服上还有弹孔和血迹。我们背水泥是一百袋为一个单位，背一袋水泥来回4公里，一百袋就是400公里。那时，我们也不知道什么是苦，只知道拼命干活。吃饭时饭送到洞中，大家用筷子戳上几个馍馍就吃，吃完了身子靠在洞壁稍稍休息后，接着又干。

为了赶工期，8米高的边墙三天两夜得干出来。在掌子面上，四五只风枪分三层同时打眼，每只风枪重75斤，安放1.5米长的导火索后，跑到20米处爆破，石粉末填满了鼻孔和耳孔……这些情景我永远忘不了。

除了三位铁道兵的回忆外，我们打听到在青藏线锡铁山下的荒漠中还长眠着六位在青藏铁路一期工程施工中牺牲的铁道兵战士。于是，带着无比崇敬的心情，我们前去寻找他们的坟地。戈壁荒漠中，他们的坟墓已经颓败。土堆前只有简单的木牌作碑，木牌上字迹模糊，已看不出姓名。锡铁山车站的一位老师傅告诉我们说，这么多年了，他们的姓名已无法查找，只知道他们是在打隧道时因塌方而牺牲的，听说其中有一位是班长。就是这位班长在临死之前对连长说，我们死了就把我们埋在铁道旁，我们要看着铁路修通，所以他们就被埋在了这里。

六位无名烈士的故事让我们感动。我们在心情沉重的同时，都不由自主地向他们的坟墓深深地鞠躬。如今，青藏铁路已经通到拉萨，长眠在地下的他们一定感到非常欣慰。

1977年6月16日，关角隧道完成了主体工程，同年8月15日铁轨通过隧道。然而，1978年隧道通车后，发现整体道床开裂上臌，不到两年道床抬高达300毫米，水沟破裂，边墙脱落变形，拱顶裂纹掉块，局部边墙侵限等病害，威胁行车安全。1983年5月，整治病害后，1984年年底又发现未换仰拱地段的整体道床陆续裂纹上臌，两轨面水平误差达60毫米，并发现拱顶掉块、边墙开裂、墙脚疏松脱落等病害。经多方调查论证，查明道床上臌是因为隧道底部地层中含有大量遇水膨胀的绿泥岩、蒙托石等。所以，从1990年开始，拆除上臌地段的整体道床，增加钢筋混凝土仰拱，铺设轨枕板，同时拆除部分边墙，再次进行衬砌后压浆补强，对部分边墙拱顶进行小锚杆挂网喷浆加固。为根除隧道两端路基冻害，还对进出口段路堑内道床下路基土质彻底换填，增设了防寒保温排水沟。

关角隧道的施工前后历时30多年，除停工的13年外，正式开挖建设5年半，而整治病害耗时9年多，可见隧道地质构造之复杂、气候条件之恶劣和病害之严重。经过多年艰苦奋战，1979年，青藏铁路西宁至格尔木段的814公里路段铺通，1984年正式投入运营。

海拔3847米的关角山果然名不虚传，车上山时还是晴空万里，刚走到半山突然就阴风怒号，扬起了沙砾一样的雪渣。雪渣被风裹挟着，吹得车窗顿时模糊起来。褐色的山峦转瞬之间就白雪皑皑。车放慢了速度，小心翼翼地前行，雪还未止，突然，一丝阳光从乌云的间隙挤出来，山野间立刻就有了些许暖意。不想，上到山顶，黑云复又密盖，将我们笼罩在夹着风雪的昏暗里。不几分钟，豌豆大的冰雹竟劈头盖脸倾泄而下，我们只好躲进守卫隧道的武警战士的宿舍里。关角隧道守卫、四中队张副指导员告诉我们，在这里，盛夏飞雪是寻常事。昼夜温差可以超过20摄氏度，风力经常达到八级以上。几天前的一场大风，竟将哨亭吹倒。说起战士们的辛苦，张副指导员瞥了窗外一眼，眼睛有些潮湿地说，战士们一年四季都要穿棉衣，洗好的衣服在这里要好几天才能晾干。生活艰苦倒在其次，难以忍受的是生活的枯燥。关角山几乎是一个与世隔绝的地方，看电视、打篮球是战士们全部的业余生活。为了给自己的生活增添情趣，他们在院子里建了温室。小小的温室里，一垄垄的芹菜、油菜、辣椒，长得水灵灵、嫩生生，这不光是为了补充伙食，更寄托着战士们的情趣。

风雪中，张副指导员送我们踏上征程。他指着营房对面那片“干打垒”的残垣和一孔孔窑洞的废墟说，这里曾经是关角隧道开掘者的营房。20世纪70年代，开掘关角隧道的铁道兵们，曾用鲜血和生命的代价完成了这项彪炳千秋的工程。面对长眠于此的建设者，我们这点苦又算什么呢？

在关角山，我们得知青藏铁路西宁至格尔木段增建第二线工程，新关角隧道正在建设。由于赶路，我们没能前去施工现场看看，但有关建设情况还是了解了一些：

增建的第二线工程于2007年11月6日全面开工。此次采用钻爆法施工，隧道全长32.645公里，由中铁第一勘察设计院负责设计。新关角隧道设计为两座平行的单线隧道，设计速度为每小时160公里，两线间距40米。直线段上，共设置了11座斜井（合计15.26公里）以及9.8公里的平行导坑辅助正洞掘进。截至2010年4月，该隧道进口标段完成正洞掘进19.52公里，占设计长度的29.9%。新关角隧道建成后将使既有线路缩短36.837公里。新关角隧道采用动态设计，目前共有36个施工工作面，中铁一院的技术人员随时在各个工区间进行现场踏勘。

从金色原野到绿色城市

汽车在青藏公路上继续西行。窗外是茫茫戈壁，细细的雨丝斜打在车窗玻璃上，雨丝中夹杂着细微的风声。由于公路平整，车速放慢，所以没有明显的颠簸，在如摇篮一样的轻轻摇晃中，我们全都进入了梦乡。

突然，车子猛地一下急刹，将我从睡梦中惊醒，回头一看马钧和唐涓还在昏昏欲睡。我不解地望着身旁年轻的司机。这个自从上路就一直听印度歌曲的小伙子轻轻地说了声："一只藏狗！"我往前看去，果然有一只体形硕大的黑色藏狗穿过公路，向另一侧的草原奔去。它的前方是一大群牦牛和羊，还有一位骑着马的牧羊姑娘。

车子仅仅停了一下，身后就有好多辆车超越我们而去。横贯柴达木盆地的青藏公路和青藏铁路，不仅是柴达木的运输大动脉，还沟通了国内外同柴达木的频繁往来。那些穿梭往来的车辆，不仅装点着柴达木的今天，也在编织着柴达木美妙的明天。

柴达木北起祁连山、阿尔金山南麓，南迄昆仑山北麓，东界为青海南山、鄂拉山西麓，西至阿尔金山和昆仑山的祁曼塔格山会合处，面积约为25.6万平方公里，占海西州总面积的78%，占青海省总面积的35.6%。按行政区划境内包括德令哈、格尔木、乌兰、都兰及天峻等市县和大柴旦、冷湖、茫崖三行委。

柴达木地区的核心柴达木盆地被祁连山、阿尔金山和昆仑山环抱，素有"聚宝盆"之称。整个盆地地形略呈菱形，地势从西北向东南倾斜，盆地边缘多为山地。地貌类型主要有洪积扇和洪积倾斜平原、湖泊平原、风蚀地貌、风沙堆积地貌以及干燥剥蚀山地五种。地貌主要特点为海拔较高，地势平坦，湖泊、盐湖多且面积大等。柴达木地区属典型的高原大陆性气候，具有降水稀少、气候干燥、日照长、太阳辐射强、日温差大等特点。

柴达木历史悠久，文化灿烂。都兰县察汗乌苏河畔分布着唐代200余座吐蕃墓葬群，也是我国发现最早的吐蕃墓葬群。墓中出土的大量丝绸是南丝绸之路存在的重要证据。都兰县西部诺木洪文化遗址，是柴达木迄今发现的最大的古文化遗址，文化内涵独特，别具一格。都兰的贝壳山、海虾山是古海遗踪，也是沧海桑田的证据。

热水墓葬群属唐代早期大型吐蕃墓葬群，是我国首次发现的吐蕃墓葬，分布在长约7000米的热水、扎玛日、沙尔塘、斜歪四个自然村，墓群有大小墓葬200余座。经考古发掘，出土文物有皮靴、金饰品、木碗、木碟、木鸟兽、陶罐、古藏文木牍等。尤其是出土的一批绚丽多彩的丝绸织品，质料良好，图案清晰，色彩鲜艳，是不可多得的稀世珍品。丝绸品种有帛、绫、绢、刺绣等。图案中有珍禽异兽、花草树木、车马人物狩猎、西域人图像、织锦等。其中一件织有中古波斯人使用的钵罗婆文字锦，是目前所发现的世界上仅有的一件8世纪波斯文织锦。

柴达木的外貌，并不那么光彩夺目。茫茫瀚海中，少有葱茏的森林，鲜见绿茵的草地，可是，与冷清、荒凉的表层相反，柴达木的地下却蕴藏着千珍万宝。其蕴藏的矿产资源，种类多、储量大、品位高，包括了几乎元素周期表上所有元素的矿种。截至2004年底，已累计发现各类矿产86种，占青海全省的64%，全国的50%；上全国矿产储量表的矿产44种，占青海全省的42%，全国的28%。已发现矿产地281处，矿产资源具有矿种齐全、优质矿产多、探明储量大、分布集中、多组分综合矿床多等特点。地区保有资源储量潜在经济价值达16.27万亿元，占青海省总价值的95%，全国的13%。

在已探明的矿产中，锂矿、锶矿、芒硝、化肥用蛇纹岩、钾盐、镁盐、石棉7种矿产居全国首位，另有24种矿产保有储量在全国名列前10位。石油天然气、铅锌、钠盐、天然碱、溴矿、碘矿、铷矿、铟矿、硼矿、制碱灰岩、硅灰石等矿产在全国也居一定地位。一排排钻塔，一批又一批采油机和一座座工厂拔地而起，给荒凉的戈壁滩、白雪皑皑的昆仑山增添了勃勃生机。

“柴达木”蒙古语意为“盐泽”或“盐的世界”，这里大大小小的盐湖有100多个，食盐总储量有600亿吨之多！察尔汗盐湖是中国最大的盐湖，总面积5856平方公里，堪称“中华第一湖”。这里有湖面车水马龙、湖下碧波荡漾的奇观，颇有“沃野千里”的气派。长32公里的“万丈盐桥”横跨湖上，堪称世界奇桥。察尔汗盐湖上建有多座钾肥厂，其中青海钾肥厂先进的船采船运生产工艺是盐湖上一道亮丽的工业旅游风景线。

柴达木地区水资源较为丰富，水资源总量为55.474亿立方米，其中可开采量为22.19亿立方米，可开发利用率为40%。尽管目前柴达木地区水资源开发利用程度较低，但从柴达木总体和各分区潜力分析，水资源可利用量能够满足循环经济发展的需求。

浩瀚、荒寂固然是柴达木的特征，然而，柴达木也同样不乏“天苍苍，野茫茫，风吹草低见牛羊”，以及麦浪滚滚、绿树成荫的诗情画意。在柴达木，藏族聚居的天峻草原、蒙古族聚居的同普草原、水草丰美的阿尔顿曲克和乌图美仁牧场等茫茫的大草原，郁郁葱葱，恬静优美，生机盎然。在荒滩和戈壁，有水的地方就有绿洲，就有棋盘格子似的水渠林带和波涌浪翻的金灿灿的麦田。在红柳滩上建立起来的香日德农场，麦浪滚滚，因土地平旷适于灌溉等得天独厚的优势，使那里的春小麦亩产量达到2121斤，创造了全国春小麦单产的最高纪录。那里的土豆、萝卜、白菜、甘蓝个大味美，而且产量很高。这些沙漠里的绿洲犹如珍珠和翡翠镶嵌在柴达木盆地。

1978年，地处柴达木盆地中央位置的都兰诺木洪农场，人工驯化野生枸杞喜获成功。由于光照时间长，昼夜温差大，拥有丰富而独特的光、热、水、土资源，诺木洪的枸杞果品氨基酸含量高于宁夏枸杞，颗粒饱满圆润，单果颗粒体积属国内枸杞之冠。特等品每50克130粒左右，果品含糖量（以葡萄糖计）为40%，是名副其实的绿色无公害优质天然枸杞。20世纪80年代诺木洪枸杞曾被戴上国家级优质产品的桂冠而畅销海内外。经过30多年的科学栽培，诺木洪枸杞遍布柴达木农业区，目前仅在都兰地区的种植规模就达到了12万亩。近几年间已形成了柴达木枸杞集中连片生产基地和枸杞集散地，获得了中外枸杞专家的赞誉。

得知诺木洪枸杞有名，车到诺木洪时，我们特意从青藏公路拐进枸杞基地参观。一条沙土公路向北延伸，两旁均是绿油油的枸杞林。由于是初秋，大部分枸杞已经收果，平整的场院上晾晒的一片片红彤彤的枸杞，在太阳下泛出耀眼的红光。

来自乐都县高庙乡的农民胡晓霞，在都兰县诺木洪采摘枸杞已有20多天了，她高兴地对我们说："我在这里每天能挣上百元。"今年，诺木洪地区的枸杞大丰收，吸引了两万多名像胡晓霞这样的农民工到枸杞产区采摘鲜果。

胡晓霞的老板是来自河南的王书乾先生。个子较高，脸色黝黑的王书乾原是河南长葛的一位农民，1994年投奔亲戚来青海，在西宁做烟酒批发生意。2008年，他从西宁的亲戚口中得知在诺木洪种植枸杞能挣钱，就毅然决然地来到了海西，大胆承包了800亩地种植枸杞。王书乾不仅有胆识，还能吃苦。他说，过去咱就是农民，还害怕种地吗？又和土地打上交道的他，经过四年的辛苦劳作，终于见了成效。如今他的枸杞园每年以亩产250公斤400元收入而成了百万富翁。

王书乾不但种植枸杞，还投资100万元建了一个烘干车间，加工工人加上采摘人员每年雇工达150人左右。在烘干车间，王书乾指着刚刚烘干装袋的鲜红的枸杞说，今年都兰县诺木洪地区的12万亩正值挂果旺期的枸杞获得了大丰收，从8月初开始，每天有上百辆大卡车把数百吨干鲜枸杞运往全国各地。据估算，都兰县的枸杞产值将突破7亿元。

都兰县政府的一位干部告诉我们，枸杞产业是柴达木循环经济试验区最具经济效益、社会效益、生态效益的绿色项目。为把柴达木枸杞产业进一步做大做强，最大限度地发挥柴达木枸杞对农民增收的带动和辐射作用，都兰县将积极引导龙头企业带动农民扩大种植规模；积极争取科学育苗、枸杞的精深加工等方面的科学研发项目；大搞以节水灌溉为主的水利工程。与此同时，政府还将从枸杞种植、加工、销售等方面引导枸杞产业向规范化、标准化方向快步迈进。

姐姐，今夜我在德令哈，夜色笼罩
姐姐，我今夜只有戈壁

草原尽头我两手空空
悲痛时握不住一颗泪滴

姐姐，今夜我在德令哈

这是雨水中一座荒凉的城
除了那些路过的和居住的

德令哈今夜
这是唯一的，最后的，抒情
这是唯一的，最后的，草原
我把石头还给石头
让胜利的胜利
今夜青稞只属于他自己
一切都在生长

今夜我只有美丽的戈壁空空
姐姐，今夜我不关心人类，我只想你

因了诗人海子的这首诗，德令哈这个名字变得浪漫而温暖。即便如此，它对于居住在内陆城市的人来说仍显得遥远、陌生而神秘。

● 德令哈原野

据说，当年成吉思汗的铁骑驰临这里，正好看到大漠戈壁在残阳下浑如金色的世界，连八音河水都泛着金光，战士们欢呼“德令哈”，从此，这一片戈壁就被叫做德令哈，蒙古语的意思是“金色的原野”。

成吉思汗当然不会知道，在他的铁骑绝尘而去700年之后，这片金色的原野上如今矗立着一座绿色的城市。

汽车离德令哈还有几里路，就看见一幢幢建筑与一层层绿树掩映交错。进入市区，马路两边更是杨柳婆娑，浓荫相接，尤其是经过占地80亩的体育广场时，绿草如茵，花香袭人。我不由从心底里惊叹：这就是那个人们印象中建在戈壁上、水贵如油的城市吗？

也许是一路上看到了太多的荒凉戈壁，我们抵达德令哈的当天下午，海西州委宣传部副部长杨东亮就邀我们去看柏树山。杨东亮介绍说，柏树山环境优雅，景色迷人，是德令哈市的天然屏障。来德令哈不去柏树山是一大遗憾。

柏树山位于德令哈市北面10公里处，遥看柏树山，群山起伏，苍峦翠嶂，像一弯新月，豪迈而深情地环抱着德令哈。上得山去，漫山遍野的柏树傲然而立，碧草如茵，山峁丘陵处处都是优良的天然牧场。

高大秀直、巨盖如伞的柏树是柏树山的绝景，大有唐代杜甫《古柏行》中的“霜皮溜雨四十围，黛色参天二千尺”的气势。柏树又称青海岩柏，抗寒耐旱，不论在砾石堆中还是在峭壁岩层都能茁壮成长。所以，柴达木山峦丘壑虽然干旱，但柏树却始终蓊郁苍翠，葱茏欲滴。柏树林间，草地茵茵，红柳丛丛，山花簇簇，蝶蜂追戏，上下翻飞，的确是德令哈人的一块福地。

柏树山上如刀削般的断崖峭壁，清澈的泉水从高处流下，形成一汪碧波粼粼的大水池，碧水回旋，水波荡漾，天光山色与绿水相映成趣。瀑布后面是一个巨大的凹洞，人坐入其中，看瀑布银帘般垂下，活脱脱一个“水帘洞”。

密密麻麻的柏林中，还有被称为“国宝”的青海云杉。这种出现于白垩纪的古老物种，高大苍郁，年龄长达四五百年。它和水杉、银杏一样，是珍贵的“活化石”植物。柏树山最高峰海拔4000多米，山势峻峭伟岸，有志者登上峰顶，鸟瞰山下，瀚海新城德令哈市容历历在目，万般风光尽收眼底。

下了柏树山又去西海公园，占地280亩的公园是免费开放的。穿过绿树成行的街道，进入园内，老远就听到回廊下的丝竹之声。一些年龄较长的市民正在这里弦歌一堂，载歌载舞。长廊的周围，是郁郁苍苍的树林，大约有近十个树种，或墨绿，或苍翠，或老成，或鲜嫩，错落有致，层层叠叠地铺展开来。园中有一个面积达45亩的人工湖，八音河的水静淌在这里，微波粼粼，鱼翔浅底。我们和从西宁调来的杨东亮开玩笑：“怪不得你乐不思蜀，原来有这么个好去处。”

在园内，我们见到了德令哈市园林站站长李学兵。这位站长虽然一副瘦小精明的模样，但一开口，立刻就显出了山东人特有的豪爽坦荡。他告诉我们：“这几年，城市绿化在德令哈受到了空前的重视，有两位副市长专门抓这项工作。德令哈缺的是水，为了保证苗木成活，我们在挖好树坑后先浇水再栽苗，栽时浇水，栽后还浇水，可谓不惜老本。置换沙石种树的土是从18公里外的尕海运来的。”

德令哈市区面积22平方公里，五纵六横11条主要的大道，总长度超过50公里，城市广场和大小绿地总面积不下200亩。要在这里实现20%的绿化率、人均绿地近6平方米的目标，可以想象工程之浩繁。据了解，德令哈的财政并不富裕，可是肯拿出钱来搞绿化，投资额还逐年上升，一年完成绿化投资上千万元，可见力度之大。

李学兵说：“园林工人比疼儿子还疼每一株绿树，看到有人摇路边小树，就像在扯我们的心，你说，树能长不好吗？”成活靠的是管理。戈壁城市种树成活率超过85%，这可是一个让国家林业专家咋舌的数字哟！

多年前，在诺木洪听说过一个故事：这里有一株苹果树，冬天，怕它被冻坏、被吹断，职工就用土把它埋起来，土堆得像小山；春天，再刨出来让它重见天日。树上结的果子又小又酸又涩，可是，这无关紧要，因为这株苹果树已经成为一种精神象征。德令哈的绿，不正是这种精神的写照吗？

奔流不息的巴音河像一条美丽的银色飘带，在德令哈市的胸前悠然而过。巴音河蒙古语意为“幸福的河”。巴音河纵贯德令哈市区，是境内最大的河流，她发源于祁连山系哈尔拜山南坡，流经泽令沟、尕海、戈壁等地，最后注入克鲁克湖，全程200余公里。她无私地养育着世代居住在这里的各族人民，正是她的存在才使这座戈壁城市有了活力，故被称为德令哈市的“母亲河”。站在柏树山上俯瞰全市，城在林中，水在林间，巴音河犹如森林中的一条河流，而人也仿佛是置身于林与水之间的精灵。

巴音河在八月的阳光中喧腾了起来，徐建春的心中涌动着和巴音河水一样的激情。

徐建春是留在青海为数不多的青藏铁路一期工程的建设者之一。1972年，23岁的徐建春从山东老家来到了青藏高原，那时的他是铁道兵第七师运输连的一名司机。谈起青藏铁路一期工程建设的艰辛，徐建春的眼睛里泪光闪闪。

那是一个夏日的午后，徐建春和他的战友坐着一辆闷罐子火车来到了哈尔盖。打开车门，徐建春不禁被眼前荒凉的景象惊呆了。虽然时令已是夏日，可是草原上依旧是罡风凛冽，稀疏的芨芨草在风中没精打采地耷拉着脑袋，仿佛整个世界刚刚经历过一场浩劫。

其实这还算不了什么，猝不及防的高原反应才真正给了徐建春一个下马威。头痛、胸闷、食欲不振……简直让徐建春难以忍受。

从哈尔盖到格尔木是一条坑坑洼洼的土路，运输连的任务就是把木头、铁轨等建筑材料从哈尔盖运到沿线的施工点。

徐建春出车时，随身总带着三件法宝：一口高压锅，一把面条，一壶凉开水。高原的阳光火辣辣地照在车顶上，车厢里热得让人难以忍受，这时候，那壶水真是太金贵了。可这水，徐建春从来舍不得敞开喝。

为了抢工期，徐建春的解放车往往是 24 小时运转。人累了，车也累了，抛锚的事时常发生。一旦遇到这样的情况，在戈壁滩上，那壶水真能救命呀！

1979 年，因为地方建设的需要，徐建春转业到了巴音河畔的德令哈市。徐建春不知道自己为什么会选择这里作为自己的归宿，但他知道，每当自己看到那两条伸向远方的铁轨时，心里总会生出一种异样的感动。

徐建春给我们讲述了这样一件事。他说，有一次他途经关角隧道时，特意看望了一位老乡，两人相约，等徐建春出车回来时，好好地喝上两盅。没想到，徐建春出车回来时，那位老乡已经在一次塌方事故中牺牲了。

“铁路是我的梦呀，我要看着它一直修到格尔木，修到昆仑山，修进西藏。”这是徐建春留在德令哈唯一的理由。没想到，这一等就是几十年。青藏铁路全线通车的那天，徐建春一个人喝得酩酊大醉。他说这酒是为那些牺牲在青藏铁路建设工地上的战友喝的。

巴音河水潺潺，它在诉说着铁道官兵们为这片土地做出的贡献。

连日的绵绵秋雨，使一向干旱、多风、少雨的德令哈市空气里透着清新和湿润。虽说有些凉意，总比它惯常的燥热要让人感到惬意得多，整座城市也显得洁净而美丽。

在德令哈小住两日后的清晨，我们在淅淅沥沥的小雨中挥别了德令哈——这座在数年间“从头到脚”发生了巨变的高原城市。沿着 315 国道西行，雨雾中的德令哈市在我们的身后渐行渐远了。

驶出德令哈市不久，青藏铁路便在视野里渐渐模糊，映在视野里的是茫茫戈壁。就在戈壁的单调让人产生几分倦意的时候，公路南侧便出现了一道让人眼睛为之一亮的风景：一道在雨中显现出浓浓绿意、沿公路向西绵延上万米的林带，与北侧的戈壁滩形成了强烈的反差。正是这道绿色屏障“堵截”着来自戈壁风沙的袭击，护卫着林带内的万顷良田。林带过后，距德令哈大约60多公里，在一个叫怀头他拉的乡镇以南，一片湖泊出现在我们的视线之中，这就是海西著名的克鲁克湖。

汽车走下公路驶上一条向南的岔道，约行4公里，闻名遐迩的克鲁克湖便近在眼前了。“克鲁克”是蒙古语“多草的芨芨滩、水草茂美的地方”的意思。

雨雾中的克鲁克湖别有一番韵致。放眼望去，水面波涛翻滚，成群的水鸟时而在水面上空翱翔，时而在水中嬉戏，并发出阵阵欢叫声，湖北岸连绵的芦苇丛成了水鸭们理想的家园。举目远眺，湖水与蓝天连成了一体。南岸的一带远山在若有若无中平添了几分朦胧、几分神秘。

克鲁克湖一位工作人员告诉我们，克鲁克湖属于微咸性淡水湖。由于湖水清澈、湖面平静，每年初春，克鲁克湖的冰开始融化时，成群的黑颈鹤、斑头雁、鱼鸥、野鸭等珍禽，从遥远的东南亚诸岛飞到这里筑窝垒巢、生儿育女。黑颈鹤喜欢在克鲁克湖边沼泽地和芦苇丛中筑巢栖息，斑头雁、灰雁则喜欢在沙丘上垒窝居住。

克鲁克湖建有码头、帐房餐厅等接待设施，还有游艇、摩托艇等。网鱼区可以看到养殖场的渔工们捕鱼。从湖中捕捞上的柴达木鲤鱼，最大的有十多公斤，肉嫩味鲜。湖中还盛产中华绒螯蟹，即大闸蟹。

受聘从湖北到这里创业的一位姓周的先生对我们说：“州上把作为省级自然保护区的克鲁克湖、托素湖大力向外宣传推介，吸引了越来越多的人到这里旅游观光。要在平时，坐船游湖都得排队。

加上青藏铁路恰恰又从克鲁克湖和托素湖之间穿过，更增加了这里发展旅游的后劲。我是看好这里旅游产业的潜力，才从湖北省到这里来的……”

周先生的一席话，让我们对这里有了另外一番思量。在美不胜收的湖光山色中，旅游产业的优势正蕴含其中。

从德令哈往西，更多更独特的自然景观展现了柴达木的魅力。当你“航行”在这片古老的瀚海之中，既能领略到“远山压雪玉为屏”的奇丽，也能领略到“大漠孤烟直”的壮观。柴达木是神仙福地，道教圣境。巍巍昆仑，横空出世，被世人誉为万山之祖、亚洲的脊柱。玉珠峰、玉虚峰传说是玉帝两位妹妹的化身，终年银装素裹，分外妖娆，形成闻名遐迩的“昆仑六月雪”的奇妙景观。玉虚峰脚下是中华道教昆仑主道场，传说是姜太公修炼五行大道四十载之地。山间多奇峰怪石，常有飞禽走兽出没；山谷昆仑河清澈见底。西王母瑶池，水波粼粼，碧绿如染，清澈透亮，水鸟云集，传说是西王母举行蟠桃盛会之所。昆仑神泉传说是西王母酿制琼浆玉液的泉水。

● 青藏公路

雅丹地貌是种典型的风蚀性地貌，不同土丘因风形成不同的造型。柴达木属多风和风力较大的地区之一，年平均风期为130~150天，最长达到180天，风力普遍为八至九级，有时高达十二级。经常光顾的大风，用无形的工具、无形的力量，造就了冷湖等地区波澜壮阔、形态万千、风格独特的雅丹地貌景观。

冷湖的雅丹地貌，造型复杂多样，威严大气，变化多端，每个个体就是一个巨大的雅丹雕塑，显现出很强的艺术张力，给人以联想和遐思，给人以雅丹之外的空间。进入无边无际的雅丹群，如同进入巨大的迷宫，或土或沙，不知自己从何处进从何处出。站在一处山丘上远望，到处都是陡峭的土丘：有的像鼓满风帆的战船，有的像引吭高歌的雄鸡，有的像高高耸立的宝塔，有的像庄严的庙宇……一切都给人神秘莫测、奇幻万千之感。据说，遇到大风天，整个雅丹群到处鸣叫，鬼哭狼嚎，加上沙尘弥漫，不由得会使人毛骨悚然，有人因此称之为“魔鬼城”。据说，青海省即将修建通往冷湖雅丹地貌区的道路，使这一独特地貌变成旅游探险者的乐园。

在柴达木，当你置身在盆地西部的雅丹地貌之中，面对那形态各异的风蚀残丘，你会为这大自然的雕塑而感慨不已，不仅为它的内涵惊叹，也会为它的坦率、质朴、开阔、博大而折服、震撼，同时你还可以得到情操的陶冶、思想的启迪和人生的领悟。

进入新世纪以来，柴达木抓住西部大开发的历史机遇，聚精会神搞建设，一心一意谋发展，使柴达木步入了地区面貌变化最大、经济社会发展最快、人民得到实惠最多的时期，呈现出了前所未有的经济发展、社会进步、民族团结、人民安居乐业的良好局面。

柴达木的今天，到处回荡着开拓前进的脚步声，到处焕发着生机盎然、日新月异的新气象。不信，你可以去柴达木循环经济试验区走一走。

天路之魂

横空出世莽昆仑

天　路　之　魂 TIANLUZHIHUN

更大的奇迹，是在盐湖上修铁路。

公路盐桥可以承载汽车穿行，如履陆地，可是火车比汽车重无数倍，能否从盐壳上通过呢？这当然有很多难题。困难不在于盐壳承载力不够。科学实验证明这里的盐壳每平方米可承受42吨半的压力，比一般土质的抗压力还强一倍，难的是让铁路穿越盐湖的32公里地段。这里地质情况复杂：有软似海绵的饱和粉细沙震动液化地段，有溶洞密布的盐溶地段，有硬似花岗岩的岩盐地段……在这样的地方修铁路，国内没有先例，国外也罕见。

盐湖上的奇迹

伴随着弥漫在空气里湖盐的气息，视野里是近处的盐山，远处的采盐大船。

走进柴达木盆地，就走进了我国最大的内陆盐湖察尔汗。仅就它那5856平方公里的面积，就足以让踏上这片神奇土地的人们惊叹不已。而这仅仅是人们惊叹的一个开始。因为矿藏的丰富，矿物品种的多样，使这里如雨后春笋般地集结起一座又一座的现代化工厂。这些工厂生产出来的大批产品，借助高效、便捷的青藏铁路，源源不断地运往祖国各地。让人们更为惊叹的是，近年来随着盐湖资源开发力度的不断加大，以察尔汗、东台吉乃尔和西台吉乃尔为主的盐湖工业体系正在逐步形成，一座在盐渍碱滩上出落的“中国盐湖城”的形象，越来越清晰地呈现在世人的眼前。

虽然几亿年前浩瀚的大海因为地壳的上升而逐渐退却，可是这片被唤醒的土地和土地上的开拓者，从未停止过他们不竭的创造力。由大自然创造出来的种种自然界奇观，当然值得人们不断地去欣赏，去探究。可是我们从踏上盐湖的那一刻起，从心底里更想去珍藏、去感叹的，恰恰是盐湖人在这里创造的那些非凡的奇迹。他们的非凡之举多得就像盐湖中层出不穷的盐花。我们无法在局促的篇幅里去一一细说他们的种种非凡之举，那就让我们从自己脚下、车轮下正在经过的道路、以小见大感悟一种值得人们永远铭记的伟业吧。

说起察尔汗，人们最好奇不过的，恐怕还是在盐湖上筑起的万丈盐桥。即使是生活在柴达木的人，最初听说在盐湖上修筑了万丈盐桥，也会兴冲冲地跑去一看。其实盐湖上并没有他们脑海里预想出的高大、壮实的桥墩，更没有被桥墩托举着的桥身和大桥护栏。略微的失望带来了更大的好奇。其实，所谓盐桥，不是普通意义上的桥梁。要想知道它的奥秘，就得知道一点儿有关盐湖的常识。只有了解了盐湖，我们才会为筑路人的聪明才智称奇叫绝。

盐湖的结构非常奇妙，湖面是半米厚的盐盖，盐盖下面便是深约 20 米的卤水。这些碧清如翠的卤水，是生产钾肥和工业用盐的原料。卤水下面是一层十多米厚的结晶盐。那状若珊瑚和风蚀岩石的盐花，犹如瑞雪后的银树，一丛丛、一朵朵长在卤水中，那些玲珑剔透的盐塔、盐柱，千姿百态，如诗如画。结晶盐的下面是由沙土和卵石形成的一道坚固的隔水板，板下是一个深三四十米的巨大的淡水湖。这层隔板又是大自然设置的隔水保护层，使上面的盐层不被下面的淡水所溶化，也为我们开发盐湖提供了必不可少的淡水资源。

在世界建筑史上，我们看到最多的建筑都是用生土、石头、砖瓦、水泥建造的。而在这里，就跟生活在北极冰天雪地里的因纽特人用冰雪来修建他们的房子一样，盐湖上的很多建筑物也都是就地

取材用盐来建造的。因为盐盖的承重能力很强，所以建在湖上的许多厂房、宿舍、影院、学校、医院等各种生活和文化设施都不必深挖地基，只要在盐盖上砌一道一米多高的石头墙，就是地基。在这里，标号再高的水泥也挡不住卤水的腐蚀，所以砌墙用的砖也不是普通的灰砖，而是用盐盖加工制作的盐砖。盐砖经久耐用，物美价廉。由于盐的导热性不高，所以盐砖建筑物冬暖夏凉。这实在是盐湖人一大别出心裁的创造，而在盐的各类建筑物中，最亮丽的莫过于万丈盐桥。

1954年，慕生忠将军领导修建青藏公路。他把修通敦（煌）格（尔木）公路的任务交给齐天然去完成。齐天然带领40多人，在11月初开始边勘探边修路。他们一路披荆斩棘，铲坡填沟，只用了14天的时间就把600多公里的敦格公路打通了。

当时，开辟这段盐湖公路时，有不少人持怀疑态度。一个外国专家曾质问慕生忠，盐湖上怎么能修公路？慕生忠反问他，你们国家有盐湖公路吗？他回答说没有。慕生忠毫不客气地说，你们既然没有，那就向我们学习吧！在盐桥通车的难忘时刻，作为青藏公路

● 昆仑山脉

建设总指挥的慕生忠将军，激动地用一首诗记录下了这个奇迹诞生的时刻：

咸盐筑路未曾闻，
岩盐架桥世无双。
盐桥横跨达布逊，
桥身全长超万丈。
盐桥东西无边际，
桥南桥北好风光。
南望昆仑北祁连，
山色湖光使人恋。
两旁湖水面对山，
平硬直宽赛长安。
工程科学新发展，
建筑史上新纪元。

万丈盐桥，这座闪着墨玉一般光泽的桥，就这样骄傲地横跨在察尔汗盐湖之上。虽然叫桥，却没有一般的桥梁所必有的桥墩、卷拱、桥栏、钢索等。它所有的“构件”就是由“漂浮”在察尔汗盐湖上的20厘米至30厘米厚的盐盖及10米至20米深的结晶盐、晶间卤水组成的万丈桥面。虽然它看上去极为简陋，但其承重能力之强、造价之廉，在世界各大长桥系列中名列前茅。说起它的维修，也是再容易不过了。如果桥面上出现了溶洞，只要从旁边铲盐填平，再浇上卤水，就会很快凝固，平整如初。

这座成为柴达木盆地一大奇观和著名景点的大桥，已经有半个多世纪的历史了，为柴达木的交通运输做出了巨大的贡献。

更大的奇迹，是在盐湖上修建铁路。

公路盐桥可以承载汽车穿行，如履陆地，可是火车比汽车重无数倍，能否从盐壳上通过呢？这当然有很多难题。困难不在于盐壳承载力不够。科研工作者已经做过试验，这里的盐壳每平方米可承受42吨半的压力，比一般土质的抗压力还强一倍。难的是让铁路穿过盐湖的32公里地段，地质情况极其复杂：有软似海绵的饱和粉细沙震动液化地段，有溶洞密布的盐溶地段，有硬似花岗岩的岩盐地段……在这样的地方修铁路，国内没有先例，国外也属罕见。

为了打破铁路施工的禁区，从20世纪50年代末期起，在毛主席、周总理的亲切关怀下，由国家建委牵头，在中国科学院、铁道部、铁道兵、青海省和西藏自治区等部门和省区的大力支持下，组织了由铁道部科学研究院西北研究所、铁道建筑研究所、铁道部第一勘测设计院、铁道兵、青海省盐湖研究所等科研单位参加的科研大会战。

从那一刻起，一种梦想开始燃烧所有人的激情，一种力量凝聚着一种非凡的精神。科技工作者带着科研仪器和地质钻探设备深入到盐湖之中。他们搭起帐篷，住在盐湖，战严寒缺氧，抗风雪冰雹，修筑了盐湖试验路基工程，并进行了岩盐溶洞处理、抽水、耐腐蚀建筑材料等试验。调查、研究、试验、再试验，不知熬过了多少个日夜，不知经过了多少次反复，他们终于得出了一个肯定的结论：盐湖上可以修建铁路。

科研成果以及设计方案很快送到了铁道部，送到了毛主席、周总理手里。施工命令下达了！

但是，要把纸上的设计变成现实，谈何容易啊！

1977年4月，当铁道兵战士来到盐湖工地的时候，五六级的大风不时发作，风沙打得战士睁不开眼睛。苦涩的盐味随风吹来，强烈的腐蚀性使得战士的皮肤裂口变色，帐篷和服装很快变质、腐烂。高原缺氧给战士生理上造成的痛苦也很明显。盆地里的气候异常干燥，刚来时大伙的鼻腔都是干疼欲裂。这还不算，更困难的是严重缺乏淡水，饮用水须到远离盐湖几十公里外的地方去拉。有些连队为了保证做饭用水，平时不得不把水缸盖或伙房门锁起来。碰到拉水车坏了，就只好炒黄豆充饥。帐篷不够住，只好就地取材：把盐壳砸开来，用盐巴块砌墙，修起一间一间的盐巴房。为了给人民造福，为了给国家的经济建设铺路，为了促进青藏两地经济发展和人民生活改善，盐湖上的种种困难对他们来说都可以克服。

简简单单地安好“营”，扎好“寨”，施工的序幕就拉开了。

在盐湖南北两缘，有近130公里的路段是饱和粉细沙震动液化地段。这里，土质结构松软，细沙中含水量大，承载力每平方厘米只有0.25千克，不要说火车不能通过，就是人在上面跳几下，地面也会泛出水来，变成稀泥坑。对这种地质结构的路基基底，如不做特殊的工程处理，列车一旦通过，在剧烈的震动下，基底便会液化，引起路基下沉和走形。

科研人员经过研究试验，提出了打挤密砂桩这种世界上独一无二的施工方案。这一方案的施工特点就是用一种砂桩机在盐壳上钻孔，然后把大量砾砂挤到路基地下，增加地层土质的密实度，就像往路基里栽进一根根水泥柱子，从而提高单位面积的承载力。这是关系到路基能否伸进盐湖的关键性作业。

工地上，门架式震动挤密砂桩机吼叫不停。汽车从十几公里外运来大量砾砂，要靠人力一锹一锹地投送到距地面一两米高的桩机料斗里。料斗同不断上下起落的桩管相连，投料的人必须随着桩管的起落而不停地投送砾砂。这是一项十分吃力的劳动，加之高原缺氧，不仅人的劳动效率要降低，就是机械的效率也有所下降。没有吃苦耐劳的精神，没有甘于奉献的情怀，是不可能按时完成施工任务的。铁道兵某部十六连是担负这项作业任务的主力，他们决心用自己的汗水，把科研人员的心血结晶——设计方案早日变成现实。

为了节省往返时间，他们经常让炊事员把午饭送到工地上吃。有时狂风骤起，工地上沙尘飞扬，他们就围成一圈挡住风沙就餐。许多战士下工之后，胳膊疼得抬不起来。有一天，十六连三班只剩下5个人坚持顶班，班长一边指挥一边同另外两个战士投料，保证桩机不停地作业。这一天全班5个人打成砂桩75根，3个投料手每人平均投送砾砂72吨，也就是说平均每人每小时往一二米高的桩机料斗里投送将近一卡车砾砂。这样，十六连在技术人员的配合下，提前40天完成了任务。在施工的10个月里，共打成砂桩5万多根，总进度达13万米，钻透深度相当于15座珠穆朗玛峰。

与此同时，盐溶地段的施工也在紧张地进行着。

揭开盐湖表面的盐壳，下面就是沉积得满满的晶盐和卤水。由于盐湖北缘离山不是很远，有地下淡水渗透，使得这一带的盐层不断溶解和淡化，形成了一块块的盐溶区。在盐溶区，分布着成千上万个溶洞，这些溶洞直径由几厘米到七八米大小不等。藏在盐壳底下的叫暗洞，露出盐壳的叫明洞，形状都像倒置的喇叭，口小肚大且深浅不一。如果不把路基通过地段的溶洞堵死，在上面修筑铁路，一旦行车，便有塌陷的危险。因此，在铁路路基一线，需要往溶洞里填塞不易腐蚀的卵石，才能使路基坚实可靠，保证有足够的承压力。

为了查找未露出盐壳的暗洞，机械连首先上阵，很快把盐溶区段的盐壳揭开，形成了一条卤水沟槽。十九连的指战员同科技人员一起穿上长筒胶鞋，手持钢钎，踏着发黄的卤水，并排一寸一寸地在沟槽中查找溶洞。查出一个便做一个标记，就像梳头一样来回梳了三遍，终于在1.1公里的地段上查出口径不等的溶洞1100多个。而后，他们又一个一个地用砾石把这些溶洞填满捣实。对那些盐层较浅的盐溶段，他们则干脆把卤水中的晶盐兜底挖出，全部填上片石。然后，把从远处山里拉来的碎石精心筛选出来，铺在路基底部，形成一层几十厘米厚的“基石”。为了防止地下淡水渗透形成新的溶洞，他们又根据科研人员的设计，在路基两侧打进许多管子，把地下淡水排出来，引到远处曝晒蒸发。铁路路基就这样通过了盐湖中的“脓疮”地带，继续向盐湖腹部延伸。

在盐湖的腹部，有几十公里的岩盐地段。由于多年来淡水渗透现象在这一带几乎等于零，导致这里的盐壳已经像花岗岩一样坚硬。

要就地取盐壳为路基填料，不仅推土机推不动，就是松土机也撕不开。到别处取料，最近处也要几十公里，费工太大。唯一可行的办法是打眼放炮，炸开盐壳，就地取料。坚硬的盐壳由七八个小伙子轮换才能打成一个炮眼，放一炮也只不过能崩出不到一米的盐坑。连续干了几天，战士们的手掌都打出了血泡，有的被震裂成了血口子。人受苦受累不说，可照这样的进度，路基的铺成不知要等到猴年马月。怎么办呢？工程陷入了僵局，人们的脸上也出现了愁容。

真是天公作美，正当筑路者们一筹莫展之际，老天突然降下了一场极其难得的大雨。要知道在盐湖地区，降雨量极小，眼下的这场大雨更是千载难逢。雨噼噼啪啪地下着，雨水的侵蚀使盐壳稍稍松软了，战士们趁此大好时机，一连苦战了七天七夜，终于把盐表层碾成了大量碎块。为了增加路基的密实度，他们又向碎块喷洒卤水，使之进一步溶解以便粉碎。

时值夏天，盐湖上热得就像蒸笼，而午后又经常刮风，五六级大风呼啸着，吹得周边昏天黑地。战士们喷洒卤水时，风吹得卤水漫天乱飞，溅到身上脸上，皮肤被腐蚀得红肿发疼，衣服上就像涂了一层白漆。劳动时震裂的伤口一沾上卤水，疼得像蜂蜇了一般直往心里钻。工地上缺少淡水，无法冲洗伤口，有的战士就偷偷地往伤口上撒尿，用尿水把卤水冲净，然后继续施工。就这样，机械连终于啃下了这段硬骨头，提前两个半月在岩盐段上筑成了路基。

盐湖路段的施工是一场激战，也是一场持久战。路基筑成了，可最先来到这里进行调查和试验的科研人员并没有结束战斗。为了使火车顺利通过盐湖并保证铁路的使用寿命，他们和施工队一起对桥墩、涵洞等一切与含盐河水接触的工程，又进行了周密可靠的防腐处理，并在盐湖地段安置了大量的仪器，继续监测和观察路基的变化。他们决心把盐湖路段的铁路高质量地交付给国家使用。

就这样，厚厚的盐壳依托着这些独创的方法，承载起了长龙般的列车。

“万丈盐桥”自1954年12月贯通后，一直沿用“平整盐盖、填塞盐洞、铺筑盐块、晶盐路基、洒浇卤水”的独特养护方法，每天承载着2000辆次车辆的交通量。如今，当人们坐上火车在盐湖上飞驰而过的时候，已经把这段奇迹想成了一件稀松平常的事情，甚至许多人还香甜地进入梦乡，根本察觉不到火车车轮碾过的钢轨正延伸在盐湖上。

万丈盐桥

历史的一页总是这般令人感怀地翻过。可是在新的一页上，它还要承接刚刚翻过的那一页的壮丽篇章，之后才会续写新的华彩。如果人们现在去看察尔汗盐湖，已经找不见昔日的那条万丈盐桥了。这条万丈盐桥在世界最大的内陆盐湖青海省察尔汗盐湖上“漂浮”了近半个世纪之后，已经换上了黑色的沥青路面。不久前，青海省交通部门已经将215国道大柴旦至察尔汗盐湖132.7公里路段全线改建，铺筑沥青混凝土高级路面。过去的万丈盐桥确确实实功勋卓著，但不方便的地方就是遇上雨天，雨水浇在盐盖上，汽车轮胎就容易在路面上打滑，所以有经验的司机为行车安全起见，要么上路时把车开得很慢，要么就等着天气好起来再走。如今铺上了沥青，繁忙的运输车辆就风雨无阻了。历史的画卷就这样被一再刷新，新的容貌就这样掩去了昔日的容颜。但被掩去的，并没有永远消失，它留在历史和我们记忆的褶皱里，不断增添着历史和记忆的分量。察尔汗盐湖上创造的一个又一个奇迹，正是在不断的发展和前进中，意蕴越加博大和深沉。

现在，改建后的青藏公路和青藏铁路完全像一双舒展开来的翅膀，以更为强劲的势头，带动着盐湖工业，带动着柴达木循环经济向着更广阔的空间飞腾。

我们乘着向格尔木行进的汽车，在这个由三级公路改建成的二级公路上，体验到了一种飞机在平稳气流里迅急飞行的速度感。在我们的脑海里，一个强有力的信息在闪动：一切已经提速！

行进中，我们挤出一点时间，专程到青海盐湖钾肥厂参观。在离厂区不远的公司内，有一座供游人参观的盐湖博物馆。在这里，人们可以了解到有关察尔汗盐湖开发和利用的历史以及很多造型奇特的盐花产品。而我们更喜欢到钾肥厂区十分壮观的盐湖上去吹吹带着盐味的“海风”。远处的采盐船静静地泊在盐湖里，湖边上那些奇形怪状的盐花更像是微缩的、被风蚀了的古堡，湖中的卤水摸上去有一种油滑的感觉。在岸边拍照的时候，我们在泛着盐碱的岸边，发现了一种动物，它们的样子有点像虾，一身灰褐色的壳子。我们虽然不知道这种动物的名字，但却会深深感慨生命力的顽强。

柴达木循环经济的腾飞

通常在人们的脑海里，柴达木盆地是一片从不生长树木的地方，是荒无人烟和沉寂的世界，只有荒古的风雪和极少的、生命力极强的动物才是这里世居的主人。这样的臆测或臆想，完全出自没有历史视野的妄断。实际的情形是，远古时期，这片土地上就有人类繁衍生息，打制石器和骨器，用燧火烧制各种陶器，在沟壑地带的岩石上，以神秘而虔敬的宗教情怀，刻画自己的部落和氏族崇拜的图腾，刻画人们对生殖的渴望、对紧张而刺激的捕猎生活的欢悦记忆和对日月星辰的祈祷……而这仅仅是历史前夜里的一幕场景。让后来人更为浮想联翩和感动的是，雄奇而严酷的地理屏障并没有让这里成为与世界隔绝的封闭之地，相反，逶迤而行的驼队和悠悠回响的驼铃，早在古远的时候，就已踩踏出连接中原与西域诸国的众多古道：从古城丹噶尔到日月山，从柴达木盆地南麓的布尔罕布达山峰、藏北的查吾拉雪山到拉萨的唐蕃古道；从青唐城到柴达木盆地巴隆、象雄、于阗、波斯的丝绸南道；从茶卡盆地到天峻草原、阿尔金山南北、河西走廊的青海道；从都兰到沱沱河沿岸的道途……这些长长短短的路线，贯穿了柴达木盆地的东南西北，仿佛打开了这片貌似封闭实则里外相通的盆地上敞开的四面门扉。雄踞青藏高原的吐蕃、吐谷浑、党项、白兰、东女、苏毗、羊同等部族和邦国，在这里轮换着建基立业，在历史的风烟里起伏、盛衰，像时消时长的海潮一般。

远古的一切，我们今天只有通过陆陆续续挖掘出来的文物去触摸和遥想了。一些地方志和有关柴达木地区的典籍，也在一点一点努力拼合着、反映着它昔日的吉光片羽。但那毕竟只是这片土地上初露的文明曙光，还远远没有展开它最壮丽的画卷。

在前往柴达木盆地的途中，我们一面醉心于戈壁绿洲诸木洪农

● 柴达木盆地

场那红似玛瑙的枸杞缀满的枝头，一面在赫赫有名的“湘西王”陈渠珍撰写的西藏私家笔记《艽野尘梦》中，追寻着20世纪初叶柴达木盆地的旧影——

行五日过盐淖，皆平原草地，沿途山渐少，路亦纡曲，时见三五蒙古包，散居山麓道旁，当一日宿于小喇嘛寺，寺外蒙古包甚多，俨若村舍。时有陇商多人在此，收买羊皮，番人方操刀解羊，身手轻捷，砉然响然，批隙导窍，约一小时，十余羊尽解矣，此真庖丁之神技也。

是地居民，皆以游牧为生活，居则支幕，衣则毛裘，食则牛羊，行则骡马。逐水草，饮潼酪，水草既尽，又卷帐他去。居无定址，行无旅舍，其贫富即以牛马多少定之，富者每一帐幕，必有牛羊骡马千余头。贫者亦有百数十头，盖非此不能生活也。一日，途遇番人与家迁徙，驱牛羊骡马数百而至，男女老幼，皆乘骡马行。粮食衣物，锅帐器皿，则以牛马负之。随人行走，无须驱策。唯时见羊三五游行，随地吃草，驱之则走散，听之则行迟。有妙龄番女数辈，袒手臂，执长鞭，款段随行，呼喝照料。又百獒犬十余头，高已四尺，狞恶可畏，时前时后，监视出群之羊……入盐淖后，野牛野骡已绝迹矣，时见麋鹿成群，游行山上，见人即逸去。

这是当初柴达木盆地的一幅风情素描。书中还极为难得地写到了取盐的情形：

又行十余里，峰回路转，前有大平原。遥望银河一线，横亘其中。初疑河水结冰，商人曰：“此青盐海也。”海宽里许，其长无垠……初以铁橛掘冰，深数尺。再以铁杵凿之，碎冰四溅，久之，成小孔，深二三尺，冰洞穿矣。即有海水一线，喷起数尺。然后覆以革囊，以冰块压其四周，即归。余尚不知其盐在何处也。次晨早起，随商人等入海取盐。至则昨日空圳委地，今已卓立冰上矣。推倒视之，囊中青盐充盈，粒粗如豆，莹洁有光，色微青，即吾乡药市所售青盐也。较精盐味尤浓厚，天然产物，付之荒漠，殊可惜也。

这位昔日的“湘西王”充满遗憾的慨叹无疑是发自肺腑的。他哪里能够料想到，仅仅在半个多世纪之后，这片沉睡着的资源宝库竟成了青海大地上一个硕大的聚宝盆。和民间流传的各种聚宝盆的传说迥然不同的是，所有传说中的聚宝盆，都是神仙馈赠给穷人的奇妙财宝。事实上，这是人们拿虚幻的想象来抚慰极度贫乏的物质生活，安慰贫穷苦涩的心灵。而让这片看似贫瘠的戈壁变成举世闻名的聚宝盆的，既不是神仙的恩赐，也不是点石成金的仙术，而是凭借着踏入柴达木盆地的一个个拓荒者无私奉献的才智、心血和汗水实现的。

站在这片土地上，我们能深切地感知到，是这片土地最早的拓荒者听懂了大地的吁请，这个热切的呼唤，被著名诗人昌耀写进了《我躺着，开拓我吧！》这首诗篇当中：

我躺着，开拓我吧！我就是这荒土
我就是这岩层，这河床……开拓我吧！我将
给你最豪华、最繁富、最具魔力之色彩。
储存你那无可发泄的精力：请随意驰骋。我要
给你那旋转的车轮以充实的快感。
而我已满足地喘息、微笑
又不无阵痛。
……

从20世纪50年代起，国家就陆续对柴达木资源进行勘探开发。经过无数人筚路蓝缕的开拓，柴达木聚宝盆的资源清单才逐步清晰起来：现已探明的矿产已达86种之多，潜在经济价值约16.27万亿

元。其中有钾、钠、镁、锂等8种矿藏储量居全国首位。如果我们把这个资源清单的清晰度再放大，就会看到在环绕格尔木市区200公里的范围内，广泛分布着钾、钠、镁、锶、石油、天然气、黄金、玉石等50余种矿产资源，有30多种矿产资源位居全国前10位。而且这里还是我国四大天然气田之一。如果我们再把视线转移到距离格尔木市北部约60公里的察尔汗盐湖，仅这个面积比14个杭州的西湖还大的盐湖就蕴藏着3.2亿吨的钾盐，31.6亿吨的镁盐，33.1亿吨的钠盐！整个柴达木地区的工业，就是依靠着这些地下宝藏的支撑，在戈壁滩上矗立起一座又一座现代化的工厂。

人们不会忘记，20世纪50年代国家为了缓解严重的缺钾局面，开始开发这里的盐湖资源。以青海钾肥厂为代表的盐湖企业正是在这一背景下应运而生的。

然而，受技术条件和开发理念的限制，察尔汗盐湖近30年来的资源开发始终没有能够摆脱单一提取钾肥的粗放型开发模式，大量的钠、镁、锂等伴生资源都被当做废料排放，企业只是沿袭着传统经济的那种“从资源到产品最后到废弃物”的单向生产模式。许许多多像青海钾肥厂这样的企业都是守着身边的财富，却没法让自己摇身一变成为身价不菲的企业。即便是青海钾肥厂，在改革开放后的最初10多年里，也以巨大的投入和资源的高消耗为代价，沿袭着传统工业的增长方式，结果是企业的产量、规模、效益和影响力都不抵青海省的一个中型企业。它们创造的财富越多，消耗的资源和产生的废弃物也就越多。举例来说，以前每提取1吨钾肥（氯化钾）就要产生大约3.5吨的氯化钠、15吨的氯化镁和众多其他的伴生资源，虽然这些尾矿排放后被储存了起来，没有对环境造成污染，可是那些隐性的财富连同资源的浪费却是一个不争的事实。

这是柴达木盆地经济发展遇到的一个大难题。不破解这个大难题，所有的企业就只能像鸡鸭一样，虽然长着一双翅膀，却无法展翅云天。

善谋弈者谋全局。为了给柴达木盆地经济发展插上腾飞的翅膀，一个事关发展全局的大构想正在酝酿。

这个构想所依据的新思维，正是当今世界普遍推行的一种科学思维，也就是被越来越多的人熟知的循环经济。循环经济是一种以资源的高效利用和循环利用为核心，以减量化、再利用、资源化为原则，以低消耗、低排放、高效率为基本特征，符合可持续发展理念的经济增长模式，是对“大量生产、大量消费、大量废弃”的传统增长模式的根本变革。

时间在这个特殊而意义重大的时期，在它的刻度上像日晷一样留下一个个清晰有力的痕迹。

2005 年 4 月，国务院总理温家宝和青海省政府主要领导首次提出了柴达木盆地资源“综合利用、有效配置、循环利用、永续发展”的发展思路和把柴达木循环经济试验区建设成为国家循环经济试验区的设想。8 月 19 日至 21 日，对发展循环经济、促进经济可持续发展意义重大的一次会议——青海省柴达木循环经济试验区实施意见论证研讨会，在格尔木召开。10 月 27 日，国家正式批准柴达木为全国第一批开展循环经济试点的产业园区和“十一五”国家重点支持发展的循环经济试验园区。这也是全国面积最大、唯一布局在青藏高原少数民族自治州的区域性循环经济试点产业园区。

2006 年 7 月，海西蒙古族藏族自治州州委提出“依托交通干线，围绕优势资源，培育特色产业，发展循环经济，建设一区（柴达木循环经济试验区）四园（格尔木工业园区、德令哈工业园区、大柴旦工业园区、乌兰工业园区）”的柴达木循环经济试验区建设的基本思路。

2007 年 6 月，国务院西部开发办批准成立柴达木“国家西部大开发特色优势产业基地”，同时“中国柴达木循环经济研究院”在格尔木成立。

很快，在青海省委、省政府领导的引领和决策指导下，青海盐湖集团、中信国安、青海锂业、西部矿业、庆华集团、青海碱业等一大批循环经济示范企业比肩接踵地入户园区，柴达木循环经济气势恢宏的龙头，开始在八百里瀚海昂首腾飞起来。

在这个过程中，有一个重要的时间节点——2005年，从这一年开始，依托得天独厚的盐湖化工、水电、石油天然气、有色金属资源，柴达木盆地走上了从单一由“聚宝盆”取宝到综合利用、循环发展的可持续发展的科学之路。以前被当成废料排放的钠、镁、锂等伴生资源，在经过循环利用之后，开始成为新生产业的“血液”和“骨髓”。通过这种可持续发展的科学之路，柴达木的产业结构得以调整，产业链条得以延伸。柴达木以项目建设为主的资源开发不仅在企业内部的纵向衔接上得到了加强，同时产业间的横向融合和资源间的循环利用正在成为一种趋势。

青海油田

我们就管中窥豹式地撷取几个例子，来感受一下循环经济带给现代企业的全新气息。

距青藏铁路5公里的青海金锋实业有限公司，投资建设年产24万吨的氯化钙项目。他们瞄准这个项目，就是看到了德令哈地区近年来着力于打造“中国碱都”时纯碱废液的排放成了一大发展难题的情况。根据有关专业人士介绍， 每生产一吨纯碱就要产生10立方米富含氯化钙和氯化钠的废液。这些废液每天无序排放，不仅让大好的资源白白浪费，而且给本就脆弱的生态环境带来严重影响。政府部门通过相关优惠措施，将青海金锋实业有限公司的投资吸引过来后破解了这一难题。这个公司利用青海碱业生产企业排放的蒸氨废液再循环生产氯化钙和氯化钠系列产品，不仅使纯碱废液实现了“资源化”，而且创造了新的工业增加值。如今，金锋实业已建成9万吨无水球状氯化钙项目，年处理废液近200万立方米。

青海俊民化工有限责任公司是一家新建的生产氯酸盐化工产品的民营企业。这家公司充分利用盐湖资源优势，引进国内最先进的氯酸盐生产技术进行深度加工，填补了格尔木氯酸钠及高氯酸钾产品行业的空白。作为重要的无机盐产品和基本化工原料的氯酸钠，广泛应用于农药、医药、印染、金属制品等领域。高氯酸钾主要用于生产烟花、鞭炮，是国家提倡的安全生产烟花、鞭炮的主要原料。目前，他们生产的氯酸钠及高氯酸钾产品已在全国享有较高的声誉。2010年这家公司已完成二期年产2万吨氯酸钠及年产2万吨高氯酸钾项目。在格尔木市人民政府的积极倡导下，青海俊民化工有限责任公司已和格尔木南山口水电开发有限公司签订直供用电协议。由此公司将提升产能，达到年生产氯酸钠3万吨及高氯酸钾2.5万吨，进一步延伸产品产业链，发展循环经济，利用生产所排氢气与内地企业合作生产人造钢玉（宝石），并根据情况逐步将扩大到年产5万~10万吨氯酸钠及年产5万~10万吨高氯酸钾的生产规模。其未来的目标就是努力把公司建设成为全国氯酸钠行业规模最大、品种最齐、效益最好的一流企业。

国内最大的铅锌原料生产基地之一的西部矿业锡铁山铅锌矿年采选矿石能力超过150万吨，可是每年产生的10多万吨尾矿硫精矿，已经在柴达木盆地西北部的锡铁山镇堆积成山。为了解决尾矿污染和浪费的问题，当地政府于2007年引进了产业关联度极高的青海创新矿业开发有限公司。公司利用锡铁山铅锌矿产生的选矿尾渣来生产硫酸、磷酸一铵，这样不仅全部消化掉了铅锌矿当年产生的尾矿，而且消化了一部分以前堆积的尾矿。“移山”造福的循环经济发展模式，迅速地为这家企业带来了数十亿元的工业产值。不仅如此，一个由采选矿、硫酸化工、化肥和水泥组成的循环经济产业网也应运而生。这种共生共存的生产链条所伴生出的一系列产业，远远超出了我们的想象。这家企业的负责人张铭在接受一家媒体记者采访时说，在这个循环经济产业网中，通过尾矿资源与当地煤炭、盐湖等优势资源的互补，不仅使尾矿实现了“资源化”，而且关联度极高的循环产业网络达到了取长补短、互惠互利的效果：选矿尾矿成为了下游企业的主要原料，下游企业生产过程中产生的蒸汽发电反过来供给上游企业，同时下游企业产生的废渣又成为生产水泥的原料。

还有青海中信国安科技发展公司，自从参与柴达木盐湖资源开发以来，充分利用柴达木盆地东、西台吉乃尔盐湖资源，经过多年来的不断努力，盐湖资源综合开发和循环利用已初见成效。如今公司已经成为国内首家实现盐湖钾、锂、硼、镁资源综合开发利用的企业，形成了硫酸钾镁肥—硼酸—氧化镁—碳酸锂系列产业链条。“十二五”期间，青海中信国安科技发展公司将以科学发展观为指导，以现有资源为依托，积极调整产品结构，转变经济增长方式，加大下游产品研发力度，实现盐湖资源综合利用。“十二五”末将形成年产 5 万吨锂盐、25 万吨镁盐、10 万吨硼酸的生产规模，努力打造国内领先、国际知名的高科技锂镁硼产业基地。

就这样，在八百里瀚海的壮阔舞台上，柴达木人迈出的步伐一次比一次坚定，一次比一次铿锵，他们的胸怀和视野也是空前的开阔。五年来，海西蒙古族藏族自治州把招商引资工作作为加快循环经济试验区建设的重要措施，以北京、“长三角”、“珠三角”地区为重点，州委书记、州长率领各县市工行委党政一把手马不停蹄地奔赴全国各地开展招商引资工作。2010 年 9 月 24 日，以国家多个部委和央企为主的50多家企业作为特邀嘉宾的青海柴达木循环经济试验区总体规划推介会在北京举行，这是海西州“十一五”期间跨出省门举行的最高层次的一次推介宣传活动。据了解，2005年以来，海西州委州政府通过上门招商、以商招商、以企招商、以会招商等方式，共签约项目218个，协议引进资金1170亿元，其中已落地项目116个，到位资金281亿元。

这一曲曲精彩的工业奏鸣曲，是循环经济带来的华彩乐章。一切还在美妙地延续着。与过去不同的是，这一切的延续，不再是简简单单的重复，而是在创新中的延续。2010年3月15日，对于青海、对于柴达木盆地这片热土来说，又迎来了一个重大喜讯：由国家发展改革委员会和青海省人民政府编制的《青海省柴达木循环经济试验区总体规划》获得国务院正式批复。这给正在演奏着的华彩乐章再一次注入了一种强大的激情。它意味着循环经济试验区的建设由地方发展战略上升为国家战略。这一年的7月27日，盐湖集团总投资超过600亿元的金属镁一体化项目举行开工仪式。这个龙头企业把它活力四射的旋律率先融汇到这个庞大辉煌的音乐总谱当中。金属镁一体化项目立足察尔汗盐湖并依托柴达木盆地丰富的矿产资源，以金属镁为核心，以钠利用为副线，以氯气平衡为前提，以煤炭为支撑，以天然气为辅助，集盐湖化工、有色金属冶炼、氯碱化工为一体，在盐湖地区构筑完整的循环经济产业链，以实现盐化工、煤基化工、天然气化工、有色冶金多产业融合发展。该项目总规模为年产40万吨金属镁、200万吨聚氯乙烯、200万吨纯碱及配套热电项目等。项目全部建成后，可实现年产值400多亿元。这个浩大的金属镁一体化项目，不仅可以把作为原料的废液变成价值不菲的工业产品，更为深远的意义在于：它拉开了盐湖资源开发从单一的开采钾肥向钾盐、钠盐、镁盐、锂盐和气盐五大产业集群转变的序幕；它将从钾肥产业、盐化工产业进入到有色金属和煤盐结合的化工领域，逐步形成镁产业集群，建成世界上最大的镁工业基地。同时，通过与区域内油气化工和煤化工的结合，察尔汗盐湖将被打造成国内最大的有机盐和无机盐化工基地。

从循环经济的提出到实施的仅仅五年的时间里，柴达木人以一种跨越者和奋力追赶者的姿态，让柴达木地区形成了“油气—盐化工”“煤—焦炭—盐化工”“煤化工—盐化工—建材”“有色金属—天然气—盐化工”和“铁矿—焦炭—钢铁”五大循环产业链，企业之间、产业之间、上下游产品之间的资源链接、综合利用的循环模式正在加快形成。

目前柴达木盆地已经拥有500万元以上规模发展循环经济的工业企业108家，仅2010年就引进53个项目，签约金额688亿元。中航集团、中农集团、中盐集团、澳洲雄狮集团等一批实力雄厚的大企业、大集团先后落户柴达木。盐湖集团综合利用一期、中航资源氯化钾改造、百事特镁业氧化镁联产氯化钙一期项目建成；中浩化工60万吨甲醇、庆华集团肯德可克250万吨铁矿项目投入试生产；五彩矿业110万吨纯碱、青海昆仑碱业年产100万吨纯碱等工程也在金融危机的逆境中先后顺利动工建设。

伴随循环经济发展的理念，太阳能这一新兴产业也在八百里瀚海充满生机。2010年9月，中国电力投资集团公司在青海开发建设的第一个太阳能光伏发电项目——乌兰50兆瓦光伏电站开工仪式在乌兰县举行，工程总投资10.34亿元。这是列入《青海省太阳能综合利用总体规划》的重点能源建设项目，建成后每年可节约标准煤28259吨，减少二氧化碳排放74672吨，减少二氧化硫排放约452吨。

看今朝，一个个数百万吨规模的矿产资源综合利用项目正在实施，一项项支线机场、铁路、高速公路等基础设施工程正在建设，成千上万套高标准修建的游牧民新居、廉租房、棚户区改造房相继建成，还有以新兴的“公司+基地+农户”的枸杞产业为代表的现代农业主导产业也正在形成……在循环经济发展理念的指导下，柴达木盆地已经羽翼丰满，腾飞正逢其时。

2010 年，中央出台了《关于深入实施西部大开发战略的若干意见》，提出西部地区到 2020 年建成国家重要的战略性新兴产业基地。随着国家经济发展战略重心由沿海向内地的逐步转移，青海正在迎来新一轮的发展机遇。柴达木循环经济必将随着青海经济的强劲增长而快速发展，实现更高层次上的跨越。

格尔木：青藏铁路新起点

当视野里出现这座在茫茫戈壁滩上建造起来的城市——格尔木的时候，我们的内心百感交集。只要稍稍懂得一点儿历史常识的人都会清楚，许多大大小小的城市，要么以往是历代帝王建都立业的地方，要么是在历史上一度属于经济、文化、贸易的繁华之地。在如此优越的先天条件下，建造新的辉煌，创造新的荣耀，相对来说要容易得多。而格尔木这座在 20 世纪伴随共和国建设的步伐而诞生的新兴城市，完完全全是在一片原本不生长树木的荒凉戈壁上建造起来的。1956 年，最初的拓荒者们在慕生忠将军的带领下开始打坯、烧砖、造房子，在戈壁滩方圆千里之内，矗立起了第一座楼房——将军楼。从此，格尔木告别了古老的蛮荒，开始了改天换地的伟业。如今，以将军楼旧址为中心，新建的一座大型主题公园已成为格尔木的一处著名景点——将军楼主题公园。公园占地面积 9.8 公顷，分为将军楼主题纪念区、纪念教育区、滨河景观带、柴达木精神展示区、自然密林区、街边景观区六个功能区。在将军楼主题公园门外，人们一眼便可以看到正对大门口的筑路忠魂群雕，建设者们伟岸的身躯和坚毅的目光，将那个时代人们所具有的大无畏精神永远定格在雕塑上。

从格尔木的门户网站上，我们看到四行像阶梯诗一样排列的广告语："一个神秘而古老的地方，一座年轻而优美的城市，一颗通衢四省区的明珠，一片正在腾飞的热土地。”这四句话，准确地概括了格尔木的四种特征。说它神秘而古老，是因为地处欧亚大陆中部的格尔木境内横贯着享有“万山之祖”和中华“龙祖之脉”的昆仑山以及“雄鹰飞不过去的高山”——唐古拉山，远古神话里“豹尾虎齿、蓬发戴胜”的西王母和为她取食传信的三只青鸟、昆仑瑶池、悬圃、群玉之山等奇妙的传说，从古至今一直都和昆仑山的名字相伴随。说它年轻而优美，是因为格尔木是一座建于1954年，到如今只有57年历史的现代化新兴工业城市，一座在青藏高原上继西宁、拉萨之后的第三大城市。说它是一颗通衢四省区的明珠，是因为它的交通动脉贯通着青海、西藏、新疆、甘肃这片广袤的地区。说它是一片正在腾飞的热土地，是因为作为一个典型的资源型地

“万山之祖”

区，格尔木与许许多多的城市截然有别的地方就是它的资源在全国独一无二。难怪青海的一位大学教授曾经这样充满激情地作赋赞美格尔木：

宝物独具，得誉富“钾”天下；良矿富聚，号称“镁”不胜收。精肥如山，能沃天下之田；美盐成海，可调兆亿之

鼎。双轨一线通西藏，天路运千样之货；单管长龙输东域，燃气供百城之民。彼域干旱，此处有千湖百河；他地仄狭，唯我方阔野无垠。发展神速，全国名列至最；前景辉煌，举世定属翘楚！锐意改革，提升经济实力；调整结构，地方特色鲜明；支柱坚实，喜看百业兴旺；民生繁荣，百姓同趋小康。

一座城市的发展，必定是和公路紧紧联系在一起的。公路交通之于城市，就如同人身上互相连接成网状的毛细血管，只有它们通畅了，才能让一个人身体安泰，充满活力。如果略微回溯一下格尔木的过去，我们就会知道骆驼和马匹曾是这片土地上最为常见的运输、交通工具，所以以前人们计算路程用的是一个十分特别而又充满历史和地域特点的名称——“马站”，大约每马站是我们今天的30~40公里。可以想见，那时候每走30~40公里，作为役畜的骆驼、马、牦牛、骡子，就得稍做停歇。役畜们脖颈间悬挂着铃铛，就这样驮着大大小小的货物，晃晃悠悠穿梭在青藏两省区之间的漫漫旅途上，周围是无尽的沙海、沙丘和稀疏的红柳。

到了20世纪80年代，格尔木还只是青藏公路、敦格公路、青新公路的交会处。昆仑山冰雪融化汇成的格尔木河，流经格尔木市。市区就以河为界，分为河东和河西，电影院、文化馆、新华书店、学校、医院、商店、市委机关、招待所、公园就分布在这两个界区。那时候，来自乌图美仁、阿尔顿曲克、唐古拉山乡的各族牧民，会穿着鲜艳的民族服装，骑着骏马来此购物，牦牛和汽车同行于街道是那时一道特殊的风景。城市里除了本地的少数民族，大部分人都是20世纪50年代中期从全国各地陆陆续续汇集到这里的，称得上是一座地地道道的移民之城。这往日的风貌，被诗人昌耀记录在他那细微、深情的诗句里：

但是阿尔顿曲克的地下水正从骆驼的蹄窝汩汩上升
是这样洗愈了开拓者颊边被烈日灼伤的斑块……

唤来了东方的种麦人
将土屋垒筑
将丛林移植……
在格尔木。在市府大门，并列着
四种民族文字的牌匾
和一个头戴角状羽毛的哈萨克人

仅仅经过半个多世纪，格尔木就取得了让世人惊叹的发展。尤其是近年来，在党中央国务院的亲切关怀下，在交通运输部的大力支持和青海省委省政府、海西蒙古族藏族自治州州委、州政府的正确领导下，格尔木紧紧抓住国家西部大开发、支持青海等省藏区经济社会发展和扩大内需等政策机遇，不断加大交通基础设施投资力度，着力提升交通运输保障能力。宽阔通畅的道路、醒目的标线和疾驰而过的各种车辆，日益彰显着这座新兴城市发展的速度。目前，这个连接青、藏、甘、新四省区的重要交通枢纽和巩固西南、西北边防的后勤保障基地，已基本形成以公路、铁路、民航管线为支撑的南达西藏、西连新疆、北接甘肃、东通省会西宁的立体交通网络。公路方面，国道 109、215、315 线在此交会；铁路方面，青藏铁路全线通车，西宁至格尔木段复线工程即将建成；民航方面，开通有格尔木—西宁—西安的航线，航班达到每星期 4 班。管道方面，已建成输油管道两条，输气管道 5 条。其中，格尔木至拉萨成品油输油管道全长 1200 公里，花土沟至格尔木原油输油管道全长 435.6 公里；涩北经西宁至兰州输气管道全长 953 公里，年输气能力 20 亿立方米；涩北至格尔木输气管道全长 189.6 公里，年输气量 8 亿立方米；涩北至格尔木输气管道复线全长 177.3 公里，年输气量 20 亿立方米；涩北至南八仙至敦煌输气管道全长 345 公里，年输气量 3 亿至 4 亿立方米；涩北至南翼山至花土沟输气管道，全长 104 公里。

我们驱车在格尔木周边，边走边看边了解，感受到遍布柴达木盆地的公路像黑色的绸缎舞动在大地上。格尔木至察尔汗至大柴旦的高速公路正在建设，茶卡至格尔木至拉萨、格尔木至敦煌、格尔木至茫崖至若羌的高速公路已列入建设规划，以格尔木为中心的区域高速公路网呼之欲出。格尔木至敦煌的铁路即将动工，格尔木至库尔勒、格尔木至成都的铁路也已经列入国家中长期铁路网建设规划。“十二五”期间，还将规划建设格尔木至西宁的城际铁路。格尔木机场改造项目前期工作开始启动，格尔木至成都、北京、拉萨等地的国内航班有望开通。公路、铁路、民航和管道运输等网络的逐步完善，无疑将会使格尔木作为中国西部区域性现代化交通枢纽的战略地位得到巩固和提升。用不了多久，世人就能目睹这座新兴的工业城市，在朝着中国西部区域性现代化中心城市的目标迈进的征程中，将成为中国西部区域性现代化交通枢纽、电力枢纽、信息通信枢纽，成为中国西部区域性现代物流中心、资源加工转换中心、高原特色旅游中心。

随着西部大开发的实施，作为柴达木循环经济试验区主战场的格尔木，迎来了发展的春天。一批批不同民族、不同习俗的人从全国各地、从省内各民族地区涌入格尔木。如今，这座年轻的城市，少数民族成分从初期的蒙古族、藏族为主，发展壮大为现在的 27 个民族、近 12 万人，几乎占到城市总人口的一半。由于格尔木少数民族呈现“大分散、小集中”的分布格局，为此，格尔木市委、市政府投资 7852 万元，在少数民族聚居区设立了十二中、十三中、育才小学、长江源小学，解决了近 6000 名少数民族适龄少年儿童入学难的问题，并选配优秀师资力量充实民族教育教师队伍，坚持开展双语教学，不断提高少数民族学生掌握本民族语言文字的技能。与此同时，市委、市政府大力整合民族教育资源，加大民族中学改造力度，努力改善民族学生教育条件：在藏族群众聚居地长江源村新建长江源民族希望小学，解决了唐古拉山镇、曲麻莱县移民群众子女的教育问题；在回族群众聚居地周边学校全力接纳回族学生就读，满足了回族群众子女就学需求。随着格尔木工业经济的迅猛发展，更多的少数民族群众进入工矿企业就业，少数民族聚居区域的商贸流通、清真餐饮、交通运输业和非公有制经济、民族经济得到空前发展。临近市区的郭勒木德镇在市政府的支持下投资2600万元打造金鱼湖民族风情园，大力发展特色民族休闲旅游产业。集餐饮娱乐、休闲度假、民俗展示等为一体的民族风情旅游景点初具规模，成为当地少数民族群众增收致富的又一重要途径。

在全国，很难找到这么一座文化多元的城市。除了汉族群众欢度的春节，年轻人还把西方的圣诞节、情人节引入自己的生活里。伊斯兰教的“古尔邦节”“开斋节”，蒙古族的“新年茶话会”，藏族的“藏历新年”等少数民族传统节日，为这座戈壁上诞生的现代化城市增添了越来越鲜明、浓郁的文化色彩。各种文化在这里和谐交融、碰撞，编织着祖国大家庭里瑰丽斑斓的文化织锦。

格尔木经济社会发展带来的进步，让千家万户得到了越来越多

天然气厂

的实惠。尽管我们无法在有限的篇幅里一一罗列这些实绩，但可以管中窥豹式地列举几条：

一是格尔木市率先实施了省、州、市、乡、村五级定点医疗机构医药费用垫付制和市、乡、村三级新农合网络信息化管理，为农牧民群众提供了更为方便、快捷的医疗卫生服务，还建立了乡镇卫生院 4 个、标准化村卫生室 44 个，为全市参合农牧民进行免费健康体检。二是在全省率先设置 27 名村级合管员，为建立新农合长效机制奠定了坚实的基础。三是从 2010 年春季起，格尔木市全面启动了免除高中阶段学杂费试点工作，在全省率先实现高中免费教育。四是自 2008 年 10 月起，格尔木市在全省率先全面启动新型农村牧区社会养老保险试点。到 2009 年底，农牧区养老保险参保人数达 9789 人，参保率达 86.16%，共发放养老金 125.45 万元，一个覆盖格尔木全市各族农牧民的养老保险保障网已经形成。五是有 9758 人在 2010 年享受到城市低保，其中少数民族占了 24.7%，享受低保和各类生活补助 536.6 万元；享受农村低保的人员有 2208 人，其中少数民族就达 1298 人，享受低保和各类生活补助 95 万元。六是截至目前，全市已经建成文化馆 1 个、图书馆 1 个、影院 5 个、博物馆 1 个、文化主题公园 1 个、乡镇综合文化站 4 个、农（牧）家书屋 40 个、村级文化活动室 21 个，全市公共文化服务网络已具雏形。文化市场经营单位达到 191 家，初步形成以体育场、篮球馆、羽毛球馆等大型场馆为中心，体育健身路径为辅，农牧民体育健身场地为点的市区、社区及乡镇三级体育健身网络……

近年来，格尔木在全市还新改建农村公路 927.74 公里，为实现村村通公路目标打下了坚实基础；建成公交候车亭 102 座、出租车临时停靠位 100 个、农村客运站 8 个，开通公交线路 6 条、城乡客运专线 6 条。

当我们挂一漏万地列举了这座戈壁荒漠中成长起来的资源开发

型新兴工业城市所表现出的诸般活力、诸般进步、诸般文明、诸般和谐的时候，必须感谢青藏铁路。它对于格尔木地区来说，既是一条经济发展的大动脉，又是一条推动社会全面、健康、和谐发展的钢铁巨龙。为此，我们特地迎着晨光来到南山口车站。

南山口车站既是全长817.7公里的青藏铁路一期工程（西宁—格尔木段）的终点，又是青藏铁路二期工程（格尔木—拉萨段）的起点。一期工程历经数载于1979年铺通，1984年5月1日投入运营。青藏铁路二期工程是从青海省格尔木市起，沿青藏公路南行至西藏自治区首府拉萨市，全长1142公里。对于整个青藏铁路建设来说，2001年6月29日无疑又是一个具有特殊意义的日子。那一天，青藏铁路二期工程在格尔木和拉萨同时开工。

2001年6月29日上午，青藏铁路二期工程开工典礼在海拔3080米的格尔木南山口火车站举行。国务委员兼国务院秘书长王忠禹在格尔木会场主持开工典礼。在全场热烈的掌声中，朱镕基总理宣读了江泽民总书记的贺信。江泽民在贺信中说，建设青藏铁路是党中央做出的一项重大决策，对加快西部地区特别是西藏的经济和社会发展，对造福西藏以及促进各民族团结互助和共同繁荣，具有重要意义。建设好这一重大工程，必将进一步鼓舞全国各族人民在中国共产党的领导下，以更加豪迈的步伐，继续沿着建设有中国特色社会主义伟大道路奋勇前进。接着，朱镕基总理发表讲话。他说，修建进藏铁路，是新中国老一辈领导人和几代铁路建设者的夙愿，也是西藏各族人民的殷切期望。跨入新世纪，以江泽民同志为核心的党中央果断地做出了兴建青藏铁路的重大决策。青藏铁路的修建，将在青藏高原上开辟一条经济、快速、大能力、全天候的运输大通道，这不仅对密切青海、西藏与内地经济、文化的联系，增强民族团结，保持社会稳定，加快两省区开放开发具有重大作用，而且对国家实施西部大开发战略，促进各地区协调发展也有极其重要的意义。这项宏大工程的建设，充分体现了党和政府对少数民族和民族地区的深切关怀，必将极大地激励包括西藏、青海在内的全国各族人民更加奋发图强，万众一心，向新世纪的宏伟目标迈进。

从那个时刻起，雄踞“世界屋脊”的青藏两省区，在浩浩荡荡的青藏铁路建设大军的铿锵步伐中，开始了人类铁路建设史上前所未有的伟大壮举。建设青藏铁路是党中央、国务院在新世纪之初做出的战略决策，是西部大开发的标志性工程，对加快青藏两省区的经济、社会发展，增进民族团结，造福各族人民，具有重要意义。有关专家分析指出，青藏铁路建成后，将把西藏首次纳入全国四通八达的铁路网络中，通过铁路运输解决西藏经济活动中的远距离运输问题，大幅提升进出藏货物量，促进旅游业的发展，转变落后的思想观念，为产业结构调整创造条件，消除西藏可持续发展中的交通“瓶颈”制约，为西藏的可持续发展创造良好的基础设施条件。

这条青藏高原的钢铁巨龙蜿蜒于巍巍祁连与茫茫昆仑之间，沿青海湖，翻关角山，穿戈壁，越万丈盐桥，把瀚海大漠与省会西宁和祖国内地紧紧相连。沿着青藏铁路，一批批物资运往青海、西藏，人流、物流、资金流、信息流携带着新的观念、新的冲击涌向世界屋脊。而聚宝盆中的钾肥、石油天然气、有色金属、盐化工产品以

青藏铁路

及具有高原特色的农畜土特产品又沿着青藏线源源内运。可以毫不夸张地说，青藏铁路已成为青藏两省区经济建设强有力的“输血管道”，成为青藏两省区与祖国内地同呼吸、共命运的钢铁纽带。

看着静静延伸的铁路，那些最初奔赴前线、为青藏铁路建设呕心沥血、立下汗马之功的功臣们，此次我们无缘见到了。他们感人肺腑的创业史早已谱写成上个世纪激奋高昂的颂歌，载入青藏铁路的史册。而我们现在看到的是青藏铁路跨越式的发展，看到的是沿线车站进行的电气集中改造、无线列调、机车自动信号、自停设备的投入使用和各大站客票计算机联网预售系统。我们曾在西宁分局调度所看到2003年建成的覆盖全分局的运输调度指挥管理信息系统，以及同年建成的具有世界领先水平的分散自律调度集中系统。巨大的显示屏直观显示了各种复杂的列车运行信息，使调度指挥彻底改变了过去“一台电话、一支笔、一把尺、一块橡皮、一张纸”的落后局面。

这一切，都是青藏线通车以来不断加大科技投入、深化改革，寻求企业发展的结果。

这一切，更是青藏线的创业者们当年住在地窝子里啃着冷馒头所梦寐以求的图景。

这一切说明了，青藏铁路延伸到哪里我们就会在哪里感受到昂扬奋发的青藏线精神。它不仅仅是青藏铁路在空间里程上的新起点，更是一种自信、开放、创新精神的起点。

我们继续向着西藏进发，忽然觉得格尔木如果要确定自己的市树的话，那么选城区街道两旁沿着齐整的沟渠挺拔生长的白杨树最为合适。因为它是半个世纪以前，一大批拓荒者在这片戈壁滩上建设时陆陆续续种下的绿色生命。它既是希望的象征和艰辛开拓的见证者，更是一种顽强不屈的精神化身。它深沉的蕴含让我们联想到现代著名作家茅盾先生在1941年写下的名篇《白杨礼赞》，脑海里再次萦绕着那经典的描述："那是力争上游的一种树，笔直的干，笔直的枝。它的干通常是丈把高，像加过人工似的，一丈以内，绝无旁枝。它所有的丫枝一律向上，而且紧紧靠拢，也像加过人工似的，成为一束，绝不旁逸斜出。它的宽大的叶子也是片片向上，几乎没有斜生的，更不用说倒垂了；它的皮光滑而有银色的晕圈，微微泛出淡青色。这是虽在北方风雪的压迫下却保持着倔强挺立的一种树。哪怕只有碗口那样粗细，它却努力向上发展，高到丈许，两丈，参天耸立，不折不挠，对抗着西北风。"白杨树力争上游的精神，代表了格尔木人的精神。如今它们挺立的身影还向着城市边缘的荒滩延伸。它们不仅阻挡着戈壁风沙，更是在营造着一个绿意葱茏的绿色家园。人与自然的和谐，共同促进着格尔木持续的发展与进步。

在格尔木，遥望目不可及的西藏，我们都在各自的心里揣想着。此去的路途，对于没有翻越过唐古拉山的我们来说，是那么的陌生和新鲜。为了记住青藏铁路格尔木至拉萨段的关键地名，我们把从纳赤台、五道梁、沱沱河、雁石坪到翻越唐古拉山后必经的西藏自治区安多、那曲、当雄、羊八井这一长串的路线和地名，自编自创成一下子就能记住的词语游戏。我们排除了格尔木、唐古拉山和终点站拉萨这些易记的地名之后，编了一个由中外文学组成的对子，上联是："那五驮雁"，下联是"安娜挡羊"，它们分别和八个地名谐音相关。而且"那五"是中国作家邓友梅小说里的人物，安娜是俄国作家托尔斯泰笔下的人物，他俩一男一女，一中一外，细细玩味，妙趣多多。我们就这样带着内心的趣味，和司机一道，踏上既美幻又惊心的旅途。

从玉珠峰到昆仑山隧道

由于近年来连续的降雨，由昆仑山融化的雪水和地下暗河汇合成的格尔木河，变成了越来越开阔的水流。四五米高的河岸，让人有断岸千尺的感觉。褐色或赭色的山，连绵起伏。贴在地上的草，在九月之秋，已经由绿转红，像是被黄昏遗忘在大地上的彩霞。

横贯于青藏高原上的昆仑山，是这片高地上隆起的神奇山岳。这个从新疆绵延至青海的大山长达2500公里，就像一座巨型围墙把青藏高原紧紧包裹在里面，以至于从远古时期就开始的传说、典籍里诡异多端的描述和想象，早已把这条山脉渲染、铺陈得溢彩流光，让平原上的人们对这里的世界充满无尽的遐想。

沿着青藏公路，我们在一路行驶中不断地对比着传说和现实，校正着好奇的视野。视野里的昆仑山，有点不像想象中的那般危乎高哉。之所以会有这种视觉误差，是因为它周围横向延亘着无际的大地，再加上它连绵的山势，使得它的高峻显得不像五岳那般突出。它谦逊而安然地俯伏在大地上，以一种沉雄的大气，以一种庞大无比的殿堂般的静穆。

事实上，在昆仑山脉中段的主干上，海拔高过5000米的山峰就有20多座。西侧是堆耸而起的玉虚峰，东侧则是名气更大的玉珠峰山海。玉珠峰最高处海拔达6178.6米。那样的所在，是一个终年披着皑皑白雪的银色世界，在那里所有的岩石都被冰雪覆盖。昆仑山的神奇之处，恰恰就在于它那山巅雪峰的神秘面纱不是随时都能揭开的，也不是每一个探险者、游客经过此地就能遇见山巅的庄严圣

● 玉珠峰下的铁路桥

相的，就像去西藏林芝的游客都渴望一见南迦巴瓦峰那巨大的三角形峰体一样。这些神奇的山峰多半时候被云雾缭绕着，掩去了它们巍峨的形貌。

我们经过的时候，有幸碰上朗朗晴空，不仅在三岔河特大桥碰巧看见了开过大桥的火车，还看见了昆仑山玉珠峰的真容。

一位曾在格尔木生活多年的朋友，拿着照相机拍了不少昆仑山玉珠峰的照片。多年之后他比照照片的时候发现，玉珠峰的雪线在上升。作为一种气候标志线的雪线，让我们跟全球气候变暖的现象联系在一起。以前从玉珠峰上堆砌下来的冰雪可以延伸到山脚，现在只有半山腰的沟壑当中才堆积着冻结的冰雪。它们依旧银光闪耀，但恐怕早已不是陈毅元帅当年在他的《昆仑山颂》一诗里吟咏的“目极雪线连天际，望中牛马漫逡巡”的那个雪线了。

西大滩，玉珠峰，如今都不再是享有亘古宁静的所在了。

玉珠峰高度适中、坡度平缓，已经成为越来越多的登山爱好者初次攀登雪山时理想的训练场。2001 年起，玉珠峰国家登山训练基地已连续 9 年成功承办了九届“中国玉珠峰登山节”，成为国内知名度较高的登山运动品牌。大批优秀的登山运动员从这里走出，迈向更高的山峰。众人熟知的著名企业家、万科总裁王石，搜狐总裁张朝阳，还有一些业余登山家，都是在攀登过海拔 6178 米的玉珠峰后，才成功登上海拔 8844.43 米的珠峰之巅的。2009 年 8 月，总投资 3 亿多元的玉珠峰国家登山训练基地项目被国家批准立项。玉珠峰国家登山训练基地项目分为玉珠峰国家登山训练基地和玉珠峰国家登山训练基地大本营。其中，登山训练基地总投资 990 万元，建筑面积 4000 平方米，主要建设旅馆、基地管理区等设施，目前该项目已完成前期工作。登山训练基地大本营总投资为 2.21 亿元，占地面积 800 亩，主要建设接待中心楼、沙漠汽车赛道、摩托车赛道、攀岩中心、攀岩辅助用房、沙漠娱乐、水上娱乐等设施，现已完成调研报告和立项。项目建成后每年可接待登山者 1200 人次。

打破这里宁静的，除了登山爱好者，还有矗立在玉珠峰对面的一座现代化的企业。古老而著名的山岳和新生的企业之间，间隔着静静伸向西藏的青藏铁路和青藏公路。这就是生产中国高端矿泉水的青海玉珠峰矿泉水有限公司。

这家香港加多宝集团旗下的企业，是 2007 年 6 月在青海省格尔木市投资成立的。项目总投资 5000 万美元，总生产规模为年产 2000 万箱矿泉水。2008 年 11 月正式投产后，这个源自海拔 6000 多米圣洁水源的“昆仑山”牌天然雪山矿泉水，这个经过高原的阳光照射后融化并且汇入到格尔木河静静流淌了无数时光的矿泉水，这个在神话传说里被西王母采集来款待众神的琼浆玉液，正如它的广告语里描述的那样：“巍巍昆仑，海拔六千，千年冰封，万里雪原；昆仑山在中华文明发展史上被尊为‘万山之祖’，每一滴昆仑山矿泉水，都来自于传说中的‘不老之泉’。”这“不老之泉”在 21 世纪开始源源不断地运送到大江南北，走入千家万户，还成为广州 2010 年亚运会官方唯一指定饮用水。就在我们瞩望的那一刻，厂门前超长的一辆辆大型货车，在那里进进出出，一派繁忙。

平展的厂房紧挨着 109 国道，背靠着一脉褐色的山梁，仿佛被那山梁深情地揽在怀抱。简洁的钢结构生产车间，灰白的色调，给人极为素雅、清纯、安静的美感。厂区里，设有卡拉 OK 室、乒乓球室、桌球室、阅览室、网吧等文化娱乐场所，还设有被沿海城市的人们称为士多店的店铺和医务室。每逢周末公司都有专用大巴接送员工往返于工厂和格尔木市区之间。

站在公路边上眺望，最醒目的莫过于嵌在厂房上殷红的“昆仑山”标志，还有旗杆上飘扬的国旗。那殷红的色彩，让荒寂的西大滩从此涌动着不息的暖流。2010 年 4 月 20 日，在中央电视台举办的《情系玉树，大爱无疆》的大型赈灾晚会上，加多宝集团继 2008 年汶川大地震时捐出民营企业史上最高的单笔捐款数额 1 亿元之后，再次向玉树灾区捐款1.1亿元人民币，书写了中国企业慈善事业新篇章。

在玉珠峰，我们还要在记忆深处铭刻上一道难以磨灭的印记，这就是在它脚下举办的一场昆仑山音乐会。尽管那场音乐会的舞台早已撤去，但那场无论在世界音乐史上还是在中国文化历程中均属创举的音乐会和音乐会上演奏出的气势恢宏、博大的旋律，似乎还缭绕在玉珠峰下。

2010年8月16日，《圣殿般的雪山——献给东方最伟大的山脉昆仑山交响音乐会》就在眼前西大滩的玉珠峰下举办。群山、雪峰、冰川和饱含历史的苍茫时空构成了这场规模空前的交响乐音乐会的宏大氛围。音乐会阵容强大，担任演奏的是中国著名交响乐团之一的北京交响乐团，我国著名指挥家谭利华先生担任指挥。交响乐的作曲请来了当年中央音乐学院“四大才子”之一的郭文景。这个被巴山蜀水养育的音乐奇才，被《纽约时报》称为“唯一未曾在海外长期居住而建立了国际声望的中国作曲家”。青海省委常委、宣传部长、在国内外久负盛名的彝族著名诗人吉狄马加，不仅是这场极富创意的音乐会的策划者，也是交响合唱的词作者。在历时近50分钟的音乐会上，来自格尔木的观众在玉珠峰脚下聆听和观赏了由北京交响乐团的86名演奏家、昆仑合唱团100名演出人员共同奉献的交响合唱《圣殿般的雪山》和贝多芬第九交响曲中的交响合唱《欢乐颂》两个篇章。音乐会以深沉的思想、博大的情怀和穿越时空的呼唤，赞美辉煌灿烂的东方文明，歌颂伟大的民族精神，探索光明圣洁的生命价值。这样的旋律，这样的阵势，即使是昆仑诸神恐怕也从未在自己的圣殿倾听过如此辉煌的颂歌。

这场音乐会还为此创造了一项世界纪录：鉴于这次演出是在海拔4300米的昆仑山玉珠峰脚下进行的，上海大世界吉尼斯总部为本次音乐会颁发了最高海拔交响音乐会吉尼斯世界纪录证书。

伟大的昆仑山就这样被现实一次次地注入新的闪光点，新的传奇，新的故事。

著名地理学家、《中国国家地理》总编辑单之蔷先生曾这样说过："就地理概念而言，包括昆仑山在内的青藏高原上的诸多山脉，是青藏高原乃至整个中国赖以生存的骨骼。"复杂的地质构造、独特的地理环境和自然景观加上神秘的昆仑神话，使史诗般永恒的昆仑山被开辟为昆仑山国家地质公园，它以独特的演化史形成了全球最丰富、最广博、最珍贵的地质遗产。凡是经过这里的游客，都要在大地震遗迹处留个影，看看那场 8.1 级的地震留在大地上的裂口。依托这些地质遗迹所建的青海格尔木昆仑山国家地质公园，以青藏线为主线，北起纳赤台，南至昆仑山口，总面积 90 平方公里。这里不仅有众多的古冰川遗址，还有玉珠峰、玉虚峰等晶莹的现代冰川和被称为"蠕动的河流"的昆仑山石冰川；不仅有柔润光洁的昆仑玉，还有清澈甘甜的纳赤台昆仑神泉；不仅有西大滩古地震鼓包遗迹，还有长达 426 公里、宽数百米的现代地震大裂缝……

恰好，我们在这里看到竖立在公路边上的一块标志牌，上面指示着地质公园的三处景点：古地震遗迹剖面、现代冰川、大地震遗迹。

2001 年 11 月 14 日，昆仑山口西面发生了 8.1 级强烈地震，这是近 50 年来中国震级最大的一次地震。强震造成的地表破裂带长达 420 公里，而这就成了迄今为止世界上最为罕见而且保存最完整、最壮观、最新的一个地震遗迹。它的价值被当时的媒体形容为"打开地球内部的一把金钥匙"，被国际地质学界公认为研究喜马拉雅造山运动和强地震机理的天然"课堂"。

作为全球进入 21 世纪以来震级最大的地震遗址，昆仑山大地震遗址备受中外科学界的关注。地震发生后，已有超过 40 个国家的科学家向中国地震局提出了科学考察的请求，而来自法国、日本两国的地震学家也已多次前往地震遗址与中国地震专家一同进行考察。

现在在大地震遗迹处，矗立着一块三米多高的纪念碑，在形似小山的石碑正面，分别用朱漆的蒙古文、藏文和魏碑体汉字书写着碑铭，石碑下部还刻画着 8.1 级地震地表破裂带主体展示图。

站在遗迹处，一切平静得恢复了原初的模样，只有硬硬的风吹过。可是这次大地震带给当时正在修建的昆仑山隧道惊心动魄的那一幕，此刻又闪现在我们内心的深处。它像铆钉一样，铆在每一个建设者的心上。

昆仑山隧道的建设始于地震前两个月，也就是在 2001 年 9 月份。地震发生的时候，在距离震区略远的可可西里，由沱沱河帐房保护站负责人木玛扎西带领的巡山队正在西金乌兰湖一带开展反盗猎行动，他们最先看到野牦牛、藏野驴、藏原羚、狼、狐等各种野生动物四处狂奔，似乎大难临头，然后听到一阵猛烈震耳的轰鸣声由远而近，西金乌兰湖涌起层层巨浪，巨浪高达两米左右，浪花拍向湖岸，溅起团团白雾，一些中小湖泊就像开水沸腾了一样。此情此景，让人无不感到惊心动魄。

地震对从青藏铁路南山口到沱沱河 400 公里的建设工地和生活设施都造成了不同程度的破坏，大多数施工单位的房屋出现裂缝，有些驻地的房屋和围墙倒塌，设备被砸。最为可怕的是，巨大的地表裂口在距离昆仑山隧道一公里的地方横穿而过。地震引发的强大冲击波，几乎快要把整个正在修筑的隧道埋没。隧道中灌注混凝土的钢架被挤压变形，机械车被埋，一时间隧道里塞满了塌落的泥土。而昆仑山隧道所处的地方是常年冻土区，如果不及时处理，一旦这些覆盖在隧道上面的冻土融化成泥浆，正在修筑的隧道就可能坍塌，后果不堪设想。就是在这样一个特殊的情况下，承担昆仑山隧道施工建设的中铁五局四处的职工，在一连串的余震还不断袭来、危险随时可能降临的时刻，不顾一切地冲进了隧道。他们有的往隧道顶部喷射混凝土，有的用打锚杆挂上钢筋网，有的用一些支撑物把隧道支撑住，不让隧道继续塌落。就这样，他们连续战斗了将近六天，隧道保住了，工程保住了。在和大自然的较量中，他们显示了中国人的力量和信心。

昆仑山隧道工地恶劣的自然环境就这样挑战着人的意志。这些怀揣梦想的建设者，来自遥远的内地，远离家乡，远离父母妻儿，走向了青藏铁路的施工现场。他们在这里经受了终生难忘的磨砺，被这项人类建设的壮举造就成了铁骨铮铮、顽强拼搏、不讲名利、甘愿奉献，为托起“天堑变通途”的梦想而矢志不渝的建设者。

现在铁路早已通车运营，梦想变成了现实，奋战的身影已经被替换成了载满物资和旅客的火车。当奔驰的火车安全平稳地穿过昆仑山隧道，我们就越发怀想这些已经退场的建设者们。他们中间曾经发生的感人故事太多太多，我们无法去一一回溯，那就让我们伴着昆仑山上的劲风，伴着火车强劲有力的驱驰，倾听其中一个普普通通的青藏铁路建设者的心路历程。他朴素的自白，不仅折射出当初青藏铁路建设者的情怀，也是昆仑山辉煌圣殿里那场著名演出中的一个不可抹去的音符。

他叫张鹏，是中铁五局集团四处十二队的木工班长。作为昆仑山隧道的一名基层建设者，他向我们讲述了亲身经历的建设青藏铁路的故事：

我是一名普通的筑路工人，也是一个普通的共产党员，能够参加青藏铁路这项举世瞩目的世纪工程建设感到十分荣幸。说实话，我现在和青藏铁路有种割不断的感情，建设青藏铁路是我多年的梦想。

1998 年 6 月，西南地区开工建设了又一条重大铁路干线——内昆铁路。这是一条主要穿行于老、少、边、穷地区的扶贫线。2001 年 6 月，在内昆铁路建设进入铺架阶段的时候，我回家休假。我是木工技师，空闲时就帮助家乡的一个老板搞点装修。由于装修技术不错，老板许诺每月给我 2000 元的工资。就在这时候，青藏铁路建设的号角吹响了，我当时按捺不住内心的激动与兴奋，连夜写了一份要求参加青藏铁路建设的申请书寄给了队党支部。这个老板一听说我要去青藏铁路，十分惊讶："你行吗？青藏高原那么艰苦，何况收入又不算多高。你挣那个血汗钱？还是在我这干吧，我每月给你3000元怎么样？"说句实在话，当时我的心有点动摇，每月3000元是笔不小的收入，还可以每天与家人团聚，这对于我这个长年累月奔波在外的铁路工人来说是很具诱惑力的，毕竟我欠父母妻儿的太多了。可是共产党员的责任感和使命感，还是让我战胜了诱惑。

当天晚上，父母、妻子知道了我要去青藏铁路的消息，都劝我不要去。可是我想，作为一个铁路建设者，如果不参加青藏线建设，我的筑路生涯还完整吗？我还算一名党员吗？这一夜，我绞尽脑汁，想了不少的办法去劝说家人。最后，他们总算同意让我先去做上线前的体检。

2001年7月，我终于如愿来到了海拔4600多米的昆仑山隧道工地，开始圆我的青藏铁路建设梦。可一上山我就出现了高原反应，头晕头痛、寝食不安，甚至流鼻血。大家刚来时都不适应，头疼得吃不下饭睡不着觉，指挥长就命令共产党员带头吃饭睡觉。施工中我们全都背着氧气瓶作业，一年要消耗12万瓶氧气。

不怕你笑话，这时我的思想有些波动。我想我还年轻，这样折磨自己的身体，值得吗？可是当我看到西藏自治区的所有物资全靠青藏公路运输，一旦遇到恶劣的天气就会出现严重的交通堵塞时，一种强烈的责任感油然而生，最终我咬着牙坚持了下来。

记得那年12月10日，由于感冒，我的身体严重不适，本需下山休养，可是项目部正在开展"苦战四十天、确保年度计划完成"的攻坚战，恰巧昆仑山隧道开挖又遇到了5级破碎围岩，如果不及时衬砌，围岩暴露时间一长就会引发塌方。当时木工力量严重不足，所以我一直坚守岗位，直到16日上班时晕倒在工地上。

领导知道了我的病情，非要把我送到格尔木市治疗不可。可当时工程正处于关键时刻，隧道内多冻土，稍不注意，冰块融化就会导致塌方，特别是在5级破碎地段最容易发生危险，这时候我不带头谁带头？就这样，我硬是带领大伙儿克服困难，终于确保了年度计划的完成。

我以前是干桥涵木工的，转入隧道工作一时难以适应技术要求，况且青藏线多冻土，技术要求很高。为了干好工作，我开始自学，在工地上虚心向同行学习，拜他们为师，有时看书到深夜。在技术上有了进步，就在工作中开始尝试创新。在隧道砼衬砌中，我发现用方木做立柱刚度不够，成型的砼总是不规范，就建议用钢带代替方木，并采用了内拉外衬的方法，这样便控制了跑模现象，也节省了材料投入，还受到了领导的表扬。

后来我被安排到负责桥涵施工的十二队任木工班长。为了发挥班组同志们的主观能动性和积极性，我在党支部的帮助下，完善了班组管理制度，并经常和大家谈心、交流，遇事多与大家商量，集思广益，取得了大伙儿的支持和理解。我们职工之间都互称兄弟，大家的心更齐了，拧得像一根绳一样。虽然工地苦，但弟兄们以苦为乐。由于工地海拔高，冬天气温在零下30多摄氏度，职工不能在山上洗澡，否则会因感冒引发高原并发症。为了确保职工的身体健康，上级也做了“不准在山上洗澡，洗澡必须统一安排到格尔木”的规定。就这样，为了确保“昆仑山隧道完成200米成洞”目标的实现，大伙谁都舍不得因下山洗澡耽误一天时间。长时间不洗澡，身上奇痒无比，大家只好在睡觉前用干毛巾搓搓背，戏称这叫“干浴”。

6月23日，工地开党员大会，给我评了一个“优秀共产党员”。这是组织给予我的最高奖励，我感到无比的光荣。

……

2002年9月26日上午9点19分，随着爆破的声响，昆仑山隧道贯通。承担从南山口到安多668公里铺轨任务的中铁一局铺架项目部的人员在零下20多摄氏度的环境下，顶风冒雪，日夜奋战，发扬“缺氧不缺精神，艰苦不怕吃苦，海拔高斗志更高，风暴强意志更强”的精神，创下了日架32米梁11孔、日铺轨7.892公里的全国新纪录。2003年3月22日，轨排穿越昆仑山隧道。

从疾驰的车窗里看着这个充满神话传说的山脉，我们不由自主地被它的苍茫和广袤所感染，而更让我们感慨的是车轮下青藏公路和毗邻的青藏铁路在它身上超自然力量的穿越。这个事实超越了所有的神话和传奇。

天路上的“安全屏障”

青藏铁路的修建已经成为光辉的一页，镌刻在铁路建设史的丰碑上。十多万大军连续奋战的一个个撼天动地的场面和那些不断刷新的建设纪录、创造的一个个世界性奇迹、攻克的一串串世界顶尖的难题，如今已经成为人们头脑里最为感动的一段记忆。

也许人们会觉得当最后一排轨排铺设在拉萨车站、最后一颗螺钉牢牢地固定在铁轨一侧的时候，这个旷世惊人的铁路工程便画上了一个圆满的句号，就像一出精彩纷呈的剧目，在经久不息的掌声中徐徐拉上了华丽的帷幕。

然而，对于青藏铁路来说，浩大工程的竣工，只是一幅巨大画卷上局部的泼墨挥洒，或者说只相当于一出恢宏大剧的一个先声夺人的楔子。它不断发展着的剧情，已经无法让它获得一次剧情上的停顿，更没法去接近一个尾声。

一切才刚刚开始。准确地说，青藏铁路诞生之后的运营，时至今日，也就是四年多的光景。路漫漫其修远兮，从这层意义上来说，青藏铁路前期的施工建设对于整个青藏铁路，只是画上了一个硕大而辉煌的分号。在这之后，更漫长、更无限的时间，就是不断演绎这条铁路带给青藏两省区各族人民吉祥和幸福的华彩剧情。

在这出华彩剧情中一直要充当举足轻重角色的是一个具有钢铁般意志的团队。他们就是那些在青藏铁路沿线上夜以继日维护铁路畅通无阻的一个个工务车间、综合维修工区。

这些在青海境内的工务车间、综合维修工区，都是青海玉峰铁路维护服务有限公司的下属单位。青海玉峰铁路维护服务有限公司因了青藏铁路应运而生，在铁路施工建设的后期，也就是 2005 年 8 月开始筹建，2006 年 1 月 26 日正式挂牌成立。公司主要承担着青藏铁路格拉线唐古拉山北段 608.2 公里的线路，其中包括 474 公里的高原多年冻土地段的工务、水电设备养护维修和格拉段全线房建维修以及唐南段的给排水及拉萨地区、拉萨西的供暖设施、设备维护。公司管辖的整个区域，平均海拔为 4500 米，最高点为轨面标高 5072 米的唐古拉站。就是这么一群人，远离繁华的都市，远离舒适的生活、工作环境，在青藏铁路公司及辅业资产管理中心的领导下，以饱满的工作热情、奋发的精神状态实践着“挑战极限、勇创一流”的青藏铁路精神。他们克服高寒缺氧、气候恶劣、任务繁重等困难，

● 玉峰维护公司唐古拉工区职工在设备维护途中进行道路清雪

默默奉献在荒山野岭之中，让每一趟装载着造福青藏两省区各族群众物资的货车和满载着天南地北旅客的客车，安全、平稳地奔驰在逶迤广阔的青藏高原。

我们只能用粗略的文字记录下600多公里的线路上所见到的工务车间、综合维修工区里这群可敬、可爱的人们工作、生活的一瞥。

第一站：纳赤台综合维修工区。

离开格拉段的起点站南山口车站，一路上可以看到铁路边上绿色的网围栏、菱形的铁路护坡，让笔直延伸的铁路显得十分整齐和美观。

坐落在昆仑山北缘的纳赤台综合维修工区，是我们到达的第一个工区。途经这里的人，大多数会去参观一下青藏公路边上的昆仑神泉，品尝一下甘洌的泉水。这股清泉虽处在海拔3540米的高寒地区，水温较低，但一年四季从不会封冻，为昆仑山中第一个不冻泉。纳赤台泉水量大而稳定，并含有对人体有益的微量元素和气体，被人们誉为“冰山甘露”。相传当年西王母于昆仑山瑶池之畔宴请诸神，各路神仙应约赴会。席间，诸神表功，创造神凡摩表示要将昆仑山之北造成花氇氇之地，让那里草肥水美牛羊壮、碧野千里飘奶香。西王母听了，容颜大悦，特赐凡摩几樽瑶池琼浆。宴罢，凡摩返归途中，信手把樽畅饮，不料大醉，金樽掷地，琼浆四溢，乘坐的莲花神瓮化为赤台群山，溢出的琼浆化为昆仑泉。

以前这里的设施极为简陋，也就是在涌泉的地方修了一个亭子，再用花岗岩石板给泉水砌了一个多边形的护台。现经整修，可以让人在那里逗留、拍照，发思古之幽情。进入水泥塑的山形门洞，就像进入了一个环形的展厅，最显眼的是在三面的墙壁上镶嵌了以“瑶池会仙”“云游神州”“天王送子”“钟馗醉酒”等为主题的壁画。涌流如同沸水的清泉，让人一下子联想到清代作家蒲松龄吟咏“珍珠泉”的名句：“玉轮滚滚无时已，珠颗涓涓尽日生。”这里不仅新筑了护台，还在平地上修了雅致、有趣的曲水流觞景观。倘若在夏日的好天气里和一群朋友到此共饮清泉，再看看泉台对面百米之距的青藏铁路，那该是一番古今同在的奇妙感受。

纳赤台综合维修工区，离昆仑圣泉观景台近在咫尺，因为不是风景点，常常被经过的人忽略。除了铁路公司的有关领导和一些媒体的记者光顾外，铁路沿线的工区很少有外人去造访。这些铁路工人就是在人们的视线之外无怨无悔地为青藏铁路默默奉献着他们的青春，挥洒着他们的热血。

工区寂静得好像周围的山峦。大门一侧的墙面上，张贴着精心设计的墙报，墙报上有工人们写下的工作、学习心得，还有车间事务公开栏。留守的一个老工人把我们招呼进办公室。只见办公室的石灰白墙上，用表格呈现着班组综合档案：班组的名称，人员的姓名、职务、文化程度、出勤率、岗位达标考核情况（主要内容是岗位考核加减分原因、考核得分等），逐一填写在表格中，清楚地反映了他们工作上的情况。虽说目前只有9个人的纳赤台综合维修工区算不上什么特别大的工区，但却是麻雀虽小五脏俱全，人员从工长、班长、工会小组长、线路员、安全员到政治宣传员、经济核算员、生活卫生员一应俱全。

接待我们的老工人是这里的工会小组长，名叫孙有生。他说工区所在的地方只有海拔3600米，但在他们管护的线路上，有人曾在海拔5000多米的地方工作。整个纳赤台综合维修工区管护着从纳赤台到昆仑山玉珠峰之间126公里的路段，其间经过无人站纳赤台、小南川站、玉珠峰站。这里的环境用一个形象的表述，就是汽车开出50公里之后，抽烟人身上带的打火机因为缺氧怎么打也打不着。孙有生补充说，平时放在工区的整箱的袋装方便面，都会自动胀裂。

缺氧让这里的工人时常会有头疼的反应。这还不算什么，对于这里的工人来说，最大的挑战就是处理各种铁路病害。青藏高原冬长夏短、空气稀薄，常年刮风不止，昼夜温差较大，气候变化多端，更重要的是管辖区域处在冻土地带，由于客货车的重压，加上缺氧、雨水多等气候条件的影响，高原上的铁路时常会发生一些变化。即便是昼夜巨大的温差，也会让钢轨热胀冷缩，而这一切都会对路基产生影响。工人每天就要拿着水平仪、悬绳等工具，不时地检查、测量铁轨的轨距，处理各种情况。就是在大晴天里工作，他们也会戴上棉帽、棉手套和墨镜，以应对随时突变的天气。

2007年4月，青海玉峰铁路维护服务有限公司在纳赤台工区组建了一支生气勃勃的“青年突击队”。近年来这里的雨水多起来，每年的夏季灾害频发。有一次半夜里下起大雨，雨水冲坏了路基。突击队员迅速出击，带上大型机械铲车和铁锨、撬杠、道尺、丁字扳手等维修工具，用尿素袋装上土，在雨夜里连续奋战，处理完道基上的积水，才拖着疲惫的身子回到工区。这样的事情对于他们来说是家常便饭，只要哪里出现了险情，他们的身影就出现在哪里。当年这支突击队就以他们的拼劲和干劲，被青藏铁路公司团委授予“青年文明号”称号。

对于这样的荣誉，孙有生感慨地说：“在这里每个工人都是在透支生命！”

是的，在青藏线上，如果你要从脸上去猜工人的年龄往往会出错。那些脸上十分老相的工人，往往实际年龄还停留在血气方刚的小伙子的年龄段。严酷的自然环境使他们的面容过早地变老了，可是涌动在他们心中的激情还像青春时节那样热烈，那样执著，那样豪迈。

第二站：三岔河特大桥。

从纳赤台工区前行大约15公里，在小南川和野牛沟汇合的地方，映入我们眼帘的是一片经过冲积地层而形成的开阔峡谷和峡谷上凌空飞架的一座大桥，这就是青藏铁路上的第一高桥——三岔河特大桥。这也是一处青藏铁路建成后的新景点。

耸立在玉珠峰北侧的三岔河特大桥，悬架在地势陡峻的山崖之间，20个粗壮的桥墩像古希腊圣庙的石柱一样耸立着，更像是20

扇敞开的门户。周围点缀在干涸的河床上的骆驼草，在秋天有的还绿着，有的已经枯黄，有的经过霜冻，红殷殷的，像是地上淡淡的红云。纳赤台西边的野牛沟，是丰美的草场，更是著名的野牛沟岩画分布的地域。岩画上有骆驼、野牛、马、鹰、狗、熊等动物，也有放牧、出行、狩猎、舞蹈等场面。原始的遗风流韵，成为许多游客前去造访的一处景点。

三岔河特大桥是青藏铁路格尔木至拉萨段上重点控制工程，全长 690.19 米，桥面距谷底 54.1 米。20 个桥墩中的 17 个桥墩，是圆形薄壁空心墩，墩身顶部壁最薄处仅有 30 厘米。由于当时大桥施工时工期短、技术要求高，再加上高寒缺氧的环境，施工难度之大成了对承担这座大桥施工任务的中铁十四局三公司的巨大考验。

当时给大桥建设的工期只有一年时间。类似这样规模的大桥，在内地正常工期一般需要两年。这就意味着他们必须在冬季施工。这也成为青藏铁路全线首次进行冬季施工的桥梁项目，而且开创了世界高寒铁路桥梁冬季混凝土灌注施工的先河。

2001 年 8 月 22 日三岔河特大桥施工建设正式开工。

冬季的青藏高原，寒风凛冽，冰封雪舞。三岔河特大桥工地极端温度达到了零下 33.6 摄氏度。三岔河冻结的厚冰上，20 吨重的推土机、挖掘机驶过也不会塌陷。

三岔河特大桥

然而，对于中铁十四局三公司的施工人员来说，在零下二三十摄氏度的超低温高寒环境中进行铁路桥梁混凝土的灌注施工，是一项世界性技术难题。他们没有现成的经验可供借鉴。

中铁十四局三公司项目部马上成立了以项目总工程师梁乐文、副总工程师孙晓迈以及技术人员张善贞、张培辉、孙铭耀等为主要成员的技术小组，展开了科技攻关。最终他们确定了“搭设暖棚、蒸汽养生、控制温差、加强量测、改进工艺、合理布置”的冬季施工方案。经过反复实验，他们采用了模板内通蒸汽保温，模板外生火炉，外罩棉被、篷布的方法，硬是在冰天雪地中创造了一个相对温暖的小环境。

项目部采用了我国高寒铁路的最新科研成果——低温早强耐久高性能混凝土。在生产过程中，他们首次采用了我国成功研制的DZ外加剂，不仅使搅拌出的混凝土强度满足设计要求，而且能确保混凝土灌注24小时内防止被冻。

来自山东兖州的800多名建设者，就这样一边克服严重的高原反应，一边为了赶工期昼夜不停地施工。所有人员三班倒，没有周末，没有节假日。依靠严密的保温措施和先进的施工技术，项目部取得了冬季施工的巨大成功。整个冬季施工期间项目部总计完成590多米长的大桥施工任务，经过严格的检测，工程合格率达到100%，优良率达95%以上。

2002年8月30日，最后一架梁稳稳地落在青藏铁路三岔河大桥上。它的如期竣工，使前方铺轨架梁的物资得以运输，确保了青藏铁路向拉萨方向的顺利延展。

掐指算来，大桥已经诞生了八个年头。现在经过这里的人们，再也看不到当初冰天雪地中一片繁忙的工地了。如果坐汽车在晚上经过，大桥上照明的灯光，让人可以依稀想见当初夜战时从桥墩上飞溅的焊花，这可是世上最罕见、最奇美的夜之礼花！

我们准备起程的时候，恰逢两个绿色的火车头拉着一个个银色的油罐凌空驶过大桥。大桥的一头是两座相互守望的铁塔，另一头则是一座用来值守大桥的小房子。虽然看不见守护大桥的人，但我们知道有一群人常年守护在桥上，心里陡然间便平添了一种沉甸甸的感动。

第三站：不冻泉综合维修工区。

进入地处可可西里东大门的不冻泉综合维修工区，我们就进入到了海拔 4500 米以上的地区。

工区里搭建的都是活动板房，每个宿舍的床头边上都放着氧气瓶，这是高海拔地区房间里必备的生活设备，是一个特殊的物件标志。

不冻泉综合维修工区负责着全线 118 公里的维修养护任务。由于处在昆仑山和可可西里之间的冻土地带，他们面对的任务繁重而艰巨。平时他们要在 118 公里的路段上，检查沿线的铁路围栏、道岔、桥梁、隧道、涵渠等设施，还有一个任务就是回收沿途的垃圾。每年因为人手少，养护任务十分艰巨，即便招聘了一些劳务工，事情多的时候仍然忙不过来。因为路线长，工人们一出工常常就是大半天，甚至更长的时间，所以他们每次都要带上馒头和保温饭盒，就地解决肚子问题。这里一年四季常飞雪，遇上暴风雪天气，工区不仅要马上通报线路调度员，而且要在第一时间赶到现场去除雪。大雪下到天亮，他们就顶风冒雪一直扫到天亮。

青藏铁路全线开通四年多，这个工区以“零误差、零缺陷、零故障”为目标，从来没有因为不及时清扫道岔积雪或清扫不彻底而影响列车的接发作业，更没有造成铁路运输的中断。

第四站：秀水河综合维修工区。

秀水河综合维修工区夹在秀水河和北麓河之间，海拔 4650 米。这里不仅见不到一棵树，就是零星的野草，也都是一些纤小、仅仅冒出地面的浅表性植物。它们只在每年的六七月间绽放出极为短暂、可人的绿色，其余的时间，都是一片枯黄，和土地的颜色混合在一起。

秀水河综合维修工区管辖着120公里的路段，其间因为有以气候恶劣著称的五道梁、风火山隧道，而成为格拉段上最艰苦、自然条件最复杂的地段。

在铁路建设时期，这里就曾因为复杂的地质条件而给建设大军设下重重障碍。铁路通车以后，这里依然要面对沼泽、冻土和沙害。为此，中科院和铁道部都在这里建有冻土观测站。特殊的地段使火车爬坡时的最高限速为每小时80公里。

工区年轻、干练的负责人尹少青向我们介绍说："我们所在的工区处在多年形成的冻土带上，风火山前后的大小河流、冰丘相当活跃，充满了地质变化的很多不确定性因素，养路、护路的难度很大。这里还有一个情况是风大，沙害异常严重，冬季常有七八级的大风，吹得人站都站不稳。在户外工作的时候，我们都要戴上防水镜和防沙镜，随时检查防沙网和防沙墙的情况。"

因为这里的工作异常艰苦，工区每年都要安排职工到省外疗养半个月到20天。可是自从2006年火车开通后，冻土上的铁路，冬夏季都会有不同的变化，维护铁路的任务一个接着一个，大家谁都没有正常休息过。平时是两班人马来回倒班，遇到突发情况，不管在工区休息的还是刚刚从线上下来的，大家都是一起上阵。

秀水河附近，有几户长期定居的牧民。因为一条铁路，工区的职工和牧民的联系越来越多，相互之间的关系也是越处越融洽。牧民平时拉牧草或冬季里取暖用的煤炭，工区的职工就会主动给他们提供帮助。而工区的职工在检修线路时如果遇上恶劣天气，也会在就近的牧民家里躲躲风暴和雪暴。热情好客的牧民每回都会给职工们端上滚烫的奶茶，献上煮好的牛羊肉。彼此之间打交道时间长了，牧民能说一些汉语，汉族职工们也能听得懂一些简单的藏语。

因为处在冻土层活跃地带，这里的房屋都不像通常那样打出很深的地基后再在牢固的地基上建房盖楼。这里都是把房子架在一尺高的地面上。房子采用能最大限度发挥避风作用的凹形建筑形式，而且三面房子都是被一个凹形的走廊连在一起。这样职工起夜的时候就不怕着凉了，而一旦着凉，就容易引发肺水肿，甚至患上危及生命的病症。厕所和宿舍紧紧连着，只是用铁丝网做成一个五六米长的封闭式过道，这样做是为了防止在荒野上出没的野兽伤害到人。

第五站：沱沱河工区。

离沱沱河公路大桥不远的地方，有一排平房，那里就是沱沱河工区的所在地。

沱沱河工区的办公室墙上挂着“先进车间”的奖状，靠墙放着一只大鱼缸，鲜绿的水草，自由穿梭的鱼儿，为这里传递出温馨的爱意和些许的情趣。要知道，这一切在平原地区、在都市里是多么稀松平常的事情啊，可是在海拔4000米以上的高原铁路线上，一年四季见不到葱葱茏茏的绿意，更别说高大的树木了。这里有的只是一些紧紧贴着地皮的矮小植物。我们听说过有些青藏线上的家属上高原探望自己的亲人时，往往带来的是一盆花草！这些象征生命的绿色，在高原铁路职工的情感和精神世界里，有着特殊的分量。这一点绿色和生机，不知慰藉了多少人眼里和心里的单调与贫乏。

工区的支部书记温新院向我们介绍说：“这里虽说有沱沱河流过，但干旱和风沙几乎四季不断。尤其在大桥北端，风沙侵袭十分厉害。”温书记给我们形象地描述了长江源头风沙的阵势和威力：风沙大的时候不光把人吹得睁不开眼睛，还可以把汽车的窗户玻璃转眼之间刮磨得就像是磨砂玻璃。为了保证列车的安全行驶，阻止沙化面积的进一步扩大，他们目前已经用石头块构筑了约10000平方米的防沙格，并在其间移植上了草皮，试图将长江源头的沙化地带隔断。

尽管如此，沙害仍然是沱沱河工区铁路养护遇到的最大的病害，风沙天天吹，他们就得天天上线去清理。两个班组，每组60公里，从早到晚，他们每天就这样用脚步、用责任，养护着静静的铁路。

工区的职工在铁道上作业的时候，还要面对高原雷电的袭击。强对流雷暴是我国主要的天气灾害之一，经常伴有雷电、冰雹、局部暴雨和强风等自然灾害。青藏铁路恰好位于高海拔的多山地带和地表生态环境脆弱的地带，雷暴灾害发生十分频繁。温书记说，这里每年的6到9月，雷击很厉害，云层压得很低，雷电弧光可以把天地连在一起。它来得迅速、剧烈，对青藏铁路维护和设备安全产生的危害特别大。雷电闪击加上不时出现的强风、暴雨雪、冰雹，就是职工作业时司空见惯的情景。

青藏铁路的通车，必将给这个高原小镇又一次带来发展和进步的活力，就像眼前的沱沱河，因为汇集了格拉丹东雪山西南侧冰川融化的无数细流，而聚成了流淌不息的大河。

第六站：雁石坪工务段维护车间。

雁石坪工务维护车间地处通天河沿和温泉之间，西望祖尔肯乌拉山，南望唐古拉山。这个工务车间担负着格拉段雁石坪至唐北段125公里冻土线路的养护维修任务。该区段线路穿越世界铁路海拔最高点5072米的唐古拉越岭地段，是青藏铁路全线海拔最高、维护难度最大、自然条件最差、灾害险情最多的区段。

这里的管内线路平均海拔接近5000米，年平均气温在零下5摄氏度以下。在这样艰苦的环境中，车间党支部坚持“管理高起点、质量高标准、落实严要求”的理念，在雪域天路筑起了坚不可摧的“堡垒”。

路轨维护

显得清瘦而硬朗的维修车间党支部书记马骥说：“我们管护

的区段线路全是冻土地带，高寒缺氧、线路下沉、地基冻胀等现象是这里经常要面对的事情。由于海拔高，冬天气温能降到零下三四十摄氏度，穿上厚厚的毛裤也会冻得人浑身直打哆嗦。有一回遇上刮风天气，吹得我在地上直转圈圈，如果不是抓住了大桥栏杆，早被刮倒了。冬天厚厚的积雪掩埋了钢轨，我们就在线路上清雪，修整碎石护坡和道砟。我们这里有一支作风硬朗、团结齐心的职工队伍，之所以能不断攻坚克难，是因为我们工务段一直在推行着'六个第一'，也就是每天第一个进行安全警示提醒的是党员，第一个带头上道的是党员，第一个执行标准化作业的是党员，工作间歇后第一个争先上岗的是党员，关键时刻第一个冲上去的是党员，安全分析中第一个剖析发言的是党员。"

在这里，我们还听说了雁石坪工务车间线路工长、连续两次荣获青藏铁路公司"优秀共产党员"称号的王建明的感人事迹。

青藏铁路通车前，35岁的王建明怀着维护青藏铁路格拉段的满腔激情，来到了雁石坪工务维护车间，和大伙一起从事世界上海拔最高铁路区段的线路维护生产工作。

几年中，王建明凭着过硬的业务知识和娴熟的作业技能，在青藏铁路格拉段线路设备质量达标百日大会战、迎七一通车试运营决战三十天、格拉段线路设备工电联合整治、冻土区段线路整治以及安全标准线建设中取得了优异的成绩，在自己的本职岗位上做出了突出的贡献。

工作中的王建明始终坚持专业知识的储备和积累，尤其是在对冻土区段的线路维护方面。他从搜集管辖内唐古拉地区的气候、地理、线路维修养护资料入手，勤奋学习、刻苦钻研，从不懂到懂，从不会到会，积累了丰富的工作经验。只要是他参加过维修或抢修的现场相关数据和设备更新情况，都能熟记在脑海里。

为了尽快巩固提高工区管辖内雁石坪至布强格区间线路设施设备质量，作为线路工长的他，按照车间的统一安排，一边认真研究高原隆冬季节线路变化情况，一边学习线路设备性能。他主动放弃轮休，每天顶着烈日的暴晒和肆虐的大风，带领作业人员严格对照设备控制标准、设备建设标准在铁路沿线检查验收。有时候他徒步检查整治作业后的线路状况，发现道砟量不足、有明显的塌陷迹象，就及时要求作业人员返工作业，从不放过线路上的每一个薄弱环节和每一处超限处所。不论是桥头病害还是曲线正矢解决不彻底，他都要认真组织分析，亲自整治。

线路安全维护既要安排合理的计划进度，又要考虑到整治质量要求和设备运行的安全可靠。在现场，身为线路工长的王建明总是强调通过技术创新让这三者达到和谐的统一。对这一点，和他在施工现场一起工作过的工友都深有感触。为保证道岔几何尺寸的稳定，满足转辙机对道岔几何尺寸的精确要求，他主动与电务、质检、作业人员协调，在道岔尺寸合格的基础上，加装轨距杆。为保持钢枕的稳定性和道砟的保持能力，他主动请缨，没事就埋头在大堆的设备说明书里，找来大量的相关书籍资料，比较、分析、计算，启发工友们巧思妙想，进行现场技术攻关。经过艰苦的摸索，他创造性地提出在钢枕底部加装25毫米的橡胶垫板，用角钢和U型卡固定在钢枕上；为了设备运行和检修方便，他严格控制尖轨跟端间隔铁和尖轨跟端的支距，对难以整治的道岔零部件积极主张予以更换，不断改进整治施工作业工艺。

王建明经常对工区的同事讲："维护设备不是简单的看护设备，有问题不能怕麻烦，只要认真琢磨，没有解决不了的问题。"2006年7月16日，在例行防洪检查中，他发现线路一处路基下沉，于是一边上报车间、公司调度，一边组织人员进行抢修前维护，后来与车间组织的抢险队员一起干到次日凌晨两点，消除了影响行车安全的重大隐患。还有一次临时检修，在现场连续工作了6个小时的他，抢修完毕后没有马上离开，而是一个人主动留下来作现场防护，直到目送着当日旅客列车安全通过后才一身疲倦地回到工区。

工区的同事们爱跟着他干活，都说跟王建明干活的时候特别带劲。他“爱钻研，办法多，敢挑重担，敢想敢干”，是车间里公认的线路设备维修的“行家里手”，跟着他干活，干得轻松，效率高，质量好。

锻造一支能打硬仗的职工队伍，是他经常思考的问题。为此，他总结了三条经验：第一是以身作则。要求别人做到的，自己先做到，而且还要做得更好。多年来，他总是和大家奋战在第一线，将自己的经验毫无保留地传授给年轻职工，大到线路设备运行原理，小到上螺丝。过硬的技术和超常的能力让大家都服他，都愿意听他的。第二就是狠抓管理。线路设备维修事关铁路安全运输的大事，不严格管理，就无法锻造一支精锐的队伍，也就对不起组织和领导的信任。他为了抓安全管理确实得罪过人，但工余时间一样和大家打牌、开玩笑，工友们依然把他当做老大哥。每到现场他都要坚持关键点预控分析的原则，直到安全预想预防妥当了，参加施工的每位职工对工作要点都了然于心了，他才开始施工作业。第三就是带着感情。在他心里，工友就是他的兄弟，看到他们吃苦流汗，他也感到心疼。但在工作中，他始终对他们严格要求。他觉得，放纵他们就是害了他们。线路维护施工决定了工区要常年奔波在外，食宿条件相对较差，他就尽量组织职工通过学习业务、技能演练、开办技术讲座等形式丰富职工的业余生活。

其实，像王建明这样把全部的真情奉献给高原铁路维护事业的职工，在整个铁路线上层出不穷。就是因为有这么一批又一批铁路卫士构筑着高原铁路上的“安全屏障”，才在世人的心目中铸造起一座风雪无阻保畅通的丰碑。

他们的青春在雪域高原激荡，他们的功绩在人们的心中铭刻。

天路之魂

长江源头沱沱河

天 路 之 魂 TIANLUZHIHUN

按照设计，全长1338米的风火山隧道，轨面海拔高度为4905米，比秘鲁高原铁路的隧道长度长出338米、海拔高出88米，是世界上海拔最高的隧道。而隧道所处的风火山垭口年平均气温在零下7摄氏度，极端最低气温竟达到零下41摄氏度，氧气含量不到内地的一半，比人类生存所需要的氧气含量极限还低。对于来自内地的施工人员来说，最严重的挑战不是这里的寒冷，而是这里的缺氧。工人们配备的背负式氧气瓶，虽然能在一定程度上缓解缺氧，可是在高海拔的环境中背负着沉重的氧气瓶工作，效率便可想而知，而且氧气瓶的供氧量也很有限。当时，解决氧气难题一时成为施工难点。终于有一天，有人从一个推销员身上找到了灵感……

可可西里：没有围栏的动物天堂

在青藏铁路属于青海境内的区段里，如果要问人们最感兴趣的一个地方，十有八九的人会脱口而出一个响当当的地名——可可西里。

可可西里因为环境严酷而被称为“无人区”。它的严酷，我们可以通过一个小小的侧面就能体会到。当年慕生忠将军修青藏公路时，在海拔 4600 米以上的可可西里无人区每修一公里的路段，就至少会有一头骆驼倒毙在这片生命的极限之地。但就是这么一个地方如今却闻名遐迩，人们不禁要问：可可西里究竟是附上了怎样的魔力而使它具有了不同寻常的、难以抵挡的魅力？

答案说出来，或许会简单得让人感到有些不可思议。不管是高原的探险者，还是旅游行走的人，还有那些数不清的摄影爱好者，都会在可可西里放缓行程。他们好奇的眼睛，一直搜寻着一种只有在这里才会有幸一睹真容的高原精灵——藏羚羊。

实际上，总面积达 4.5 万平方公里的可可西里自然保护区是和西藏北部的万里羌塘藏北无人区、新疆维吾尔自治区境内的阿尔金山自然保护区连在一起的一整块生态保护区，这些区域都分布着藏羚羊等高原野生动物。只是它们在行政区划上分属于青海、西藏、新疆三个省区。

可是为什么世人好奇的目光偏偏要汇集到青海西南部玉树藏族自治州境内的可可西里自然保护区呢？

其中一个重要的原因是，在 20 世纪 90 年代初，可可西里兴起了一股淘金狂潮。伴随着五六万人之多的浩浩荡荡的淘金者的涌入，这片原本被称为“无人区”的地方结束了它亘古的宁静。在那一段被黄金梦烧灼着头脑的时间里，闪烁着财富之光的，不仅仅有可可西里地下埋藏着的黄金，还有藏羚羊身上的皮毛。一些所获甚少或者干脆一无所获的淘金者很快就把他们贪婪的目光转向藏羚羊。因为在当时用藏羚羊绒加工制作出来的“沙图什”在西方极为走俏，一条“沙图什”披肩的价格可以卖到几千美元。巨大的利益诱惑，让许多人就此走上了疯狂猎杀藏羚羊的罪恶之途。要知道，一条“沙图什”女式披肩需要300至400克生绒，这意味着要以牺牲3只藏羚羊的生命为代价，而一条男式披肩则要用5只藏羚羊的生命为代价才能换取。残酷的屠戮让可可西里每年至少有2.5万只藏羚羊遭到猎杀。据有关部门统计，这种灭绝性的猎杀使藏羚羊的数量已从超过100万只急剧减少到不足几万只。

一切的因缘和祸福大抵都从这些事端中引发出来。罪恶的枪声同时也唤醒了无数有良知和热爱大自然的人们对这片土地异常的关注。

于是，索南达杰、杨欣、才嘎、梁从成等一个个环保卫士和随后出现的可可西里自然保护区志愿者让可可西里走进了人们的视野。各种报道、影视作品更是让可可西里的名字带着幸存下来的藏羚羊那悲伤、哀戚的眼神，在很短的时间里传遍大江南北。

环保意识和对野生动物的关切也从此走进了人们的精神生活，就像一个新颖的词汇进入了人们热切交谈着的唇齿之间，收入了人们的心灵字典。社会学家兴许已经从各种迹象中嗅到一种新的意识、新的价值观念正在潜入到社会大众的生活里，潜入到生活的角角落落，潜入到现代人的精神细胞里。

正是在这样一种背景下，我们才能体会人们何以会在社会急剧发展的时候，走出自己的狭小世界，把关切的目光投向窗外的大自然，投向遥远的山峰和在大自然的怀抱里生息着的生灵。人们已经洞悉到人的生活的舒适和幸福，与天空与大地与万物息息相关。

1992年，青海省治多县委为保护和开发可可西里的资源，成立了“西部工作委员会”，时任治多县县委副书记的杰桑·索南达杰为此组建了我国第一支武装反偷猎队伍。在此期间，他曾十多次率领工作组进入平均海拔5000米以上的可可西里无人区，进行了野生动植物资源的调查和以藏羚羊命运为主题的野生动物保护工作，组织成立了“可可西里野生动物保护办公室”和“可可西里高山草地保护办公室”，向有关部门申请成立了“西部林业公安分局”和“可可西里国家级自然保护区”。索南达杰堪称可可西里野生动物保护的第一人。

1994年1月18日，40岁的索南达杰和4名队员在可可西里太阳湖畔抓获了20名盗猎分子，缴获了7辆汽车和1800多张藏羚羊皮，在押送歹徒行至太阳湖附近时，遭歹徒袭击。为保护藏羚羊，索南达杰在无人区与持枪偷猎者对峙，被子弹击中大腿动脉，流尽了最后一滴血，被可可西里零下40摄氏度的风雪塑成了一尊冰雕。当人们找到他时，他还保持着换子弹的姿势，疾恶如仇的眼睛还在戈壁的风沙中圆睁着。这一年，治多县全县没有过年，没有互相请客、喝酒，没有歌声和舞蹈，也没有人出去转山。2月12日，治多县为索南达杰举行了葬礼。按藏族的习俗，人死后一般进行天葬或水葬，但为索南达杰举行的是火葬，这是活佛才有的待遇。

在英雄离开人间之后，人们在昆仑山口和他牺牲的太阳湖畔分别建造了纪念碑。太阳湖我们没有办法去叩访了，但在之前经过的昆仑山口，我们看到了那座纪念碑。昆仑山口不仅是一个著名的地理坐标，更是一个精神坐标，凡是旅游、探险或者途经那里的人，都会在这个特殊的景点上停留一段时间。我们甚至还能记起高高的花岗岩纪念碑上书写着的“功盖昆仑，音容长在”的字迹。纪念碑上镶嵌的英雄的黑白遗像，更是深深印在我们的脑海：微微卷曲的头发和腮颊上的胡须，刚毅的眼神，都给人以剽悍、坚毅的印象。他未竟的事业，像薪火一样传递到一个又一个环保志士那里。

1997年，为保护可可西里的动植物资源，环保志愿者杨欣自筹资金20多万元，在海拔4500米的可可西里腹地建起索南达杰保护站。同年年底，国务院批准成立了“可可西里国家级自然保护区”，同时成立“可可西里国家级自然保护区管理局”。

我们在可可西里自然保护区最直观地感受到它的特别之处，就是人们对这样一个高原上的生态区域倾注了让人难以想象的情感和责任感。“环保”在这里不仅仅是一个理念，一句口号，而是实实在在的行动和周密严谨的措施。从昆仑山口开始进入这片神奇领地，一直到长江源头的沱沱河，在这片广阔而恶劣的区域里，竟然依次布设了不冻泉保护站、索南达杰保护站、楚玛尔河保护站、五道梁保护站、沱沱河保护站五个自然保护站。它们牢牢地把守在可可西里东面的出口上，像森严的哨卡护卫着自然保护区里那些自由而高贵、强健的生灵。

当青藏铁路要从这片土地上穿越而过时，冰冷的钢轨和高原的冻土，建设大军和野生动物之间，必然要碰撞、纠结出这片土地上从未有过的情结。

那一刻，不同的人都有一个相同的问号：绵延的钢轨，奔驰的钢铁巨龙，会不会惊扰这片保留着原始生态面貌的土地和它处女地一般的宁静？

铁路建设伊始，铁道部领导曾留下这么一句幽默的话：“青藏铁路建设可以让整个世界为之震撼，但不要惊动这位‘美丽的少女’。”

当年的铁路建设者是这么说的，也是这么做的。甚至他们做出来的，远比我们猜测的还要出人意料。

矛盾和冲突始终是构成一切文学、影视作品的核心魅力。发生冲突的双方在为自己的既得利益盘算时，不会轻易去牺牲自己的利益而去成全对方，相互的较量就像竞技比赛一样紧张激烈、扣人心弦。同样，在青藏铁路的筑路大军要穿越可可西里的过程中，这里上演的一幕幕人与自然、人与动物之间充满矛盾的剧情，恐怕比任何一部作品都来得更为真切，更为撼动人心。

每年的6到8月，藏羚羊都要成群结队地从可可西里到西边的卓乃湖、太阳湖一带产仔，小羊羔满月之后，慈爱的母羊会一直呵护着它的后代返回栖息地。这样的生命轨迹不知道在藏羚羊的族群里轮回、循环了多少次，直到青藏铁路的施工队伍踏进它们栖息和迁徙的区域时，异样、陌生的事物，破天荒地开始进入这片宁静之地。

2002年8月初的一天，在清水河至五道梁，500多只藏羚羊带着刚刚满月的幼仔迁徙。它们途中正好经过可可西里青藏铁路建设工地，可是眼前火热的施工场景却令它们望而却步。当时十几公里的路段上放置了几百台设备，工地上插满了彩旗，施工单位为了和时间赛跑，昼夜施工，机器不停地运转着，轰鸣着。一向敏感、谨慎的藏羚羊面对它们从未经历过的这般奇特的景象，都不敢轻举妄动，一直远远地观望，焦急地徘徊着。

而对于施工单位来说，6到8月正值施工的黄金季节，不像在平原地区一年里月月都可以施工。高原有效的施工时间非常短，一

铁路桥下的藏羚羊

年里只有半年的施工工期，如果不抢时间，就会耽误工期。整个指挥部都犹豫了：一旦停工，除了每天几百万元的损失之外，耽误的工期还能不能抢得回来？

那一瞬间，人和动物都举棋不定，难以选择。

那时候，可可西里动物保护站的人员看到藏羚羊彷徨不定的情况，便向施工单位反映：每年藏羚羊都有几公里范围的迁徙通道，现在因为铁路施工不敢经过。他们建议施工单位停工让道。

经过再三权衡，最终，建设单位下狠心全线停工。民工和施工机械立即撤离工地，同时拔掉了让藏羚羊警觉和恐惧的彩旗。机器熄火，灯火熄灭，连青藏公路上过往的车辆也停止行驶，让出藏羚羊迁徙的安全通道，一切恢复了之前的宁静。从 8 月 4 日到 15 日，总共有 4 万多只藏羚羊安然地越过铁路工地。在那一段特殊的时间里，为了藏羚羊的安全迁徙，中铁十四局停工 6~8 天，中铁十二局停工 10 天，中铁一局停工让道 3 次……尽管承受着异常巨大的施工压力，但工人们说："为了保证藏羚羊的生殖繁衍而停工，值！"这样的情形在我国的铁路建设史上还是头一次，在全世界铁路建设史上也是没有先例的！

这出充满矛盾的剧情与惯常出现的你死我活的结局截然有别，它最终化解了矛盾和冲突，让修筑铁路和藏羚羊迁徙并行不悖。

不仅如此，青藏铁路的建设者们把环保理念完全贯穿到了施工建设的每一个方面、每一个细节。他们对环境和动物的呵护，已经上升到了母爱般的境界。

在可可西里工地，施工单位严格遵循施工要求，全力保护野生动物。因为铁路要穿越野生动物活动区域，切割它们固有的迁徙路线，为了避免人为的破坏和干扰，工程设计尽可能采取了绕避的方案。同时，根据沿线野生动物的生活习性、迁徙规律、活动范围等，在相应地段精心设置了 33 处野生动物通道，将通道设计为桥梁下方、隧道上方及缓坡平交三种形式，以确保野生动物的自由迁徙。

这样的措施在中国铁路建设史上也是第一次。

对动物的保护只是整个青藏线环保工程的一个组成部分，植被、水源、湿地、特殊的景观都是保护的对象。为了不破坏草甸、湿地等自然环境，线路设计大量采用了以桥代路的方法。施工中的场地、便道、砂石料场的选址，都是经过反复踏勘后确定的，以避免破坏植被。

我们听说过这样一个故事：当时中铁十二局负责的施工路段，正好处在可可西里自然保护区和三江源国家自然保护区内。面对秀美的山川和脆弱的生态环境，每一个施工者都动了“恻隐之心”。他们像爱护自己的皮肤一样爱护工地上的草皮，为了不碾压一小片草皮，司机宁愿忍受堵车 9 个小时。为保护那薄土上生长的一寸高的草皮，施工队借鉴现代外科一流的手术技术提出了“小切口微创手术”。具体做法是：开工前，通过照相，准确地做好工地及周边地貌的记录工作，并规划出最小的施工区域；施工中，工人们小心翼翼地将植被连根平铲，码放在指定的区域精心养护；施工完毕后再按照事先记录的地貌特征，又把这些草皮回填到原来的地方。本来让人们担心因为施工而落下满目疮痍的工地，在施工队撤出后，草地的皮肤愈合得就像从未在这里动过手术一样。这一切都归功于青藏铁路在环保投入上做了空前的大文章——用于环保的相关投资费用达到 15.4 亿，占项目总投资的 4.6%，创下中国铁路建设的新记录。青藏铁路建设不仅实行了工程质量和环保双优目标责任制，同时实行了环境保护监理制度，这在中国铁路建设史上更是第一次。

正是这些第一次，确保了青藏铁路是一条让所有的中国人骄傲的生态铁路。

可可西里是中国最大的一片无人区，是目前世界上原始生态环境保存最完美的地区之一，也是目前中国建成的面积最大、海拔最高、野生动植物资源最为丰富的自然保护区之一。尽管这里气候严酷、自然条件恶劣、人类无法长期居住，但这一切给高原野生动物却创造了得天独厚的生存条件，成为高原野生动物的乐园。这里，虽然生物区系种类少，但青藏高原特有种类比例却很大，而且种群数量也很大。据动物专家多年的观察和分类统计，这里有哺乳动物29种，其中11种为青藏高原所特有；有鸟类53种，爬行类1种，鱼类6种；自然保护区里的高等植物有102属202种，其中青藏高原特有84种。这里特有的生物种类不但是我国的珍稀动植物，而且为世界所瞩目，在科研和自然保护方面均具有十分重要的作用。

从玉珠峰西行约10公里，看见昆仑山口标志的时候，司机就说：青藏铁路从这里便进入了可可西里的大门。那一刻，我们都在兴奋地张望着，随时留意着青藏铁路通车后自然保护区里发生的变化。

我们最先的发现是可可西里自然保护区没有修建供旅客停留观光的站点，其用意就是为了减少人为的影响，尽量让野生动物生息繁衍在原有的天地里。四年多的时间过去了，谁也无法辨识当年的施工现场究竟位于何处，除了静静延伸的铁路和与铁路有关的一些设备外，可可西里还是像原初的模样那样酣卧在青藏高原。那一刻，不由人渐渐萌生着感动，想去梳理，脑子里浮现出来的却是一首徐志摩的名作《再别康桥》里的精彩片段。如果把诗人的角色换成当年的施工队，把康桥置换成可可西里，便发现这首诗在新的语境里竟有了别样深挚的情韵：

轻轻的我走了，
正如我轻轻的来；
我轻轻的招手，
作别西天的云彩。
……
悄悄的我走了，
正如我悄悄的来；

我挥一挥衣袖，

不带走一片云彩。

我们很快就到了索南达杰自然保护站。自然保护站恰好位于109国道的旁边，对面不远的地方就是著名的青藏铁路清水河特大桥。全长11.7公里的清水河特大桥所在的区域非常平坦，地界宽阔得无法用目力去丈量。这里属于青海省曲麻莱县的辖区。曲麻莱县是黄河的发源地，黄河源头就位于这个县的麻多乡约古宗列地区。清水河特大桥是青藏铁路上最长的大桥，同时又是兼具冻土隧道和野生动物通道两种功能于一身的“环保桥”。我们到达时已错过了藏羚羊迁徙的时间两个月，所以无缘看到大批的藏羚羊穿过为它们专门开辟的“绿色通道”时那激动人心的一幕。

在索南达杰保护站接待我们的工作人员是藏族小伙子松森郎宝。他说：“青藏铁路正式通车之后，刚开始藏羚羊面对新建起的铁路还不能马上适应。现在已经过去四年了，藏羚羊一改过去的犹豫徘徊，开始大大方方地穿越铁路。看着藏羚羊逐渐消除了‘铁路恐惧感’，我们保护站全体人员的心情十分激动。”

索南达杰保护站工作人员近几年巡查的结果显示，可可西里藏羚羊已经完全适应了青藏铁路专门设计的动物通道，成群结队的藏羚羊在铁路附近自由奔跑、觅食，“上面火车跑，下面羊吃草”已成为雪域高原上一道奇特的风景。在安宁祥和的环境中，藏羚羊产

可可西里藏野驴

仔率、成活率明显提高，种群数量目前已恢复到6万只左右。与四年前青藏铁路刚通车时相比，沿线藏羚羊、野驴、白唇鹿等野生动物的数量都有了明显增加。

松森郎宝还说：“从2004年起，可可西里就再也没有响起盗猎分子的枪声。自然保护站的工作重点也由原来重点打击盗猎分子转变为救护藏羚羊和其他野生动物。保护站现在每隔两天巡一次山。尽管没有了与偷猎分子较量的危险，但巡山的工作依然充满艰辛和意想不到的困难，有时候巡山的汽车会遇到泥沼，连人带车都会陷进去，那种危险可是生和死的搏斗。还有就是遇上最具威胁力的野牦牛。在可可西里，一头野牦牛的力量大得可以随便撞翻一辆吉普车。所以我们巡山的队员只要看见了野牦牛，都要远远地绕开。”

松森郎宝随后把我们领到了与索南达杰保护站紧邻的一座简陋的展览室。展览室也就一间教室的大小，可是在这个不大的空间里，对空间的利用几乎到了“无孔不入”的地步。墙上、门板上、天花板上，总之，凡是有空隙的地方，都铺天盖地地张挂着来自全国各地的志愿者留下的一面面锦旗和数不清的签名、题字。在这样狭窄的空间里，保护站的工作人员利用展厅中央的桌子，陈列藏羚羊皮、羚羊角、棕熊头和硕大的野牦牛头等实物标本。墙上还有索南达杰保护站的简介、工作人员平时工作生活的场景和保护可可西里野生动植物的宣传图片。这样一个简陋但却意义非凡的展览馆就是放在全国，也是独一无二的！一种仅在高原上生存的可爱但又濒临灭绝的动物——藏羚羊的保护工作，竟然牵动了来自全国各地环保人士的爱心。这些人当中，有军人、企业家、媒体记者、大学生、僧侣、警察、教师、医生等各行各业的志愿者。在这些人留下的签名和题字中，有一位来自无锡的初三学生沈梦丹写下的文字引起了我们特别的注意。这位南方的女孩在一张白纸上用蜡笔画了一只安卧在草地上的藏羚羊，她把藏羚羊的那双大眼睛画得特别传神。那是一双闪烁着善意的大眼睛，深情注视着远方。她画出了她心目中的藏羚羊，还意犹未尽，又在空白的地方写下了这么一串朴素而动情的文字：

可可西里，野生动物的一片乐土，希望这些可爱的生命永远在这里生存繁衍。

我，一名普通的初三学生，请父亲代我捐50元零花钱给可可西里保护站，为我们人类共同的朋友尽一份小小的心愿。愿它们快乐、安宁地与我们共存。

2006年7月19日

从留言时间来看，这位远在无锡的初三学生是通过踏上青藏高原的父亲捎来她的祝愿和捐款。那时，恰好是青藏铁路通车不久，女孩的父亲，一定是按捺不住一种激动的心情才踏上青藏高原、走进可可西里的。他一定和所有的中国人一样，想亲眼见证这个伟大的时刻。他也一定会用他随身携带的相机，拍摄下一路的惊喜。最关键的是，他会拍下女儿朝思暮想的藏羚羊，拍下这些高原上的精灵在迁徙途中顺利通过绿色通道时的珍贵瞬间。他要把这个定格下来的画面连同自己的兴奋带到江南的家里，带到女儿的笑靥里，带到亲朋好友热烈交谈的聚会上。

从简陋的展览馆里，我们深切地感受到了这股来自环保志愿者的力量。事实上，从2002年5月开始，可可西里管理局就开始每月从全国各地招募6名志愿者。这些应征者必须身体健康，能够适应青藏高原恶劣的气候和艰苦的生活，有一定的野外生存能力。同时要求应聘的志愿者年龄在45岁以下，具有大专以上文化程度，热爱环保事业，对野生动物有深厚的感情。志愿者来到这里之后，将在可可西里自然保护区内的不冻泉、五道梁、沱沱河、楚玛尔河四个保护站以及各保护站所辖的保护区腹地开展工作，与管理局保护人员共同生活、工作，考察了解“无人区”神奇美丽的自然景观，体验、参与“无人区”里艰苦的反盗猎工作环境和巡山活动，从事生物学研究、生态旅游研究、环保宣传以及保护站路查、救护等日常工作。他们还将在青藏铁路沿线，特别是观光站点参加保护区组织的生态环保宣传活动。越来越多的志愿者从全国各地走向这里，虽然他们性别不同、信仰不同、方言千差万别，但每一个人心中立下的誓言却是异口同声：“舍去生命中的一个月，换来可可西里永远的和平与安宁。”正是有了来自四面八方持续不断的关注和支持，可可西里这片曾经被罪恶的枪声惊扰的动物王国，很快恢复了它原有的和谐与宁静。据了解，从2002年至今，可可西里国家级自然保护区已招募了200多名志愿者。

在可可西里自然保护区，我们更大的收获是在屋后的围栏里近距离地见到了可爱的藏羚羊。到目前为止，全球还没有一个动物园能够饲养藏羚羊，也就是说，人们不可能在城市的动物园里看到藏羚羊的身影。它天生就是不畏高寒、顽强生存的勇士。眼前围栏里圈养着的藏羚羊，都是保护站的工作人员在巡山时带回的受伤的藏羚羊和羸弱的小藏羚羊。来到保护站的藏羚羊受到的礼遇，就跟一位母亲对待自己伤病的孩子一模一样。一律是男性的工作人员，面对大自然哺育的藏羚羊，居然在他们豪放的性情里多出了几许柔情。他们细心给它们喂奶，精心饲养它们，直到它们养好了伤、恢复了活力，再把它们重新放回到大自然的怀抱里。

从展览馆出来，路边上有一个醒目的绿色标牌，上面写着“可可西里野生动物救护中心”，标牌上还标示着电话：0979-8416301。回望四周，青色的披着白雪的山梁，远在目力所及的地方。天空俯就着大地，就像铺排的云朵擦着离头顶不远的上空。灰色的、浅灰色的、白色的云团，与逶迤的雪山连缀着。云朵积厚的时候，单看地上巨大的暗影，都使人会惊疑于气象和季候的倏忽之变，其实这不过是积云投下的巨大云翳。云翳使枯黄的草地像是在经历着清寒的冬天。路的尽头，天和地相连，密云幻作奇异的天宫。再一转目，云彩又像是把一场排山倒海似的雪崩刚刚凝固在天幕。

无疑，通透的视野是可可西里无言的慷慨馈赠。这里的景致表面上单调乏味，事实上却在每时每刻变幻着。那些数不清的湖泊，有叫得上名字的乌兰乌拉湖、饮马湖、卓乃湖、月亮湖、库赛湖，更有许许多多叫不上名字的湖泊，它们绝对是苏联作家普列什文美誉的“大地上的眼睛”。这些明眸，时而浅蓝，时而深绿，时而色如翡翠，时而状若色带，最擅长调色的画师也无法调匀这样灵动的色彩，更无法精确地捕捉到映在水面上的那些跃动的瑰丽天光。

寂静的薄暮时分，我们看到了三只褐色的野驴在水泽边饮水。它们脊背上的褐色，像是烙画的色泽，而它们的肚腹和腿皆是白色。其中两只相随，一只独行，步态优美地涉过清浅的水洼。

此时此刻，我们欣悦于它们安闲的步履。它们心无旁骛地低头饮水，偶尔漫不经心地张望，毫无惊疑的神情，好像它们此刻的出现是对我们友好的回报。

风火山隧道：世界第一高隧

从昆仑山口一路南行几个小时，汽车就开始爬上一座绵延的红褐色的山体，这就是人们心目中显得既神秘又有些令人不安的风火山。海拔5010米的风火山，是青藏铁路通往拉萨的必经关口。中铁西北科学研究院在这里建立了包括冻土区气象、冻土热学和冻土学基础观测项目的风火山冻土定位观测站。到了下午五点，天上还飘着大片大片的浅灰色云朵，太阳依旧明晃晃地照着静寂的山原，尽管碰上的天气很好，可我们还是能隐隐感觉到某些让人压抑的氛围。

半个世纪前，因为风大、滚地雷火频繁，慕生忠将军将这里命名为“风火山”，并一直沿用至今。其实它原来还有个藏语名字，叫“隆青吉布山”。有关它褐红色的泥土，有着一段神奇、久远的传说。据说当年孙悟空护送唐僧西天取经，经过火焰山，向铁扇公主借扇子灭火，铁扇公主执意不借，两人就打起来，铁扇公主用扇子煽起漫天大火，结果烧着了孙悟空的虎皮裙子。情急之下，孙悟空一个筋斗翻到昆仑山，一块着火的裙角从空中掉到了风火山。裙角上的火借着这里的大风，蔓延开去，很快就把周围山上的石头全烧红了。

这个传说给人的印象是风火山无比炎热。事实上，这里却是青藏铁路全线自然条件最为恶劣的冻土地带，恰好处在昆仑山与唐古拉山之间、广袤的可可西里无人区边缘，以前一直被人们视为飞鸟都不愿经过的荒原。

就是这个曾经令人畏惧的地方，被青藏公路筑路大军率先变作了通途。后继的青藏铁路，更是把一种巨大的创造力量、开拓精神，再次铆入了这片被世人视为畏途的地方。

站在风火山上，我们的记忆不能不来一次庄重的回溯和定格。

风火山隧道所处风火山垭口的年平均气温在零下7摄氏度，极端最低气温竟达到零下41摄氏度，氧含量不到内地的一半，比人类生存所需的氧含量极限还低。高寒缺氧、气温低、昼夜温差大，使这里毫无疑问地成了生命的禁区。有关风火山地区的顺口溜，无不和死神、生命的终结紧密地牵扯在一起，“到了风火山，进了鬼门关”，“到了风火山，气息已奄奄”，让人光是听着就已经毛骨悚然了，更别说要在这么一个可怕的地方拉开架势修筑铁路了。

可是偏偏就有这么一支敢闯、敢拼、敢打硬仗的钢铁队伍，他们就是承建风火山隧道施工建设的中铁二十局集团有限公司。

按照设计，全长1338米的风火山隧道，轨面海拔高度为4905米，比秘鲁高原铁路的隧道长度长出338米、海拔高出88米，比秘鲁中央大铁路的制高点4829米高出76米，是世界上海拔最高的隧道。

对于一群来自内地的施工人员来说，最严峻的挑战不是这里的寒冷，而是这里的缺氧。最初，工人们配备的就是一种背负式氧气瓶，这种设备虽能在一定程度上缓解缺氧，可是在高海拔的工作环境中背负着沉重的氧气瓶，工作效率大打折扣，而且氧气瓶的供氧量也很有限。当时，解决缺氧难题，一段时间成为攻关小组的中心话题。终于有一天有人从一个推销员带来的小型制氧机找到了灵感：

制氧原理都一样，小的能生产出来，大的为什么就不能呢？这一创意受到北京科技大学专家的重视，组长况成明抓住机遇，在青藏线与北京科技大学之间来回奔波，探讨如何把制氧技术创造性地应用到青藏高原的施工现场。山上缺氧痛苦，山下醉氧难受，巨大的反差使况成明不止一次在火车和飞机上昏睡不醒。经过3个多月、200余次试验，终于，他们在隧道工地建成了世界上第一座大型高原制氧站，实现了整个隧道弥漫式供氧。这相当于把海拔高度降低了1500米。这一科研成果后来在青藏铁路全线推广。

“艰苦不怕吃苦、缺氧不缺精神、风暴强意志更强、海拔高追求更高”，流行在风火山隧道的这句名言，成为这支铁军立功在高原、奉献在高原的真实写照。

2002年8月，指挥部组织家属前来探望，刚好碰上小组成员韩明轩突发变异性心绞痛，脸色发绀，呼吸困难。握着在病床上痛苦地接受治疗的丈夫的手，妻子泪如雨下，失声痛哭，说：“给多少钱咱也不干了，明轩，咱们回家吧！”几年来，这种心痛的呼唤不止一次，不止一个人，然而却没有一个人离开风火山。

施工大干期间，小组成员、副队长罗宗帆累得痔疮发作，严重的脱肛使他坐卧不宁，他一急，竟然自己用剃须刀片咬牙割去，血流不止就蹲在洗脚盆上，直到天亮伤口结痂。

小组成员、工程部部长郭小鹏自开工以来一直坚守在风火山上。2001年，10岁的儿子意外摔伤住院，他没有回去。2002年，他爱人突遭车祸，头部严重受伤，院方要求家人24小时看护，领导催促他回去，他急得直掉眼泪，一边收拾行李，一边不停往医院打电话，当得知爱人苏醒并有所好转时，他又悄悄地退了机票，返回风火山。

小组成员、工地医院院长丁守全，施工两年在家只呆了36天，先后经历三次车祸也没有击退他“让职工健健康康上山，健健康康下山”的坚定决心，只是在深夜，每每困乏难支的时候，他才会小心翼翼地从柜子里取出女儿送给他的玻璃纸水晶瓶，轻轻亲吻瓶中那166颗美丽幸运星，在品味浓浓的亲情中安静地进入梦乡……

风火山隧道的地质结构异常复杂。它全部位于150米厚的永久性冻土层中，是罕见的“冰山隧道”。一些在内地从没见过的含土冰层、饱冰冻土、厚层地下冰、原始冰川、融冻泥岩、裂隙冰等灾害性地质，在这里一应俱全。正是这些世界级的施工难题，使它当之无愧地成为世界上海拔最高、冻土层最厚、覆盖层最薄、科技含量最高、施工难度最大和环境最恶劣的高原永久性冻土隧道。因此，它被铁道部列为青藏铁路全线的难点、重点工程。

在青藏铁路即将开工的前夕，西方不少媒体断言：铁路要穿越世界屋脊，是中国铁路的一个梦，是世界铁路的一个梦。

2001年10月18日，蓝天白云下的风火山，显得分外绚丽，风火山隧道建设工地彩旗招展，200多名职工身穿橘红色青年突击队队服，在工地上紧张地忙碌着……数十台大型工程机械严阵以待。一场恶战、一场科技之战一触即发。上午11时30分，随着指挥长

施工突击队

况成明一声令下，沉闷的爆炸声接连响起。未等硝烟散尽，大家不约而同地就朝隧道掌子面冲去。眼前的情景让人目瞪口呆，炸出的弃砟几乎全是晶莹剔透的冰块，在阳光的照射下发着寒光。冰块中的含土量不足20%。这就是被国内外隧道专家称作灾害性地质的“含土冰层”。这里的冻土层最厚的地方达到150米，比一幢高层建筑的高度还要厚，覆盖层最薄的地方又只有浅浅的8米，这意味着施工时如果稍有不慎，就会导致大塌方。这种地质一直被视为隧道施工的“禁区”。如果按常规爆破，会破坏围岩的稳定，如果弱爆破，含土冰层又会纹丝不动。即使恰到好处，爆破后的围岩也极易遇热融化。若对围岩封闭不及时，遇热后的含土冰层就会形成泥石流，甚至还会造成塌方，危及山体的稳定；喷护时，若围岩表面温度过低，混凝土喷护就会因结冰而脱落，达不到封闭围岩的目的，继而还会影响到隧道的支护和衬砌质量，甚至会造成运营后的安全隐患。面对这一世界级施工难题，由集团公司总工程师、教授级高工余量，指挥长况成明，总工程师任少强，副指挥长尹玉成挂帅的科技攻关小组全部赶到了现场。指挥长况成明一声令下：“支护工班，喷护围岩、打锚杆、实施强支护；突击队用帆布封闭洞门，隔断热气流，防止洞门发生塌方；砟工班抢运弃砟……”紧张的支护工作开始了，突击队员们迅速冲上了掌子面：喷护的，抱起了混凝土喷头；打锚杆的，拿起了风枪和铁锤……

一切工作都在紧张有序地进行着，经过四个多小时的紧张工作，支护施工全部完成。随后，经过几轮的掘进和支护施工，他们摸索出了一套冻岩光面爆破和洞体喷护、支护的办法，对施工方案和预案进行了优化，确定了“短进尺、快封闭、严控温、强支护”的施工方案，突破了含土冰层这道难题，同时也为年底完成成洞150米的试验段任务提供了科学依据，积累了施工经验。

桀骜不驯的风火山，哪肯轻易低头！刚支护好的150平方米的保温大棚，一夜之间被大风撕扯得七零八落；新建好的发电机房，房顶上的铁皮瓦第二天一早竟不翼而飞；刚刚还是晴空万里，转眼之间乌云压顶，花生米般大小的冰雹劈头盖脸砸了下来……风火山，这座千年冰山终于露出了狰狞的面目。

狂风、暴雪、缺氧向建设者发起了连续进攻。随着风火山隧道的不断向前延伸，施工难度越来越大，洞内的空气也越来越稀薄。此时，洞内的氧分压不足11千帕，缺氧使大家胸闷气短，头痛腿软，嘴唇发紫。原来每台风枪只需两个人就可以进行作业，现在却需要四个人才能抱得起来；原来一班四个小时，现在两个小时就必须换班。否则，就是透支生命。

队长任文祥上山后，高原反应非常强烈，吃不下，睡不着，过低的血压使他头昏目眩，每天靠打点滴坚持指挥施工。一天，工地医生心痛地对任文祥说："队长，你不能再坚持了，下山到格尔木休息几天再上来吧。"任文祥勉强地笑着说："同志啊，施工才刚开始，环境这么艰苦，任务这么重，我能离开大家吗？"医生含着眼泪又给任文祥挂上了吊针。

如果说风火山隧道施工难，难在高寒缺氧，难在高原冻土，那么，296米长的浅埋地段就足以让人心惊胆战。隧道进口掘进222米后，进入浅埋地段施工。其中，覆盖层在8米以内的地段有60余米，该段地质为泥岩全风化层，拱顶2.5米范围内全是富冰和饱冰冻土。当时，围岩温度在2至7摄氏度之间。这时，裂隙冰开始融化，已经形成融化圈。融化的泥浆落在安全帽上噼啪作响，大家的心情异常沉重。如果融化圈进一步扩大，支护跟不上，极有可能造成大塌方。真正的生死考验开始了。

指挥长况成明坐镇指挥，在对围岩稳定性认真观测之后，他一声令下：突击队员上！混凝土工班，火速拌和超强混凝土；支护工班，打中空锚杆，用超强早凝水泥灌注锚杆、喷护围岩，抢支钢棚格架；医护人员做好现场救护准备……经过六个多小时的艰苦较量，已开挖了10米长的"浅埋段"，全部完成了超强支护。随后，指挥部总工程师任少强、队长任文祥、隧道总工程师刘万奇率领工程技术人员，连续对洞温进行测试和围岩监测，随时调整洞内温度，观察温度变化情况；指挥长况成明率领攻关小组研究如何安全通过“浅埋段”的施工方案。“科学有险阻，苦战能过关”。经过三个昼夜的试验性变温测控后，攻关小组拿到了第一手资料，基本掌握了洞内各个部位不同时间温度变化的情况，据此制定了“弱爆破、短进尺、严控温、强支护、预留核心土”的施工方案。经过近60天的艰苦施工，“浅埋段”终于安全通过，日掘进由1.5米提高到3至5米。

技术人员和职工们在施工中发现，无论是饱冰冻土、原始冰川还是裂隙冰等地质，都有热融的共性。影响隧道安全施工的主要是冻土，但温度是引爆冻土热融的导火索。大家想，如果温度可以随意调控，热融就不会再发生，掘进也就安全了，支护和衬砌质量就有了保证。为了消灭“温度变化引起的热融”这只拦路虎，攻关小组又与“温度调控”展开了顽强的较量。

通过不断的实践和摸索，大家认识到，要控制好温度，关键要控制好掘进、支护、入模、养生、拌和时的温度。隧道开挖初期，大家用火炉在洞内加温，不仅温度提升缓慢，还造成洞内空气污染，影响了职工身体健康。后来又采用暖风机增温，可效果仍然不理想。能不能在隧道内使用空调来控制温度呢？总工程师任少强向指挥部提出了这一大胆构想。可是目前国内还没有这么大功率的空调机。他们请教有关专家，多方论证，最终与石家庄铁道学院联合，成功研制开发了大型隧道专用空调通风机。通过这个设备可以对隧道进行洞温调控，掘进时用它把需要的暖气送到掌子面，确保掌子面温度控制在正、负5摄氏度之间，既满足了掘进需要，保证了混凝土施工的质量，施工人员也不再因为洞温太低而感到不适。为了解决混凝土的入模温度，在洞口安装了两台大型蒸汽锅炉，24小时集中供热，并建成了两座保温大棚，把拌和站、砂石料、施工用水，全部放进保温大棚，使拌和站温度始终保持在10摄氏度以上，确保混凝土入模时的温度不低于5摄氏度。

控制了混凝土入模温度后，新的难题又出现了，这就是对混凝土养生温度的控制。这方面，工程技术人员和职工们没少费心思。为了保证衬砌后的养生温度，经多次反复实践，最后利用暖气管道输送需要的热量和温度，采用蒸汽养生法，解决了衬砌后的混凝土养生难题。通过采取不同的方法，施工中的各种温度难题迎刃而解。

依常理，解决了施工中的缺氧难题，控制好洞内施工温度，隧道施工就可以顺利进行了。但是，“富冰冻土”又出现了，施工再次受阻。

所谓“富冰冻土”，就是冻土中含有冰体比较多的地质。大家在施工中发现，“富冰冻土”的主要特点与“含土冰层”相似，对温度十分敏感。为尽快攻克“富冰冻土”这道技术难题，总工程师任少强、隧道总工程师刘万奇带领攻关小组又向“富冰冻土”发起了挑战。通过试验，大家发现“富冰冻土”的主要技术难度在于如何改进爆破方法，如何快速提高混凝土支护强度。为了解决这些问题，攻关小组决定对工序进行调整，采用“被筒爆破法”。爆破后，迅速向掌子面输送冷风，防止“富冰冻土”遇热融化。同时实施“三层超前超强”支护，确保围岩稳定。精心的组织，科学的施工，终于制服了“富冰冻土”这一灾害性地质。

青藏铁路之所以能在新的世纪梦想成真，是因为它体现的不仅仅是中国人坚强的意志，更体现了中国人的才智，体现了各种各样世界一流的施工技术。风火山隧道除了破解冻土、缺氧等重大施工难题之外，还首次研究了高原多年富冰冻土、冻岩条件下隧道湿喷混凝土施工技术及工艺，研制了低温抗冻复合型速凝剂，首次研究了高原多年冻土隧道施工机械设备的选型、合理配套技术及维修保养方法，首次采用“防水板+隔热层+防水保护层”的防水、保温结构模式……正是靠着这些不胜枚举的技术，使风火山隧道的混凝土不开不裂、不渗不漏，而且自始至终没有因为缺氧或高原病死亡一个职工。

现在想来，2002年绝对是一个不同寻常的年份，每一个青藏铁路的建设者、参与者都清楚，这是一个“重点攻关年”。许多在青藏铁路建设中被视为最困难、最艰巨的工程都是在这一年里相继竣工或完成主体工程的：

6月7日，全长403.6米的雪水河大桥主体工程完工；

7月24日，青藏铁路第一高桥三岔河特大桥主体工程完工；

9月26日，全长1686米的昆仑山隧道贯通；

9月27日，全长670.58米的通天河特大桥主体工程宣告完工；

10月2日，全长1389.6米的长江源特大桥竣工；

10月19日，世界海拔最高的高原冻土隧道风火山隧道贯通。

列车从铁路桥上经过

历史会永远记住2002年10月19日这一天。就在这一天，铁道部、青海省、西藏自治区等各级领导和专家，新华社、中央电视台等数十家新闻媒体，一起把目光聚焦于风火山。随着青藏铁路建设总指挥部卢春房指挥长启动最后一炮的电钮，世界第一高隧的风火山隧道，在中铁二十局参建人员的团结拼搏下，经过365个日夜的奋战，没发生一次坍塌，没伤一人一机，安全顺利地全面贯通了。

对于中铁二十局的所有施工人员来说，这是一个令他们终生难忘的日子，这一天不仅深深地镌刻在每个人的心里，它更是在共和国铁路建设的历史上书写了浓重的一笔！

“乘白云扶蓝天搏击雪域缚苍龙，踏清风邀明月洞穿世界最高隧”，这幅树立在风火山隧道进口的巨幅标语，正是战斗在风火山隧道的全体将士对世界发出的豪迈誓言和表达的赤胆忠心。为了这条世界第一高隧的建成，中铁二十局集团有限公司调集一流的队伍和精良的设备，成立科研攻关小组，探索和采用了一系列高原冻土隧道施工的先进技术，成功突破了高原冻土隧道施工的多项世界性技术难题。本着建设与保护并重的原则，在隧道弃砟（小的石块）、冻土保护、植被恢复等方面，他们都采取了强有力的环保措施。风火山隧道弃砟场被誉为“青藏铁路全线的环保艺术精品”，成为中央企业工委命名的“青年环保示范点”。

在这里，我们还想补记一件同样令人感念不已的故事。

铁路修到风火山后，附近的唐古拉山乡有一个30多户的藏族小村落。在村子的西头，经过此地的青藏铁路预留下一个涵洞，以供牛羊通过。可是涵洞设计得太小，牛羊不愿通过，这样，涵洞另一面的草场就无法得到利用，当地牧民为此感到十分不便。这一情况最后反映到建设部门领导那里。他们得知情况后，很快就变更了预先的设计方案，多投入100多万元又修了一条80米长的桥梁。牛羊能顺畅地通过铁路了，之前结在牧民心中的那个疙瘩一下子解开了。出于对施工队的感激，这座桥被村民们亲切地称为“汉藏友谊桥”。

眼前，我们再也看不到当初施工人员昼夜奋战的工地，看不到工地上的灯火，看不到离隧道不远处的一排世界上第一座大型高原制氧站。但是在这里曾经创造的一个个奇迹和那些鲜活的生命，却在世人的脑海里镌刻得更加清晰。

踏上风火山之前，我们心里隐隐有一些担心，担心那里的植被，担心运行四年之后的冻土隧道出现裂隙……可是亲眼所见的一切很快就消除了我们心里各种各样的担心。隧道周围是阻挡动物、牲畜的网围栏，是覆盖着已经发黄的小草的荒原。站在被网围栏阻隔的风火山隧道外面，我们看到马蹄形洞门的隧道，斜切式的洞面上砌着整齐的砖块，像一面固若金汤的城墙。深幽的隧道和那闪烁着铨亮之光的铁轨，静静地穿过红褐色的山原，伸向1338米开外的出口。我们仔细察看隧道与周围的山原，根本找不见一处当年施工时留下的土坑，周围的草场也不见一处鬼剃头般的地面。从隧道开工建设的2001年10月算起，到眼下已经经过了整整9年的时间，隧道依旧纹丝不动地洞穿在风火山上，与已经枯黄了的、连片无际的秋草，与周围的环境，浑然结合为相守共存的一个完美的整体。

世界上有着各种各样的铁路隧道，如日本青函海底隧道、大清水山岭隧道、英法海底隧道、挪威的洛达尔隧道、瑞士的圣哥达公路隧道等，它们都是人类在地球上创造的奇迹。现在，风火山隧道也无可争议地加入世界铁路建设的奇迹里。这里，在铁道一侧的坡地上矗立了一块石碑。石碑简约地记录了隧道建设的情况。薄暮中，我们告别它的时候，内心里陡然生出一种感慨：风火山隧道本身就是一座旷世罕有的雕塑，而那平稳延伸的铁轨，就是横卧在高原大地上的一串串讴歌铁路建设者英勇事迹的无字的碑文。它与大山一样凝重，与岁月一样绵长。

因为有了这段经历，我们一路上没有了单调和孤寂。

长江源头：沱沱河镇的乐章

原本名不见经传的沱沱河镇，因为是万里长江源头上的第一个镇而蜚声于世。它隶属于青海省格尔木市。

这座海拔4600米的小镇是唐古拉山乡政府的所在地，1954年青藏公路通车后，沱沱河镇才成为一个一改过去荒凉面貌的高原小镇。小镇因为一条通往拉萨的公路，派生出了乡政府机关、商店、旅社、学校、医院、饭馆、银行、书店、修配加工厂、兵站、运输站、气象站、水文站、养路道班等十几个单位。这些建筑地标和设施，让这里积聚了高原牧区里难得的人气。人多了，就减少了空旷中原来的那般荒凉。凡是要去西藏的，在准备翻越唐古拉山之前，都要在这个号称“青藏线上的要冲”的地方停车歇脚。

小镇上的人虽然不多，但在这里流动的人员结构却很复杂。多样的民族，多样的籍贯，多样的口音，多样的风情，多样的工作，就在这么一个不大的地方聚拢着，和谐地相互包容着。这可能是高原小镇所共同具有的一种宽松而温情的地域情调。正是由于自然环境的严酷、人的稀少，这样的地方反而比许多沾染上势利、小气、人与人日益隔膜的都市要显得透明和大方，一种原始的亲情在这里不断地辐射开去。不论你从何处来，住到旅馆，进到饭馆，大家都会不约而同地比在别的地方多一些相互的关照，多一分坦诚。地理空间上的疏旷，反而使所有来到这里的人感觉到凝聚的温暖。这里，军民如同一家，天南地北的各族同胞之间亲如手足，你来我往，互通有无，部队供应水电和蔬菜，牧民提供牛奶和羊肉。从四川、青海等地过来开馆子、开旅店的打工者，为来往于青藏之间的司机、旅客提供着吃饭、睡觉的方便。夹杂在商店、饭馆之间的修理店为出了故障的汽车提供着这样或那样的服务。在小镇上，你不用担心它因为僻远而有诸多不便，只要是汽车出了故障，一方求援，便立即有八方来施以援手，帮助遇到困难的人渡过难关。

世界各地的文明都离不开一条养育了万物的河流，这里也不例外。发源于唐古拉山脉主峰格拉丹东雪山西南侧冰川丛中的沱沱河，是由冰川在阳光下融化汇聚而成的河流。格拉丹东南北长50公里、东西宽15至20公里的阔大区域以及30余座海拔6000米以上的冰峰和130多条现代冰川，为沱沱河提供了不竭的水源。

流淌不息的沱沱河无疑是青藏铁路极具吸引力的著名观光景点。

这条河流也在历史的时光里，把自己和一座座桥梁紧紧联系在一起。

历史上这里曾先后建起过四座长江源头第一桥。最初，沱沱河上只有一座公路木桥。那时候木桥的桥身大约只有六七米宽，如果往返拉萨的两辆卡车在桥上碰了头，窄小的桥身是容不下两辆车同时通过的。1987年和2001年先后修建的两座钢筋水泥公路桥取代了这座木桥，继续承担着西藏物资供给生命线的重任。从木桥、水泥桥到铁路桥，大桥的一步步变迁，忠实地记录了这座为西藏而生的小镇在过去半个多世纪里所有的光荣与梦想。

如今，“长江源头第一桥”的美名已被冠在了全长1389.6米的青藏铁路长江源特大桥的身上。值得称道的是，当初在建设这座大桥的时候，中铁三局的建设者为了不让这清澈的河水受到污染，他们在桥梁桩基的施工中设置了上百个泥浆沉淀池，为的就是将施工

● 长江源头第一桥

污水经过三次沉淀后再排放，不污染长江源头的水质，还沱沱河以少女眸子般的清纯。所有从施工工地上的基坑里弄出的废渣，一律都要拉到109国道两旁的废弃取土坑内推平、压实。有一次，一位司机不慎把工程车开出施工便道，车轮碾压过一小块草皮，中铁三局的领导依照规定从严处罚，对涉及此事的三个人每人处以2000元的罚款，对这个项目部集体处以两万元的罚款。依法环保是青藏铁路建设中的一个重要原则。无论过去还是现在，这个原则都充分保证了青藏铁路是一条生态环保型铁路。

正是因为当初青藏铁路的建设者们解决了在冻土区建造桥梁的世界性技术难题，这座有着42孔桥墩的铁路大桥，才会托举着乌亮的钢轨，奇迹般地伫立在多年高原冻土地段，跨过流淌不息的沱沱河。它凝结着中国人民用铁路连通青海和西藏的雄心、智慧和力量。距离铁路大桥不远的一侧有一处著名的景点。在一个砂石铺垫的平台上，赫然矗立着江泽民题写的“长江源”纪念碑。花岗岩的背面刻着有些字迹已经模糊的长江源碑铭：“摩天滴露，润土发祥。此姜古迪如冰川，乃六千三百八十公里长江之源，海拔五千四百米，壮乎高哉。自西极而东海，不惮曲折，经十一省市，浩浩汤汤；由亘古至长今，不择细流，会九派云烟，坦坦荡荡。如此大江精神，民之魂也，国之魂也。江河畅，民心顺；湖海清，国运昌。感念母亲河哺育之恩，中华儿女立碑勒石，示警明志：治理长江环境，保护长江生态。玉洁冰清，还诸天地；青山碧水，留以子孙。”

长江源特大桥北面是沱沱河站。沱沱河站是青藏铁路格拉段上、青海境内除格尔木外唯一有乘客上下的车站。车站设计简洁醒目，顺次设置的三组倾斜体寓意着雄伟的高山，以水平展开弧形的玻璃暖廊则寓意着曲折流淌的河流，反映了沱沱河是长江之源的主题。为了方便旅客观赏长江源头的风景，青藏铁路公司特意在车站修建了观景平台。类似的观景平台在青藏铁路格拉段上从北到南依次为玉珠峰、楚玛尔河、沱沱河、布强格、唐古拉、错那湖。

我们在沱沱河工区和职工们聊天时，聊到铁路带给这里的变化，职工们便七嘴八舌地说开了。有的说通车后自驾车来旅游的人多了；有的说骑着自行车千里走单骑的人也不少；有的说通车后许多老年人可以坐上火车到高原上来旅行；有的说小镇上拿手机的藏族人多了，做生意的也渐渐多起来，有的家里，女的开茶馆，男的到车队去开车；有的说以前牧民们不怎么关心孩子们念没念书的问题，现在到了上学年龄的孩子都被送到镇上的学校去念书；有的说如今小镇上许多藏族人开起了摩的，为了招徕顾客，他们还别出心裁地在摩托车上安装了录音机，随时播放着动听的藏族歌曲；有的说通车后地方上成立了护路队，全是清一色身强力壮的藏族小伙子，他们天天在铁路上巡逻，要是在过去，大多都在镇上整天围着台球案子打发时光……

长江源头沱沱河

在来长江源头之前，尽管我们心里一直犯着嘀咕，生怕感冒，生怕缺氧，生怕难受的反应，如同孙悟空害怕师傅唐僧念咒。可没想到我们在职工宿舍里睡得十分香甜。

临走的那天早晨，我们不约而同地起了个大早。我们都想着多拍几张沱沱河早晨的片子。刚从院子里出来的时候，启明星还在朦胧的天幕上眨眼。我们欣赏了一阵子，怕错过了日出，便收回仰望的脸，朝着工区背后的河边走去。站在河边，我们选择着最佳的拍摄角度和位置。没多久，我们便看到了异常美丽的沱沱河之晨。东方的一抹红霞，伴着几绺断断续续绵延着的青云，在沱沱河的远空延展，那辉煌、温暖的色彩在不停地加重着，同时也把清晨宁静的沱沱河映照、渲染得异常妩媚。一条脖子上挂着红色绒毛项圈的野狗站在河边，无意中充当了我们镜头里妙不可言的陪衬。

我们没有想到长江源头的早晨竟然还有这样撼动人心的奇丽美景!

其实，遍染着这般霞彩醒来的沱沱河镇，更为美丽；每天从长江源特大桥的身上驰过的火车更为美丽。那被红霞照射得有如大自然之琴键的42孔桥墩，可不就是在那里演奏着一曲又一曲恢宏的赞美乐章!

塘岗营区：4700米青藏线上的护路人

沿着青藏线格拉段行进，一路视野都很开阔，没有高楼大厦，没有车水马龙，没有熙熙攘攘的人群，当然也找不见一丁点婆娑的树影。除了蜿蜒的公路和新近修成的青藏铁路，除了沿途峻拔伟岸的高架桥、接收信号、输送电流的铁塔，除了像箭镞一样斜插在公路、铁路旁解决冻土融沉问题的散热棒之外，在这片天苍苍野茫茫的区域，闯入视野的，就是逶迤连绵的昆仑山，时而晴朗时而昏暗的荒野，散布的湖泊和有幸碰见的藏羚羊、藏野驴，还有无边无际在视野里低垂下来的云天。由风、雪、云、电酝酿出的大自然的寂静和暴戾成了这里亘古不变的剧情。人似乎在这样一个浩茫广袤的所在里，缩小成明代小品文大家张岱《湖心亭看雪》里所描绘的："雾凇沆砀，天与云与山与水，上下一白。湖上影子，惟长堤一痕、湖心亭一点、与余舟一芥、舟中人两三粒而已。"

一路上，我们可以见到的房屋确实少之又少。唯其如此，如果要在沿途寻找什么养路工区、兵站、护路人员的驻地，要比在大都市里寻找某个单位容易百倍、千倍。因为在偌大的荒山野地里，养路工区、兵站、护路营区都会显得十分惹眼，何况还有一个更显眼的视觉目标——五星红旗。此前，我们问到护路营区的所在时，给我们答复的人这样介绍：在公路旁百十米不到的地方，只要是插着旗杆飘着红旗的院子，就是养路、护路的营区。

我们从铁路段工区那里了解到一个信息：青藏铁路建成以后，沿线专门设立了看护铁路的人员。这究竟是一群怎样的人呢？

强烈的好奇心和一种暗暗涌动的崇敬，让我们急着想去一探究竟。

我们的汽车从109青藏公路上拐下去，碾过一片砂石地，停在一处敞开着的院门前。首先映入眼帘的是大门右首的一块黄铜门匾，上面用藏汉文印着"青藏铁路安多段塘岗营区"。敞开的栅栏式蓝色铁门上，饰有作为藏文化符号的褐色时轮和雄狮。院落的正中央用赭红色大块瓷砖镶嵌的水泥方墩固定着直指苍穹的金属旗杆。一目了然的藏式屋檐，陡然间让这个十来间平顶房组成的院子显得既庄严、神圣，又多了几分居家度日的温馨。为了阻挡高海拔地带隔三岔五光顾的凛冽寒风，正面的一排房屋前特意用玻璃窗做了一个防护的隔断，形成一条透明、形同温棚的走廊。

进去只见走廊两边紧挨着窗台的铁支架上，整整齐齐地码放着护路专用的黑色头盔、警棍和盾牌。通往宿舍区过道的墙壁上是这个营区学习、生活、工作的图片展板：有领导视察、慰问、检查工作的，有队员们利用空闲、休息日到附近人来人往的集镇上和学校课堂上宣传铁路安全常识的，有他们训练、开展文体活动的。最让人难忘的是他们护路巡查的图片，尽管没有一张清晰的近景图片，全都是远景中的背影和侧身。从图像透视的角度看，他们只是蓝天、雪野映照下的铁路边上一个个微小而模糊的背影和侧身。可从我们瞬间涌动的情感波澜里，衬托着悠长铁路线和高原极地辽阔背景的他们孤单、渺小的身影所发散出的气息，却是沉默又崇高的。我们急迫地想见到这群让人肃然起敬的人，可是询问了好半天也没有一声回应。

寻访未遇，多少令人有些扫兴。

可话说回来，在青藏线上，如果你要采访养路工人或者护路人员，绝大多数情况下很难在住宿的工区或营区里见到。在繁华都市里，人们常常可以听到或看到这么一则有关城市生活的广告：如果我不在咖啡馆，我就在去往咖啡馆的路上。而对于这群以守护青藏铁路为天职的人来说，不在铁路上，就在去往铁路职守点的路上、在需要处理问题的路段上。

虽然我们的首次采访很不“走运”，没有见到想要采访的对象，但我们反倒更为强烈而真实地感受到了这么一种信息：在都市人享受着喝咖啡的优雅、浪漫、闲散的时刻，许多人在单位里喝茶、看报甚至偷闲上网玩一阵网络游戏的当儿，在远离繁华都市的地方，在地老天荒的青藏铁路线上，却有这么一群人，一年三百六十五天天天守望、巡查在铁路线上，时而顶着烈日酷暑，时而冒着风霜雨雪。

几天后再访塘岗营区的时候，我们恰好碰到了刚刚从职守点上换班回来的六七个小伙子。他们全都是清一色的藏族青年，各个被高原上的太阳晒得脸色黧黑。他们异常热情而又略带腼腆地把我们一行招呼进一间宿舍。宿舍里生着火的铁皮烤箱，顿时让大家暖和起来。钢制的双层床上，橄榄绿的被子叠得方方正正，恍惚中仿佛我们走进的是一座军营。

“你是这里的头头吧？”我们开着玩笑询问在这群小伙子中间个头长得最魁梧、帅气的一个小伙子。

“我们护路队的队长叫巴桑次仁，这会儿正在铁路上忙。我是这里的教官尼玛次仁。”我们这时才注意到他的迷彩服左胸口上别着一枚徽章，上面印着“青藏铁路安多段专职护路队员尼玛次仁”。

“你长得多像费翔啊！”尼玛次仁微笑着略微低了一下头，脸色因为受到夸奖而骤然泛起一圈潮红。

经过攀谈，这个位于通天河畔和雁石坪之间的塘岗营区开始在我们的脑海里变得具体起来，立体起来。

护路队是伴随着青藏铁路的贯通而出现的。也可以说，一条铁路的诞生，不仅给这片寂静的山野平添了一道现代化的风景线，而且让世世代代居住在这里的牧人，开始逐渐拥有了一种新的生活天地，新的生活方式，新的命运。

尼玛次仁说，由他们33个人组成的护路队，管护着26公里长的铁路。沿途百姓因为多数以放牧为生，牛羊上道的情况时有发生。

护路队

也正因为如此，护路队的职责就是保证铁路运行的畅通无阻，保证铁路周围的牲畜不会闯入铁路沿线拉起的铁丝围栏和水泥方柱围栏，随时紧盯着不要让野牦牛或棕熊撞坏了防护围栏。平时一有机会，他们就会到人口较多的集镇和学校，向铁路沿线群众发放《铁路安全常识》《道口事故案例选编》宣传单，对中小学生进行法制教育和爱路护路教育。护路员、铁路、沿途动物的命运在这样一个全新的环境里被紧密联系在一起。

他们中的大多数队员来自唐古拉山脚下、西藏北部的安多县，尼玛次仁就是安多人。还有一部分是来自附近的青海藏族人。

尼玛次仁说他以前在西藏林芝的野战部队 53 旅当兵，2008 年退伍后在地方上买了辆车跑起了出租。跑了一阵后，这个从部队里出来的小伙子有些不适应起来，整天跑来跑去，不能按时吃饭不说，睡觉也没在部队时睡得那么香甜，早出晚归还要让家里的父母牵肠挂肚。偶然在街上听说招聘护路人员，他就报了名。“当一名护路队员说起来多么让人羡慕啊！”尼玛次仁自豪地说。

他说，来护路队不是想来就能来的。这个特殊而重要的岗位有着严格、规范的条件，比如文化程度必须在初中以上，年龄在 19 到 37 岁之间，身高 1.60 米以上，身体健康。“我轻松通过了各项审查，成了一名护路队员。有了这份正式工作，一个月还可以挣到 2000 元的工资，那种高兴我是无法用语言来形容的。你想想，我过去跑出租，一天挣多少心里根本没底，现在我能挣一份踏踏实实的工资。周围的人问起我现在干什么，我会很骄傲地回答：看护世界上最高的铁路！”

对护路队员进行半军事化管理，成为青藏铁路塘岗营区的一项首要任务。因为刚开始组建的护路队的队员全是从牧区招来的，为此，尼玛次仁协助队长巴桑次仁对队员进行了集中训练。当过兵的平措多吉就像兄长一样，亲自给大家示范怎么整装等，并要求做好每天的清洁卫生。平措多吉按照军人的要求来训练队员，让队员具备时刻应对突发事件的素质，使整个队伍成为一个风雨同舟、荣辱与共的坚强集体。

功夫不负有心人。经过几个月的耐心训练，队员们终于进入了半军事化训练状态，一改以前那种散漫、自由的状态。一支着装统一、穿戴整洁、纪律严明的护路队出现在青藏铁路安多段铁路线上。

一位把防寒服套在迷彩服上的小伙子，看上去也就20岁左右的样子，皮肤黝黑，他也是和指导员尼玛次仁一样来自安多县。不过在没有到护路队之前，他是一名藏北草原上的牧民，和家人每天以放牧为生，终日和牦牛为伴。四年前，他放下鞭子，穿上护路队统一的迷彩服，成为了一名青藏铁路线上神圣的护路队员。他说："本来也想着到外面去打工，听说这里护路队要人，就报名参加了。我现在是国家的人了，三险一金也有了！"说话间充满了自豪。提及他的工作，他说之前从来没有跟大伙一起工作的集体生活体验。尽管在执行护卫任务的时候，自己也像以前放牧时那样经常一个人呆着，但放牧时随意多了，可以踢踢石子，甩甩抛尔石，累了还可以找个地方睡上一觉，当护路队员却要时刻值守在指定的地方，时刻注意观察周围的情况。"最让我兴奋的事情就是看着'铁牦牛'拉着旅客和货物从我眼前经过。我每次看到从车窗里向我打招呼的旅客，都会不由自主地来上一个指导员教的标准的立正姿势，还会敬个军礼，目送火车一点一点远去，直到剩下空空的两排铁轨。"他接着说，"那一刻，我会有一种说不清楚的自豪感，有一种幸福的感觉。这跟我放牧时的感受太不一样了！"

我们在路上就听人说过，青藏铁路线上护路队的吃苦劲头是一般人根本无法想象的。因为他们都是当地人，对高海拔严酷环境的适应能力远远胜过内地的人。更为难能可贵的是，他们的吃苦劲头和忍耐力，也远非一般人可比。整个护路队分成两个昼夜轮流倒换的班组，每人每天值守12个小时，每人巡逻、看护两公里的路程，日子长了，新鲜劲头一过，对一个正处在精力旺盛阶段的年轻人来说，如果不是靠着一种特殊而坚韧的责任心，这绝对是一种身心的折磨，可是从来没有一个护路队员为此发过牢骚。他们太热爱这份工作了，人人都为自己能守护在世界海拔最高的铁路上感到无比自豪。在与铁路朝夕相处的日子里，铁路早已变得和草原上的牛羊般亲切，两公里路段上有多少根铁轨、多少个铆钉，护路队员们闭着眼睛都可以数得一清二楚。

正因为这样，每当值守时遇到大雪，队员们就裹一条被子暂时躲到就近的涵洞或桥下。冻得实在忍不住了，他们就裹着被子在地上不断地跺跺脚，搓搓手。遇上让人无法睁眼、无法喘气的沙尘暴，他们只是暂时背过身去，等待风暴过去。这时候队友送来的饭——滚烫的酥油茶早已经连同暖壶冻成了冰坨子，而骑着摩托车巡护归来的队友，往往僵硬在车上动弹不得，冻得手脚麻木。即便如此艰难，铁路通车四年多来，没有一个队员因此而擅离职守。

这群质朴、吃苦的护路队员的内心里都有一个沉甸甸的心灵砝码。这个砝码凝固着这样的内涵："铁路安全高于一切，护路责任重于泰山。"

为了它，他们不惮于大雪纷飞的冬季，不惮于日晒雨淋的夏日。他们就像水泥轨枕一样默默承载着两条铁轨，承载着整个青藏铁路的畅通无阻和安全。

2009年的一天，来自安多县扎仁增村的31岁护路队员赤增晚上去值班，发现摩托车油箱里油不多了就去加油站加油。在去值守岗亭的路上，突然被一辆赶夜路的运货大卡车大灯照射过来的光亮照花了眼睛，撞到了迎面开来的大卡车上……当队友们把赤增送到最近的雁石坪医院时，赤增还有活气。医院简单处理后，建议送往条件更好的安多医院。就在送往安多医院的路上，赤增永远地闭上了眼睛，离开了他朝夕相处的护路队，离开了他相守相伴的铁路。

直到现在，护路队员们一提起这个话头，都会很快收敛起刚刚还嬉笑的面容，沉浸在对队友的无限缅怀之中。

尽管摆在他们面前的困难一个接着一个，但他们在相互的激励中，早已把33个人拧成一股比牛毛绳还要坚韧的绳子。

随着铁路的开通，护路队的工作条件也在不断改善之中。往返于塘岗营区两座小岗亭之间的，不再是双脚。2008年3月8日，护路队开始配发了摩托车，中午饭都可以通过摩托车送来。目前塘岗营区已经有了13辆摩托车，同时还配发了简易帐篷，大大方便了队员们的出行和巡查。每个队员一年两次休假，每次可休14天。

他们平时和周围驻扎的兵站官兵保持着亲人般的情谊。兵站的官兵看到他们的营地没电，就主动帮他们拉上电。塘岗营区周边只有一户牧民，每年过年护路队的队员都要送去慰问品，并向牧民宣讲不要让牛羊跑到铁路上去，不要让牛羊顶撞开铁路边上的围栏。几年来，“有困难找护路队员”的说法已在当地百姓中广为传扬。相互之间的帮助，相互之间的支撑，在这片人烟稀少的地方，以极为淳朴的方式彼此回馈着亲人般的情谊。

平时训练的时候，尼玛次仁都会把在部队里学来的功夫——擒拿格斗的招式和军歌教给大伙，以至于在这片原本寂静的高原，时常会传出嘹亮的歌声、雄壮的练兵口令和有力的呐喊声。

● 采访护路队

尼玛次仁还告诉我们一件趣事。在看护铁路的时候，他们有时候还要驱赶停在铁轨上的苍鹰。我们说一路上看到比城市里见到的身形要庞大许多的乌鸦，成群成群地落在荒地上、铁路上，这要驱赶起来可能十分麻烦。尼玛次仁使劲摇着头说：“你们正好说错了，这里的乌鸦太聪明了，火车开来的时候你看着铁轨上落着一溜，可是快靠近的时候它们就一哄而起，飞跑了。可是苍鹰就不会躲。”我们开玩笑说：“可能它还把自己当做飞禽里的王，不屑理会闯入自己领地的庞然大物。”

我们就在一阵说笑中和护路队员告别。尼玛次仁在营区门前集合了一下队伍，齐刷刷地向我们立正、敬礼。在他们的身后，是营区中央高高的旗杆，是旗杆上飘展的五星红旗。在蓝天的衬托下，五星红旗的颜色越加鲜艳。我们知道，转眼间进入冬季，队员们就会迎着飘飞的雪花，值守在铁路旁。那雪野中移动的身影，比任何一座雕塑还要生动地呈现在这样一个特殊的空间里。

天路之魂

唐古拉：鹰飞不过的地方

天 路 之 魂 TIANLUZHIHUN

错那湖是世界海拔最高的淡水湖，世代居住于此的藏族人，深知这里不仅是羽族炫翎、群鱼潜跃的自然家园，也是自己世世代代生息繁衍的吉祥大地。为此他们把这片面积400多平方公里的湖泊，视为心目中的“神湖”。能否保护好这个一碧万顷的高原神湖，决定着工程成败。假如施工建设稍有疏忽，不仅会影响工程的进度和质量，更严重的问题是破坏人与自然共享的和谐和宁静，甚至会影响民族团结和民族地区的稳定和发展。听说铁路要经过湖边的消息，世世代代居住在湖边的措玛乡的藏族牧民心里涌上深深的忧虑，他们担心因为修铁路，神湖受到污染，周围的草原被破坏……

钢铁巨龙：海拔 5000 米的穿越

对于行走的人来说，一路领略不同的风光，感受大自然的鬼斧神工，自然是一种极大的享受。而在青藏高原行走，还有一种特别的感受会闯入人的内心世界里。

如果是国家和国家之间，在地理上会划出国界线；如果是省与省、地区与地区之间，也会划出各自区域的边界。这些边界多数情况下会以一座绵亘千里万里的巍峨山脉为分水岭，或者用一条奔腾不息的大河为边界，或者用河流上桥梁的中间为界线。总之，这些经过历史沿革所划分出的、具有特殊意义的地理界标，会带给人们一种穿越历史时空的崇高感。而仅从旅游者的角度来看，翻过一座山，跨过一条河，都意味着踏上了新的地界，步入了新的天地。

在青藏铁路线上，青海和西藏被举世闻名的唐古拉山所分隔。翻过这座伟大的山脉，我们就从青海境内进入了西藏。

汽车沿着 109 国道缓缓地行驶。唐古拉山这座从高原大地上隆起的巨大山脉便逐渐呈现在我们的视野里。它静穆、安详，披着一身银装，在蔚蓝色的天空映衬下，越发显得圣洁、超凡脱俗。

在这座雄伟的山脉上，竖立着一个标示高度为 5231 米的牌子。来自两个不同方向的人，都会在这个意味深长的分水岭上涌起按捺不住的兴奋，久久伫望终年积雪的唐古拉山山巅和更远处被一片云海掩盖着的神秘山影，还有山脚下一望无际的草原。有的人还会在这里策马驰骋。所有人的取景框里，都会不约而同地把终年积雪的唐古拉山作为背景。不！与其说他们把唐古拉山作为背景，不如说他们正依偎在大自然的怀抱里。每一个游客的心情不是仅仅用“激动万分”所能形容得了的。一种在城市生活中几乎被淡忘了的情怀——虔敬的膜拜在这里油然而生了。“敬畏”，这个自远古时代就在人类心灵里萌生的精神礼仪，瞬间重回每个攀上唐古拉山的游客的心里。尽管在这里相会的人来自不同的城市，年龄、性别、身份、民族、信仰千差万别，可是此时此刻，不期而遇在这样一个超拔的山峰之上，他们竟像是久别重逢的朋友，相互帮着拍照，寒暄一路的风尘。一律是被壮美的山河所感染的脸膛，一律焕发着喜悦的表情。这一刻，大家共同沐浴在巍峨的唐古拉山的庄严之美里。

对于继续前行的人来说，即将踏上的通往远方的路途，充满着全新、未知的诱惑，正像一幅诱人的卷轴画在徐徐展开它精彩的下一节画面。

可是，这么一座庞大无比的山峰，在没有公路以前，意味着一种交通上巨大的阻隔。它的高峻和险拔，足以令人望而生畏，难怪它在蒙古语里的意思是“雄鹰飞不过去的高山”。是青藏公路率先跨

越了这座大山，打通了横亘在青藏两省区之间的这个阻隔。接着，中国人还要在这个“雄鹰飞不过去的高山”上，架设长长的轨排，让长龙般的火车从这里穿越，最后抵达拉萨。

这样的壮举，怎能不让每一个中国人热血沸腾，怎能不让青藏铁路的筑路大军壮怀激烈！但是摆在铁路建设者面前的，却是世界铁路建筑史上亘古无双的难题。铁路建设者们面对着双重挑战：一是来自唐古拉山的地质条件，一是来自于西方人的质疑。英国《卫报》的一篇报道就对正在修筑的青藏铁路发出了这样一种强烈的质疑：西藏根本没法修铁路，那里有 5000 米高的山脉要翻越、12 公里宽的河谷要架桥，还有绵延上千公里根本不可能支撑铁轨和火车的冰雪和软泥。

英国人提及的这个 5000 米高的山脉，确切的所指就是唐古拉山。怎么去翻越这么一座大山成为青藏铁路建设的一个巨大的问号。

早在 20 世纪 70 年代，铁路勘探部门就如何翻越唐古拉山制定了两个方案：一个是和青藏公路并行的公路垭口方案，一个是从公

唐古拉山

路垭口以西30公里处跨越无人区的铁路垭口方案。采取哪种方案一直因为各种复杂的问题而迟迟未决，直到开始建设格拉段铁路的时候，这个问题再度摆到设计单位的面前。

公路垭口方案的好处在于有公路做导向，而铁路垭口方案因为没有公路做导向，也没有现成的便道，先行的勘察就必须靠牦牛、靠人徒步行走50多公里。经过勘察设计人员精密、细致的实地勘察和测算，铁路垭口方案中涉及的地形极为开阔，不仅适宜大型作业，而且这里的不良冻土地质条件要比公路好。铁路垭口方案更为优越的一点，是它的垭口标高比公路垭口标高要低170米，这就意味着铁路里程距离将会有所缩短，因此比公路垭口方案节省投资3.5亿元。而且从长远来看，铁路垭口方案对将来通车以后的维护、运营，降低成本，都有着积极的意义。

“誓牵铁龙进拉萨，要留精品在高原。”中铁十六局集团280名参加修建青藏铁路的小伙子们，当初就是怀揣着这样的誓言挺进唐古拉山的。当人们还在为盛夏炎炎而苦觅凉意的时候，他们却裹着厚重的寒衣顶风冒雪苦战着；当人们工作一天后携妻带子安然入睡的时候，他们却因为高寒缺氧而辗转反侧彻夜难眠……

刚上青藏高原，唐古拉山就给这些北京来的小伙子来了个“下马威”——急剧的气候变化让他们无所适从，头疼得像斧子劈，胸闷得像大石头压，腿软得像大蟒蛇缠，就是三天不进食也不想吃东西。

说来难以置信，在青藏铁路施工，党团员的先进性居然体现在带头吃饭上。炊事员好不容易熬了一锅稀饭，上午没人吃，下午没人吃，晚上还是无人问津。不吃不喝，可大伙还要承担搭临建、卸材料、修便道等繁重的体力劳动。看到小伙子们备受痛苦折磨的样子，青年突击队长便给队里的党团员下了一道死命令：“党团员必须带头吃饭，这是衡量我们关键时刻能不能冲得上去的重要标志。”

面对大自然的挑战，铁道部提出了“生存重于施工”的方针，要求本着“以人为本，医疗保障先行”的思想，保证参建职工的健康，保持战斗力，打赢青藏铁路建设的攻坚战。

于是，工程指挥部建立起强有力的三级医疗保障体系，一次投入380多万元，建立起包括救护车、制氧机、高压氧舱、X光机、心电监护等医疗检测、救治设备齐全的工地医院。所属各项目部都建立起有两名医生值班的卫生所，各施工队设立卫生室。氧气瓶发到每一间宿舍，每一台车辆都配备了氧气袋。

有了强有力的医疗保障做后盾，青年突击队的北京小伙子们开始了挺进高原腹地的冲刺。但是，计划没有变化快，事实上，工地现场的恶劣情况远远超出了大家的想象。

第一次踏勘现场，一项目部青年突击队长陈刚带领6名队员到唐古拉山工地选点安家。当时的工地上北风肆虐，大雪纷飞，放眼望去，满目银装素裹，茫茫雪野上只有他们7个人在游动。大家戏谑地给自己取了个绰号——“七匹狼”。晚上，他们住在临时搭建的帐篷里。由于没有经验，到了下半夜，瞬间刮起的大风把帐篷整个卷走，而周围又没有借宿的地方，从内地带来的防风打火机只喷射火星不起火，没办法，大家只好互相拥抱在一起取暖御寒。有的同志手脚都冻坏了，但他们没有一个人在那里怨天怨地。

在恶劣的施工环境中，青年突击队的小伙子们还发明了一种“快乐疗法”。他们发现，互相调侃逗笑可以缓解头晕脑胀的感觉。于是，饭前讲笑话、逗乐子就成了每名队员的“必修课”。

中铁十八局集团当时承建的青藏铁路9标和18标均地处唐古拉山，全线平均海拔5000米左右，气候恶劣，缺氧严重，最低氧气含量仅为海平面的47%，大大降低了参建人员对疾病的抵抗能力、肌体恢复能力、劳动能力和生存能力。这样的环境，随时都有可能诱发脑水肿、肺水肿等严重疾病。初上高原，中铁十八局集团所有职工都经历过剧烈的高原反应，浑身无力，呼吸急促，头痛欲裂，夜不能寐。在5000米的高海拔地区，走路、吃饭、说话都气喘，更谈不上干活了。在极其艰难的情况下，各项目部党工委，一方面积极做好职工的思想工作，使大家保持乐观的精神状态；一方面带领部分职工展开先期建家、建线工作，用卫生线、生活线、文化线促进生产线。

针对工程的异常艰巨性以及青藏高原高寒缺氧的自然环境，中铁十八局集团青藏指挥部还从天津、河北等地抽调了医术精湛的医护人员组建了功能齐全的工地医院，在各施工点建立了卫生所，在施工队建立了卫生室，形成了完善的三级医疗保障体系，并承担了青藏铁路三级医疗救治站的任务。这个三级医疗救治站除负责本局医疗保障外，还负责中铁一局、十一局、大桥局、水电武警部队等8个单位及沿线急重病员救治。根据高原病诊治的需要，十八局先后投入500万元，购置了大型高压氧舱、制氧机、救护车和全自动生化仪、血球记数仪、尿液分析仪以及彩超、X光机等一批国内外先进的诊疗救护设备。他们建起了“高原氧吧”，每个职工宿舍都配备氧气瓶，保证每个职工下班后都能吸上氧气。在施工现场推行医生工地跟班制，做到哪里有施工人员哪里就有医护人员，从而实现了高原疾病的超前发现、诊治和救护。医疗救治站设立三年来，医护人员先后为职工查体上万人次，接诊18000人次，收治住院病人588人次，其中脑水肿、肺水肿93人次，成功抢救兄弟单位和驻地群众危重病人213人次，成为青藏线上名副其实的立体医疗保障防线，有效地保障了施工一线职工的身心健康。

保障职工生活是提高战斗力的重要保证。为此，各项目部建成了锅炉房，为职工统一安装了供暖设施：室外朔风呼啸，室内春意融融。各项目部还配备了“四机一响”（电视机、VCD机、卡拉OK机、扩音机和组合音响），购买了地面卫星接收装置，可以同时收看中央一、二、四等多套节目，丰富了职工的业余生活；各公司工会购置了500套床上用品，从数千里外给员工们送来了温暖。项目部为各个房间、帐篷配备了桌椅，使职工业余时间有一方读书、学习的乐土。项目部还购买了“四棋一牌”（象棋、军棋、跳棋、围棋和扑克牌），建立了台球室。图书室的图书杂志收藏量达到人均10册以上。日常伙食标准统一，不论职工民工，每人每天伙食标准均在15~18元之间。还专门设立生日饭制度，将职工生日列表，制成精美的牌匾，悬挂在食堂内，逢生日给职工送上一份精美的饭菜。特别是二公司项目部在头二九特大桥工地建起的有107座帐篷的帐篷城，能够容纳近千人的吃住和生活。大家给帐篷城命名了“拉萨路”“那曲路”“日喀则路”等道路名称，还在帐篷城中心地区开辟出一个“商务中心”，设置有“洗衣房”“理发店”“洗浴中心”等基础设施。二公司项目部的职工防寒羽绒服和床上用品统一配发；职工食堂、洗澡间、理发室、小卖部、电话亭等生活服务设施一一配备，最大限度地方便了职工的生活。

强有力的医保和三线建设，大大保证了职工的身体健康，调动了广大参建职工的劳动积极性，使施工人员保持了旺盛的攻坚士气，促进了青藏铁路工程建设的顺利完成。

因为我们走的是青藏公路，到唐古拉山的时候，铁路和公路忽然隔出30公里之遥的距离，这之前它们就像并肩而行的朋友，到了唐古拉山，它们才有了一次既不算漫长也不算短暂的揖别。自此铁路便沿着荒凉而低缓的布曲、扎加藏布等地的河谷地带逶迤而进，辗转通向藏北第一城——安多。在那里，公路和铁路将再度相会。

我们掐着指头算了一下，在青藏公路109国道上，我们一共要翻越8座天堑，它们分别是海拔3470米的日月山，海拔4767米的昆仑山，海拔4700米的五道梁，海拔5010米的风火山口，海拔5231米的唐古拉山口，海拔5040米的小唐古拉山（也叫头二九山），海拔4880米的申格里贡山口，海拔4444米的芒隆拉山口。说着说着，唐涓就说起她曾经看过的一个报道，说的是小唐古拉山。她说这一带除了有个被誉为“天下第一道班”的铁路道班，还有一个叫塘荣藏占村的村落。它属于那曲地区安多县，是一个名副其实的小村庄，有四户人家20口人。这四户人家，一共有150头牦牛、800多只羊，每家轮流安排人放养。他们年复一年、日复一日地过着封闭的生活。附近没有学校，村里有文化的人不多。外面的世界对他们来说，只是一种概念。而这一切，在象征现代文明的火车汽笛响过之后，必将发生一场天翻地覆的变化。当年有记者采访过扎西一家，说起将来的期盼，扎西说，等铁路通了，一定要带着快70岁的阿妈去拉萨、去布达拉宫。唐涓欣喜地推想扎西一家如今一定去过拉萨、去过布达拉宫。遗憾的是，我们没时间去寻找一下塘荣藏占村，去倾听扎西一家头一次坐上火车的兴奋。

带着一路下行的轻松感，没多久，我们就来到了那曲地区安多县县城南部的安多站。它处在巍巍唐古拉山的南麓，既是青藏铁路进入西藏的第一大客货两用车站，也是青藏铁路线上海拔最高的有人车站。这里海拔4702米。

在这样的高海拔地带，不仅空气含氧量低，而且经常会刮起八九级的大风。遇到恶劣的天气，就是穿着厚厚的羽绒服，也难以抵

鸟瞰青藏铁路

挡那凛冽的山风袭来的阵阵刺骨的寒意。

在这样的高海拔地带，一群安多站的职工，用自己的坚守和奉献，创造着心灵的高度。

在这群藏北铁路人的精神世界里，从开始建站的那一刻起，他们就在自己的心里默默树起了一个安全的标杆。在2006年建站以来的四年多时间里，站上的人换了一拨又一拨，可是他们不变的信条一直是：安全是铁路运输生产的永恒主题。安多站职工牢记这一点，在现场作业中严格落实标准化作业，落实各项卡控措施，认真执行岗位与人身安全作业标准，以标准为“习惯”，做好每一项工作。无论天气怎样和有无值班干部的监督，接发列车、调车作业、货车车门的捆绑、旅客上下车的组织，都始终执行标准化作业。他们就像上了发条的座钟一样，夜以继日地坚持着自己的这种“习惯”。

冬天的一个早晨，值班员例行检查，突然发现车站东端咽喉区融雪装置发生故障，道岔不能转动，而此时旅客列车即将到达，便立即将此事报告给站长。险情就是命令，在站长的带领下，所有人员立即顶风冒雪赶赴岔区，清扫积雪。故障排除后，大家满身是雪，胸膛憋得生疼，手脚冻得麻木，可谁也没有抱怨和叫苦。

安多站虽然平时仅有五个人，但大家比家人还亲。平时，不论谁家有个大小事，班组内每位职工都会尽自己所能去帮助同事。工作中发现影响安全生产的问题，大家就及时相互沟通，把影响安全的各种因素消灭在萌芽状态。出现紧急情况的时候，大家拧成一股绳，全力以赴处理突发情况。

站区虽然处在恶劣的自然环境中，可是职工们总是在各自的岗位上竭力营造和谐的氛围，让浓浓的亲情弥漫在海拔4702米的高地上。

一次，一位职工在候车室发现一位五十多岁的老人领着一个十多岁的小男孩，因为没钱回家，他们已经两天没有吃饭了，老人还有高原反应。这位职工在了解到这些情况后，及时将老人带到客运室吸氧，号召大家为老人捐款。于是，有人给老人和小孩打来热饭，有人买来方便食品……待情况好转后，大家将老人和小孩送上了回家的列车。

25岁的职工尼玛拉姆的家在昌都。2009年12月，大雪封路，致使她无法返回工作岗位。共产党员蔡景宏听说后，主动找到站长，要求延缓下山，为拉姆替班。事后大家才知道蔡景宏的家里不光有老人生病需要照料，他还答应这回一定讲信用和自己的孩子一起过一次元旦。

……

一条伟大的高原铁路，造就了一个有战斗力的优秀团队。他们用非凡的意志在极地车站一次又一次谱写着壮美的诗篇！

那曲火车站：让藏北精彩无限

祖祖辈辈没见过火车的西藏那曲县俄玛迪格村的藏族农牧民们，做梦也想不到有一天火车会从自己的家门前经过。那一阵子兴奋不已的村民们最爱议论、最爱打听的事情就是将要在村落附近建起的那曲火车站。从那时起，只知道放牧、挤奶、做风干肉的牧民们心思一下子从藏北高原的牧场上飞到了广阔的天地里：有的人开始梦想着坐上火车去内地见识一下从没看到过的风景，逛逛繁华的城市；有的开始憧憬乘上火车到拉萨城里开个铺面，做个生意；有的则想着去膜拜一下布达拉宫和大昭寺；有的计划去铁路沿线的村镇走走亲戚，看看因为路途遥远而一年很少见面的同胞手足……

仿佛只是转眼之间，火车站就在位于门地乡俄玛迪格村约两公里的地方拔地而起了。村民们或许还不太清楚这座火车站已经成为世界上海拔最高的火车站，但家家户户的牧民，已经分明地感受到因为这么一座高原火车站的建成，家乡的一切就开始了点点滴滴的变化。平静的草原每天都会有新鲜的事情发生着，酝酿着……

由站房综合楼和货运仓库等几部分组成、总建筑面积为7412平方米的那曲火车站，紧挨着青藏公路，是世界上海拔最高的中转站和补给站。车站每天发送旅客平均都在百人以上。从全国运送过来的大米、面粉、日用百货、水泥、饮料、茶叶等，极大地丰富和改善了当地藏族群众的生活。与此同时，那曲地区丰富的优势资源，也开始源源不断地外运，载向远方的城市和乡村，运往各地的现代化企业。

伸展在藏北500多公里的铁路，占据了整个西藏段的72%。铁路经过安多、那曲两县的12个乡（镇）、85个行政村。沿途设立的11个客货站，把整个藏北串联成了特色经济产业带、优势矿产资源开发带、文化旅游带。

说到深受群众喜爱的纯天然绿色食品鲜奶、酸奶、酥油、奶渣等，在那曲县可以说家家能生产、人人会制作。然而，由于一家一户落后的小作坊式生产方式，再加上流通环节滞后，那曲奶制品商品率极低，就是在当地的市场上也很难买到。

那曲地区各级领导面对这一制约当地畜牧业发展的瓶颈，审时度势，做出了这样的决策：

促进农牧民增收，最根本的是向畜牧业的深度和广度进军，最

那曲火车站

重要的是把一家一户的小生产与千变万化的大市场连接起来，最有效的是把畜产品变为商品，最现实的是为群众提供实实在在的可供借鉴的典型示范经验。他们洞悉这片风水宝地的优势：那曲是西藏的第一大牧区，更是青藏铁路的咽喉，畜产品产量占全区的三分之一以上。青藏铁路沿线又是那曲的畜牧业中心地带，畜产品资源不仅非常丰富而且无污染、品质好，完全符合现代人崇尚绿色健康食品的理念……这一切，使他们没有任何理由停滞不前，相反，他们紧紧抓住这一资源优势，围绕着家门前的青藏铁路做起了一篇又一篇饱蘸浓墨的大文章：

一是培育了那曲县罗马镇、古露镇，安多县帕拉镇、扎仁镇等几个优势牧业基地，开发了“羌牛”牌系列肉奶制品等一批优势畜产品。为满足内地消费者的口味，那曲地区藏北牦牛肉制品厂加大产品研发力度，由原来的风干肉单一产品拓展到现在的藏北风腌牦牛肉、藏秘卤制牦牛肉、手撕牦牛肉等十几个休闲食品。2009 年实现营业收入 1800 万元，纯利润达 500 万元，带动牧户 500 户，户均增收 1500 元。

二是加大了牧业特色产业项目建设，整合资金 1.52 亿元，建成了青藏铁路沿线以牦牛育肥为主、西部以绒山羊扩繁为主、中东部以多玛绵羊短期育肥和奶制品加工为主的特色经济带，安排实施了绒山羊专业养殖、奶制品加工、牦牛育肥基地等 26 个农牧业产业项目。畜牧业区域化布局、专业化生产、特色化发展的态势初步显现。以肉制品、乳制品为主要产品的特色畜牧业经济产业链正在逐步形成。创建了羌牛牌酸奶、门地酸奶、古露酥油和拉拉等一系列绿色畜产品品牌。成功引进了三家畜产品综合开发加工企业，扶持培育了三家地区级农牧业龙头企业，打造出了“藏北风干牦牛肉”“绿色羌塘”“三江源”等一系列特色畜产品品牌，受益农牧户达 1097 户 5000 多人。全地区有农牧民专业合作经济组织 148 个，农牧民经纪人 1354 人，有效地延长了以肉制品、乳制品为主要产品的特色畜牧业经济产业链。

经济发展的步伐加快了，旅游资源的开发和文化建设也顺势而上。那曲地区旅游资源丰富，既有美丽的自然风光，又有独特的民族风情。从区域位置上，那曲地区被划分为中、东、西部三大旅游区：中部通过青藏铁路、青藏公路串起著名的羌塘恰青赛马艺术节、藏家乐休闲旅游区、卓玛圣谷生态旅游区、错那湖风景区和唐古拉山、各拉丹东雪山极地风光；东部有以人类奇观著称的多多卡骷髅墙，有以西藏三大热巴舞发祥地之一的丁嘎村为代表的人文景观旅游区；西部有以羌塘野生动物保护区、申扎黑颈鹤栖息地为代表的自然景观旅游区，还有地处班戈县被誉为“天湖”的纳木错、尼玛县的古象雄遗址和已经成为研究藏北历史活标本的玉本寺，以及气势壮观的普若岗日冰川和西藏著名的三大圣湖之一的当惹雍错等景观。可以说，在这片瑰奇神秘的高原秘境上，处处都有可看的风景，处处都有让人敬畏留恋的圣山神湖。这里还有迷人粗犷的藏族民间歌舞，恢宏跌宕的英雄格萨尔神话传说……如此丰富的旅游资源吸引着越来越多的游客踏上这片神奇的土地，也催生着旅游景区附近的一座座藏式旅馆、藏式餐厅、藏族风情娱乐场所，以及摆满各种藏族手工艺品的摊点……

在政府的大力支持下，那曲相继开发建设了卓玛圣谷生态旅游景区、赛马场、世界上最大的牛毛帐篷“巴拿扎西林杰”和许多“藏家乐”旅游景点，越来越多的农牧民走进了演艺队，变成了导游、服务员。依靠旅游业，新一代农牧民不仅解决了自己的吃饭问题，还走上了增收之路。其中“藏家乐”就是农牧民最重要的新的收入来源。独特的民族手工业也日渐成为旅游链条上的又一增收点。据了解，那曲地区将加大民族手工业生产企业的技术改造，提高技术装备水平、生产工艺水平和产品设计水平，扩大市场份额，努力开发具有藏北民族特色的地毯、挂毯、唐卡、民族服饰、金银铜器等特色旅游产品。

据统计，那曲地区在2008年年底共有大大小小的宾馆、饭店、招待所、旅社84家，从业人员2500人，接待海内外游客12.25万人次，实现旅游收入1314万元。与2001年相比，全地区接待能力增长了4倍，接待游客数量以每年15%的速度增长，旅游收入以22%的速度提高。2010年接待游客30万人次，比2005年增长76.89%，年均递增12.08%；实现旅游收入6035万元，比2005年增长161.37%，年均递增21.19%。

铁路的畅通缩短了那曲与内地的距离，文化交流的成本随之也大幅降低，交流活动日益频繁。青藏铁路通车之后，那曲的地区艺术团、群艺馆民间艺术团和有着“全国文化工作先进集体”称号的索县民间艺术团，频繁搭乘火车走南闯北。他们先后奔赴江苏、北京、广东、四川、浙江等地参加了非物质文化遗产、群星奖、西藏旅游文化展演等比赛演出活动，共演出26场，观众人数达17万多人次。作为专业艺术团体的那曲艺术团，不仅创作了大量优秀的歌舞节目，还先后出访香港、澳门地区和瑞士、奥地利、德国、荷兰、法国等国家，把藏族歌舞的魅力带到世界各地。以索朗旺姆、诺桑为代表的藏族青年歌手，以舞蹈艺术家仁青卓玛，优秀青年编导沙

铁道旁的羊群

丁、扎旺，演员阿西、朗青卓玛为代表的一批藏族演艺新秀，开始从那曲河畔走向更加广阔的舞台。

借助铁路通车带来的机遇，那曲相关部门积极吸收、借鉴先进的文化理念，在文物和文化遗产的预防性保护工作方面也取得了卓著的成效。目前，一处文物点被列入国家级重点文物保护单位，21处文物点被批准为自治区级文物保护单位。格萨尔、丁嘎热巴、达布尔谐等5个项目列入国家级非物质文化遗产名录，20个项目列入自治区级非物质文化遗产项目目录。

曾经有一位从事铁路工作的首长语重心长地感慨道："没有铁路就谈不上对青海和西藏的开发，谈不上西部的发展、进步。"在他的话里，至少包含着对青藏高原腹地富集的自然资源的开发利用。为了让深埋在地下的财富造福于不断腾飞的祖国，造福于西藏，造福于那曲千家万户的农牧民，那曲地区加大了以青藏铁路沿线为主的矿产资源勘察力度，并且积极配合支持参与藏北油气资源勘探工作，积极引进大型矿山企业，有重点地开发嘉黎县铅锌银（铜）矿、申扎县铜矿、尼玛和双湖锂矿、安多县铁矿等优势矿产资源。在那曲发展的宏大蓝图上，以铅锌矿、铬铁矿、铜矿为重点的优势矿产资源开发正在成为那曲地区新的经济增长点。

青藏铁路的通车运营给那曲经济社会各个领域带来了深刻而巨大的变化，那曲跨越式发展步伐明显加快，经济结构进一步优化，GDP的增长速度连续多年保持在两位数以上。2009年，那曲地区生产总值为45.11亿元，同比增长18.9%。其中，第一产业9.1亿元，同比增长2.5%；第二产业11.61亿元，同比增长18.9%；第三产业24.4亿元，同比增长11.7%；地方财政收入1.79亿元，增长30.6%；税收收入完成1.96亿元，同比增长33%；社会消费品零售总额8.86亿元，增长7%；农牧民人均纯收入达到3577元，同比增长11.14%。

我们在感慨那曲火车站带给西藏巨大活力的同时，心灵的幕布上也在不时地闪现着一个优秀的集体，那就是被当地藏族乡亲视为雪域天路上的“格桑花”的那曲车站党总支部。

坐落在羌塘草原怀抱中的那曲车站，拥有职工45名，其中党员17名，党员平均年龄为36岁。就是这样一个年轻的集体，管辖着那曲、安多两个有人站和十个无人站，那曲车站党总支也是全线海拔最高、条件最艰苦的党支部。

看上去十分儒雅的王海英是这里的党总支部书记。别看他浑身散发着文人的气质，性格却一点也不文弱。喜欢在空闲时间里阅读的他，不仅在知识的海洋里摄取了大量精神的养分，而且在艰苦的环境里磨砺出一种乐观进取的情怀。尽管无数个深夜一想起女儿咿呀学语的情景，他的心头就会掠过做父亲的一丝愧疚，但他把儿女柔情深深掩埋在心底。他深知在这样的环境里，自己的言谈甚至表情都会影响到大伙的士气，所以他常把这么两句话挂在嘴边：“意志比海拔更重要！”“意志的力量是无穷的！”在他的感染下，那曲火车站的职工们，把他们工作的海拔高度，编成了一句响当当的顺口溜：“4513，意志如山！4702，不当第二！”

藏北铁路人是这样说的，更是以实际行动时刻践行着自己的豪言。在那曲站筹建期间，初来乍到的18名干部职工，高原反应强烈，吃饭难下咽、夜晚难入眠，走路如同踩在棉花上一样。不到两天，大部分职工就撑不住了。关键时刻，支委一班人和党员冲在前，带头清理站场、房屋内外的建筑垃圾，带头搬运各种物资。他们关心同事，与每位职工谈心，把氧气瓶安放到了每个职工床前，把吸氧管接到每个职工床头。有职工病了，支委成员就轮班陪伴在他们身边，密切关注他们的健康状况。一段时间下来，党员、干部都明显地瘦了一圈。家人苦苦规劝他们撤回来，可他们却说：“现在正是最需要我们的时候，我们怎么能离开呢？”

2010年春节期间的一天夜里，那曲地区天气骤变，气温一下子降到零下30摄氏度，迅疾的大风裹挟着大雪很快将周围变成了白茫茫的雪原。值班领导、站长李多红接到值班员汇报说道岔不能正常转换，便迅速和职工一起携带工具，顶着大风，迎着飞雪赶往岔区。赶到现场，李多红发现是融雪装置使用不良造成的，便指示立即启动非正常情况下接发列车应急预案。当他们排除险情，处理完故障，回到行车室的时候，几乎变成了雪人，僵硬的全身只有眼睛还在转动，嘴还在急促地呼吸着。

共产党员曹智勇在一次夜间检查中，遇到路基上的两条野狗围攻。他摆脱围攻后，硬是咬着牙忍着痛完成了接车进路检查作业，然后才赶往医院。

站务员陈小红是车站年龄最大的女同志。44岁的她由于长期劳累，体质明显下降。当车站干部劝她休息时，她说："既然我选择了这个职业，选择了这个岗位，我就会接受它的全部。这凛冽的寒风，这瓢泼的大雨，这难以忍耐的寂寞与寒冷，都是我工作的一部分。"

女职工卓玛是一位朴实而娇小的藏族姑娘。她主动当起了大家的藏语和英语老师。当有人问她为什么这么积极时，她说："铁路修到西藏，你们远离父母妻儿，不远千里来这里工作。我作为一名藏族职工，不发挥自己的长处，怎么对得起你们呢？"

2009年国庆期间，一名带着10岁女儿的妇女在T28次列车上突发心脏病。列车停靠那曲站后，车站党员小分队立即将其送往那曲人民医院进行抢救，但终因抢救无效死亡。车站一边联系小女孩的家人，一边安排党员向秀华、江洋、入党积极分子喇宁三名同志轮流照顾小女孩。看到小女孩衣着单薄，向秀华等三名同志自己掏钱为小女孩添置了两套新衣服，让她不再感到寒冷。半个月后，当小女孩的亲人来接她时，已经跟车站的阿姨、叔叔们相处得有了深厚感情的小女孩，忽然泣不成声，不愿离去。

……

类似这样平凡而又感人的事迹，在那曲车站举不胜举。难怪当地的藏族同胞亲切地称赞青藏铁路“亚古都”（好）！铁路职工“亚古都”（好）！车站虽小，但肩负的责任一点儿也不小。天路开通运营四年来，安多、那曲两个车站职工用他们高度的敬业奉献精神换来了自建站以来无一例行车事故的好成绩。截至2010年6月12日，青藏铁路实现安全行车1442天。为此，车站还获得了“全路先进党支部标杆”“全国青年文明号”“火车头奖章”等荣誉。

半个世纪以前的那曲，只是一个人口不足千人的贫困小镇，只有一条狭窄而又脏乱的岭果街，一个围绕着孝登寺而形成的自然村落。城区面积仅为0.42平方公里，物资贸易差不多停留在原始状态。如今，那曲镇的城市规划面积为27平方公里，建成面积达到10.3平方公里，城镇常住人口近10万人，加上流动人口总数达到20万人。宽阔的10条城市主干线，形成了五纵四横的城市道路骨架。尤其是近年来完成的浙江西路延伸段，滨河路、通站路、环城路等道路建设，让那曲镇形成了四通八达、纵横交错的城市交通网络。一座具有现代意义的新兴城镇矗立在藏北大地。

一座小站，一段铁路，让这里的一切开始变得精彩起来。诗人昌耀曾经激情讴歌过铁轨——

当孕足了历史的期待，
那些条状的钢铁才终于
为这桔红的、杏黄的、钙灰色的国土
装备了钢铸的不可摧毁的意志，
延亘在黑夜与黑夜之间，
将乡村与乡村牢固地盘错，
让小路与小路结成链组，
是沉思的、是健美的、是轰鸣的，
也必然是权威的。
……

晚上，我们被安排在崭新的铁路职工宿舍里。宿舍里不仅有电暖器，床头边上还立着氧气瓶。周到的主人提醒我们，刚刚翻过唐古拉山，最好吸点氧。过去看唐涓，她一个人一间屋子，满脸愉悦。回到我们的房间，我和向宁把氧气管插在鼻孔里，向宁还含服了丹参片。这样整夜插着氧气管睡觉，还是第一回体验。向宁几年前采访时也没享受过这般的"氧吧"。我们感慨现在的条件越来越好。可是铁路人三百六十五天都要在高海拔的地方日复一日、年复一年地工作、生活，他们好像早已习惯了缺氧的环境。在他们习以为常的生活里，我既体味到一种崇敬，也体味到一种心痛。

矗立在西藏北大门的那曲物流中心

安多是青藏公路沿线的一个县。十几年前这里还是一个冷冷清清的小乡镇。铁路通车四年多来，县城新盖了许多楼房，好些藏族同胞在小镇上建起了自己的商店、家庭旅馆。街道上，不时有骑着崭新摩托车的小伙子潇洒地驰过。

我们在驱车前往那曲的途中，发现路边的指示牌上标着这么一个气派非凡的地点：罗马镇。在这儿发现如此洋派的名字，给人不小的惊讶。

我们在路边的一个房顶上插着广播电视接收器、墙面上写着"玉普小卖部"的土坯房里见到一位头上裹着枣红色头巾，身上穿着浅灰色羽绒服，脚上穿着球鞋的藏族中年妇女。她的家中摆设着电视机、录音机、酥油茶搅拌器等现代家用电器。她说："铁路没修以前，买酸奶的人少，也卖不上什么好价钱，一个'贵孜'（两斤装的碗）才卖 15 元。如今铁路修到了家门口，到这里转的人越来越多，一个'贵孜'可以卖到 70 元，最高的时候还能卖到 100 元呢！真没想到我们的酸奶还能卖到这么高的价钱，这都归功于铁路和公路。现在这里的人多了，村里有些人家就贷上款，在草原上支起一个个帐篷。这些帐篷度假村到了旅游旺季生意非常红火，一天能挣1万多元呢！”

在一间用铁皮做的出售酸奶的摊点上，木桌上放着好几个搪瓷盆，里面是待售的酸奶，铁皮板上写着手机号码。在它不远处，一间很大的平房正在装修，木质的屋梁不久就会涂上鲜艳的色彩，成为路边的一个亮点。

这仅仅是我们在路途上随意看到的今日藏北的一个微小的细节和片断。

如果不从各种统计数据来看青藏铁路带给青藏两省区的巨大变化，仅从最直观的感受来说，那么在藏北的广阔草原上，我们无论如何也绕不过去的一个地方，就是那曲物流中心。

那曲物流中心位于西藏自治区北部中心城市那曲镇以南5公里处，以青藏铁路那曲车站为中心，南距拉萨市322公里，北距格尔木820公里，西至阿里行署所在地葛尔1514公里，东距昌都734公里。

那曲物流中心不仅是整个青藏铁路的派生物，更是把一切活力集纳、放大、最终发散开去的所在。藏北地区依托青藏铁路和那曲物流中心，向南发展，可以融入以拉萨为中心的藏中经济区；北闯西宁、兰州，可以参与甘、青、藏经济带建设；东接昌都，可以辐射成渝经济区；西连阿里、日喀则地区，可以通过口岸向南发展经贸关系，大力发展外向型经济，形成以“点轴开发”为特征的铁路经济带。这种地域发展战略布局，比多条支流汇聚成大河的那种宽阔河道还要富有气势，只有那种繁忙的港口可以与之类比。

如果我们把青藏铁路比喻为一条平缓流淌着的河流，那么，到了那曲，它就开始四溅奔腾了；如果我们把青藏铁路比喻成篇幅宏大的音乐作品，那么到了那曲，它就开始奏出澎湃激情的交响乐章。

一个那曲物流中心，何以会有这么超凡的能量和魅力？

倘若是在古代，人们就会拿风水理论去考量一番，而现代社会，我们讲求的是区位的综合资源优势，也就是某一地区在发展经济方面客观存在的有利条件或优越地位。它的构成因素主要包括自然资源、地理位置，以及社会、经济、科技、文化、教育、旅游等方面。一个地区的区位优势主要是由自然资源、劳力、工业聚集、地理位置、交通等因素决定的。正是站在这样一个全面度量的高度上，铁道部决策者独具匠心地把物流中心设在了那曲。

仅从交通辐射上看，那曲是藏北重要的交通枢纽。青藏铁路、青藏公路、黑昌公路、安狮公路在此交会。那曲向东可辐射到昌都地区及四川、云南，连接成渝经济圈；向西可辐射到阿里，进而联系新疆；向北可接陕西、甘肃、青海三省，融入陕甘青经济带；向南可拉动藏中经济区，进而打通欧亚陆路通道，逐渐形成南亚陆路大通道的桥头堡。

从发展优势来看，那曲是一个纯牧业县。在16万平方公里的土地上，蕴藏着丰富的矿产资源、野生动植物资源、水能、地热能、太阳能、风能等资源。历史悠久的羌塘文化使这里的人文资源备受世人的青睐。中央实施西部大开发战略，特别是中央给予西藏的优惠政策更是让这里具有其他地区所没有的政策优势，更何况格拉输油管线、兰西拉光缆、藏中电网等能源、通讯干线也都经过这里。

那曲物流中心

特殊的地理区位优势使那曲成为藏北最为重要的政治、经济、文化和贸易流通中心，是西藏对外开放、展示形象的重要窗口。历史和现实的诸多机缘选择了那曲，并注定要把它推向一个更加繁荣的高度上。

今天的西藏交通与60年前相比发生了翻天覆地的变化：地上跑着汽车、火车，地下铺着输油管道和通讯光缆，天上飞着飞机。空中、地上正在构成一个快捷、高速的立体交通网络。但一个不争的事实是，无论哪种交通方式给西藏经济、社会、文化及广大藏族群众生活带来的深刻影响和巨大变化，都无法与青藏铁路相比。

然而不能不看到，青藏铁路的巨大潜力还远远没有发挥出来，青藏铁路通车运营后的实际客货运量与设计能力仍相去甚远。

本着“最大限度地挖掘青藏铁路的巨大发展潜力、最大限度地挖掘青藏铁路的强大辐射作用”的指导思想，2007年9月28日，投资15个亿的青藏铁路那曲物流中心正式开工建设。建设伊始，物流中心就为自己定下了一个气度非凡的基调：坚持“前瞻性、系统性、先进性”的设计原则，把那曲物流中心建成一个适度超前、功能齐全、能力强大、装备先进、辐射广泛的现代化物流中心。

时隔不到两年，世人关注的目光再次被“天路”所吸引：2009年8月17日，世界上海拔最高的现代化物流中心——青藏铁路那曲物流中心正式竣工。

作为青藏铁路重要的配套工程，那曲物流中心像魔幻小说中飞来的城堡一样，如梦如幻但又真真切切地矗立在羌塘草原。昔日繁忙的工地，穿梭往来的各种机械车辆，已经像电影镜头似的切换为由中铁第一勘察设计集团设计的主体大楼。在蓝天白云的衬托下，物流中心白色和藏红色相间的外观显得简洁而优雅。镶嵌在墙体上面的吉祥结，坚实而有力地为这片古老的藏北草原赐予着与时俱进的祝福。站在平整的地方环顾、辨认，谁也不会相信这片占地面积8000亩的地盘，之前不过是一片牛羊光顾的草地和一些大大小小的沼泽。主体大楼的背后，是一座座毗邻铁路的银灰色仓储库房。不远处的两台庞大、高峻的红色龙门吊，在这片牧野之地，在蓝天之下显得格外醒目，一下子给这片原本只有草色和牛群的土地注入了现代的气息、健美的气息、钢铁一样坚毅的气息。原始、自然的元素和工业、都市的元素，就这样奇妙而和谐地组合在这片神采俊逸的时空里。

这不仅仅是一座座迥异于以往黑色牦牛幕帐的现代建筑，而且是别在青藏高原腹地的一枚枚光彩夺目的勋章！它们按捺不住地向世人传递出这样的信息：这里是迄今为止世界上海拔最高的物流中心，这里还是我国西部最大的现代化物流中心。

在这里，物流中心按功能定位划分为散堆装物流区、综合物流区、生产加工区等。散堆装物流区，主要提供矿石发运、煤炭到达作业及装卸、运转、储存服务，设有贯通式装卸线 9 条及货物堆放场，占地约 2159.51 亩，建筑面积 1690 平方米，绿地率 16%；综合物流区主要办理粮食、化肥、建材、集装箱货物、特种货物等的运输储存服务，设整列装卸货物线 4 条，配备相应的货物站台、仓储、物资交易、物流服务管理、检验检疫等设施，规划用地 3691 亩，建筑面积 54.26 万平方米，绿地率 36%；生产加工区是物流中心整体功能的重要组成部分，可以有效促进那曲及藏北地区资源开发和农牧业生产，主要吸引藏北地区畜牧业、民族手工艺品、食品加工、藏医药加工等产业进入中心，规划用地 1501.3 亩，建筑面积 20.84 万平方米，绿地率 41%；生活区，规划用地 500.17 亩。可以说，这里集货物运输、储存、装卸、搬运、包装、配送和信息处理等物流基本功能以及产品加工、综合服务等物流增值功能于一体，并配备先进的装卸、运输、检验、计量等技术装备，实现了物流信息化管理。现代物流业最为先进的一切手段，就这样被井然有序、细致入微地分布在曾经蹄迹交错的牧野。

青藏铁路那曲物流中心的建成并投入使用，很快就给西藏的北大门带来了新一轮投资热潮。2009年，物流中心与15家企业达成入驻意向，意向资金达9.55亿元，其中物流企业5家，工业企业10家。在这些投资者中，既有寻梦的个人创业者，也有浙江、四川等地活跃的民营企业家，更不乏国内500强企业和跨国公司，投资领域涉及牛羊屠宰、制革、食品加工、虫草加工、矿泉水生产、制酒、物流业、光伏发电等行业。截至2010年6月，已经有6家企业完成工商税务注册登记，形成全口径税收1622万元；完成西藏天恩科技有限公司和西藏天月实业有限公司两家企业的厂房设计和选址，预计10月完成厂房建设。据那曲地委副书记、行署专员谭永寿的介绍，青藏铁路那曲物流中心将继续加大对已有投资意向企业的跟踪服务力度，使签约项目尽早在物流中心落户。同时，积极参加区内外招商推介活动，计划再协议引进25家企业入驻，使生产加工区土地规划利用率达到70%以上。

物流中心建成后，大批进出藏物资开始通过铁路来运输，藏区需要的百货、食品、茶叶、蔬菜、粮食、机电产品、药品等生产生活物资从内地运送过来，而那曲丰富的绵羊毛、绒毛、肉类、奶制品、皮张、中药材、矿物等物资也源源不断地运出藏区。凭借着铁路运输成本低的优势，改变了以往大批物资由传统的公路运输的现状。

铁路运营部门预测，到2015年，那曲物流中心货物到达量和发送量将达到223万吨/年，到2020年其运量将达到310万吨/年，在远期（2030年），运量预测将达到407万吨/年。随着公路铁路两种运输路网的日益完善，从2020年至2030年，那曲物流中心的辐射范围将更加广泛：南抵南亚诸国，西至阿里、新疆，北达新疆、内蒙腹地，东及西南、华中、东南等整个中东西部地区。这些日益临近的远景无疑对促进青藏铁路通车运营后那曲人流、物流、资金流、信息流的不断增大，最大限度地挖掘青藏铁路的运能潜力，促进西藏和西部地区的发展，具有重大的现实意义和深远的历史意义。

那曲这个藏北重镇，眼下已经越来越快地融入了浓郁的现代化都市气息。穿越而过的青藏铁路把这个海拔4500米的高原小城纳入到了和内地同样的城市化轨道，逐渐扩展、壮大的城区，已经让它成为羌塘草原上的一座新兴城市。一处处地标被改写，一个个设施在添加，以往高原旧城镇的空旷和冷清，一下子被繁华和喧闹取代了。周围县城建起的一座座白色的塑料大棚使世代以放牧为生、吃惯了酥油糌粑和干牛肉的牧民，如今也像大城市的居民一样，吃上了新鲜的蔬菜，用上了家用太阳能设备。

一切远未就此停歇。那曲物流中心的一位负责人指着物流中心的一大片空旷的草原说："对面的空地上将要修建那曲新城。那将是一座城市功能齐全、基础设施完备的草原新城，还要修建民用飞机场……"

用不了多久，那曲物流中心将呈现出一派繁忙的景象：站场内外车辆往来如梭，仓储大库货物满仓，散堆装区矿石堆积如山，笨大货物区集装箱排列成阵，交易大厅人流熙熙攘攘，加工区内生产热火朝天，新一代的草原人走上了全新的岗位。到了晚上，整个物流中心灯火通明，霓虹灯闪烁……

一个不夜之城，与那星夜兼程的马蹄声响，同样给人感奋的力量。

一位诗人写下过这样的诗句："城市：草原的一个壮观的结构。一个大胆的欲念。"在我们的感受里，这个"大胆的欲念"每天都在催生藏北高地上一连串的新鲜事物，一连串崭新的信息。

错那湖：最亲近青藏铁路的神湖

考察世界上各种各样的铁路，很少有人把古老的大自然馈赠给人类的湖泊与代表着现代文明的钢轨和火车联系到一起。它们原本属于两个互不搭界的世界，一个在群山环抱之中，一个在高楼林立的都市，很久以来这样的格局框定了我们习以为常的认识和想象力。可是青藏铁路在它不断延伸的过程中，常常会把一些令人叹为观止的想象力，以中国人特有的睿智和气魄，挥洒到铁路设计的宏观和微观之中。大手笔和于细微处见精神这两个看似矛盾的行为风范，在青藏铁路线上，得到了完美的体现。藏北草原安多县境内的错那湖一段，便是铁路和古老神湖最为绝妙的一次对望和亲近。

这确实是一个富有诗意、充满想象的创意。但是要把这个创意付诸实施，仅靠想象和创意是不够的，得有最先进的技术和科学的理念作为支撑，才能把美好的梦想兑现为实实在在的令人过目不忘的风景。

错那湖，这座世界海拔最高（4800米）的淡水湖，千百年来，几乎没有受到过人类粗暴的打扰，更别提什么移山造海式的开发。

世代居住于此的藏族人，长久以来感恩于大自然慷慨的馈赠。他们深知这里不仅是羽族炫翎、群鱼潜跃的自然家园，也是自己世世代代生息繁衍的吉祥大地。为此他们把这片面积400多平方公里的湖泊，视为心目中的"神湖"。每到藏历龙年，成千上万的藏族群众都会拖家带口前来朝拜。他们把自己的身躯匍匐在这片神奇的土地上，以最神圣、最庄重的稽首礼，感谢"神湖"赐予他们安康和富足，祈祷"神湖"在来年继续赐予他们丰美的草场，让家家户户牛羊兴旺，让肆虐的风雪减少毁灭的威力。

能否保护好这座一碧万顷的高原神湖，决定着工程的成败。假如施工建设稍有疏忽，不仅会影响工程的进度和质量，更严重的问题是破坏人与自然共享的和谐和宁静，甚至会影响到民族团结和民族地区的稳定和发展。

错那湖

世世代代居住在错那湖边的措玛乡二村的藏族牧民，听说青藏铁路要从湖边经过的时候，心里涌上一丝隐忧。他们担心因为修铁路，错那湖受到污染，周围的草原被破坏。

人们还记得，50年前修建青藏公路时，由于受到当时条件和技术的限制，一般都是就地取材，一些当年取土挖沙时留下的小土坑，到现在都没有长出绿草。而如今青藏铁路的建设，一扫过去那种粗放施工的方式，整个线路采取定点取材，以保护沿途原生态的植被。遇上自然保护区，施工单位就遵循“能避绕就避绕”的原则，所有施工场地、便道、砂石料场的选址都经过反复的踏勘确定，目的是尽量避免破坏植被、破坏生态环境。

“一定要十分爱护青海、西藏的生态环境，十分爱护青海、西藏的一草一木，精心保护我们祖国的每一寸绿地。”这是国务院领导同志对青藏铁路建设中的环境保护工作做出的重要批示。青藏铁路要在新世纪昭示给世人的关键点是：这是一条生态环保型铁路。

承担施工建设的中铁十九局一上场，集团上下就在普及、传播环保意识。为了保护湖中的鱼类，施工人员一律不允许上湖边钓鱼；为了保护天上的飞鸟，施工单位还设立了鸟类观测站，要求环保观测人员24小时值守，不允许任何人捕鸟、打鸟。

为了确保错那湖在整个施工过程中不受破坏和污染，他们通过周密考虑，不仅设立了自然保护区区界标示牌，在施工场地和便道上设置了垃圾箱，更值得一提的是他们在错那湖畔用装满砂石的白色编织袋围砌了一条矮小的堤坝。别小看这道绵延20多公里的堤坝，它在施工人员的心目中可是一道“绿色环保的长城”。就是靠着它，平静的湖水和热火朝天的施工工地被自然地隔开，清澈的错那湖就被这道堤坝款款地围护在一旁，有效地防止了施工弃渣和垃圾冲入湖中，就是挖出的污水也要放到专门的泥浆池中，经过过滤后，从池中流出的水是清澈的。

为了使紧挨着铁路的神湖更加美丽，施工人员在湖边的荒地上还种植了5万多平方米的草皮，像是给神湖镶上了一大块绿色的锦缎。

这里，我们还想介绍一下施工时的一段插曲。距离神湖几公里的地方，有一座小山。因为这里的石料材质好，加之离施工地点也近，从此处取材是自然而然的首选方案。中铁十九局集团所属的机械化项目部，最初就是把采石场设在这里。为了更便捷、更高效，他们还投资80万元修筑了一条便道。在施工便道的两旁，他们还设置了标有“可降解”和“不可降解”的垃圾箱。看上去如此完善的设计，几乎无懈可击。可是就在他们投入施工的前几天，错那湖一带下起了一场大雨，混合着泥土的雨水顺着山势迅急地流入错那湖。这个情形，被十九局集团青藏铁路指挥长卓磊注意到了，他很快就意识到如果继续在这里开采石料，雨水就会夹带着大量的泥沙流入错那湖，造成湖水的污染。他马上把自己的意见告诉给这个项目部的负责人，让他们尽快另选采石场。建议是好建议，可要按照这个建议办，就意味着经济上会有一笔很大的损失。权衡之下，项目部还是选择了不让错那湖遭受一丝污染。他们清楚，藏北是青藏高原上生态最为脆弱的地区，一旦有一处自然环境受到破坏，造成的生态损失都是无可挽回的！也是多么巨大的资金都难以弥补的！

中铁十九局的施工人员，就是这样靠着严密、规范的施工纪律和措施打消了周围牧民群众心里的种种疑虑。看到施工队那么小心翼翼地工作，他们信服了，他们感动了。措玛乡二村村长白穷深有感触地说：“虽然在修铁路，但是草场没有任何垃圾，没有任何废物。我们内心非常高兴，这么大的工程，对草场没有任何破坏，而且污染物都收拾得那么干净，这是我们原来没有想到的。”

今天，这段沿湖而建的40多公里的铁路，已经成为青藏铁路沿线最诱人、最让游客欣喜不已的地段之一。铁路和“神湖”虽然最近的地方仅有十几米，可在这里看不到当初施工留下的痕迹，一切都好像原封未动似的。咫尺之遥的草地上，牦牛悠然自得地吃着青草，根本没有因为不远处游龙般驱驰的列车而惊动，它们早已欣然接受火车的存在。而蓝天白云衬托下的错那湖，更是闪动着诱人的蓝色波光，湖中的黑颈鹤、天鹅、野鸭、鸳鸯等多种国家级重点野生保护动物，像往日一样安然、悠闲地栖息在湖中。它们根本不知道，自己的身影每天都是旅客眼睛里、镜头中最美丽的风景。

修建在湖畔的错那湖车站，现在已经是乘坐火车经过高原圣湖的旅客停留、观赏、拍照的站点。

青藏铁路不仅把美丽的错那湖风光带给了游客，也把新的生活带给了那里的牧民群众。通车之后，当地越来越多的牧民尝到了铁路带给他们的甜头，一个个念起了生意经。生活在错那湖边上的藏族牧民才阿，以前一直过着逐水草而居的游牧生活。如今，他买了一辆摩托车，经常奔波在安多县城与错那湖之间，将自家的羊皮和酸奶带到县城里去卖。他说："目前的生意还不错，铁路开通后，来旅游的人多了，我家的牦牛也能给我们挣钱了。它和游客一天合影留念下来，真没想到还挣不少钱呢。再加上我们在车站卖出去的酸奶，日子真是一天比一天过得好。"尤其是火车站附近，人气大旺。铁轨两旁不时闪现出一排排漂亮的新房，有些是住家，更多的是商铺。

可以设想，要不了多久，错那湖周边的牧民还会趁着旅游热，把那些祖传的手工艺捡起来，做成一件件弥漫着藏文化气息的手工艺品。有更多的人家会开办固定的摊点，建起自家的藏式旅店、藏式茶馆，迎接天南地北的客人，传播藏文化，也从外来游客身上，看到、学到更多新的东西。

绽放在藏北高原的民族团结之花

行走在藏北高原，我们不仅被一路的风光所吸引，更被这里发生的一系列变化所打动。随着采访的逐步深入，一个个鲜活的人物走进了我们的视野。他们闪光的生命和天路一样，延伸在这里的每一片土地上。我们没法在有限的篇幅里一一展示他们的事迹，只能在烂漫开放的一丛丛、一束束民族团结之花的大花园里采撷几朵反映它的花团锦簇。

傅立文：一定给西藏人民和家乡人民交上一份满意的答卷

有着研究生学历的傅立文，是浙江省选派的第五批援藏干部里年轻的一员。2007 年 6 月，刚过而立之年不久的他，积极响应国家支援西藏的号召，报名来到这个世界上平均海拔最高的一个行政区域——那曲地区，任那曲地委宣传部副部长。

在家乡，海拔最高的山峰——黄茅尖也不过 1929 米，如今他要开始生活、工作的地方，平均海拔都在 4500 米以上。这样的高度，对他这样一个从小生长在长江三角洲富饶之乡的人来说，意味着双重的挑战：一是地理高度上的挑战，一是精神高度上的挑战。

和一同来援藏的其他干部一样，刚到那曲时，傅立文也出现了胸闷头痛、血压升高、呼吸困难、睡眠不好等高原反应。尽管来之前自己已有充分的心理准备，但陡然升高的海拔，还是让他真真切切感受到了高原的严酷，同时也在心里对长期工作、生活在这片土地上的人们产生了由衷的敬佩之情。

援藏干部帮牧民收割牧草

他知道高原反应虽然起初会让人很不舒服，但适应一段时间后不适感就会慢慢减轻、消退。更大的困难是听不懂藏话，生活习惯很不相同，面临的工作也不熟悉。这些困难像无形的压力，一股脑儿地压在他的身上。

浙江人以往喜欢用钱塘潮比喻他们身上的拼搏精神，这种坚韧的秉性也涌动在傅立文的血脉里。他清清楚楚地记得刚踏上这片高原的那天下午，面对着几乎是倾城而出、热情洋溢的那曲市民，很多披着雪白哈达的援藏干部禁不住流下热泪。那个时刻，他和大家不约而同地表达出这么一种激昂、庄重的心声："未来的三年，我们一定要尽力工作。待到援藏工作结束时，我们一定给西藏人民和家乡人民交上一份满意的答卷！"

对一个内地人来说，西藏是一个陌生而神奇的地方，援藏工作是一个全新的领域。为了尽快进入角色，在短暂的三年里向组织和群众交一份满意的答卷，傅立文开始在自己的人生战场上，打响了一场没有硝烟的战斗。

为了迅速掌握工作要领，明白自己在援藏工作中要干什么、能干什么，傅立文首先把加强政治理论学习作为首要任务。在积极承担宣传部日常工作和第五批援藏工作管理小组学习宣传工作的同时，他还抽出时间对地区宣传思想工作的基本情况、基本经验以及当前存在的问题与机遇等情况进行反复的分析和思考。他的脑海里，悬的最大的一个问号，就是"如何做好援藏工作、当好一名援藏干部"。

两年多的光阴，让这片原本完全陌生的地方，开始一片一片在他的脑海里具体起来。这一切就像是小时候玩过的拼图游戏一样，不同的是，那时候所拼接的图版也不过一张稿纸的大小，现在自己要用脚掌和眼睛拼接起来的却是1.6万平方公里的藏北高原。从小看惯了小桥流水人家的傅立文，如今在他眼前呈现出的是一个没有树的城市，一个用帐篷、草原、雪山、河流组成的世界。静静的那曲河开始流淌在他的心间，巍峨的念青唐古拉山矗立在他的梦乡。

在日常工作中，傅立文沉下身子，放下架子，和身边的同事打成一片。他深入到11个县区、大部分乡镇、农牧民家庭，召开相关部门交流座谈会，全面掌握和了解了自身工作所涉及范围的总体情况，真正做到了心中明、底子清，从而理清了如何对口援助那曲宣传思想工作的思路。

在努力完成分管工作基本任务的基础上，傅立文更是十分注重学习与调研相结合，尽管需要花费大量的时间和精力去实地考察，但这个“笨功夫”却能让自己了解到最新的情况。在这片地广人稀的藏北高原，他深有感触的是农牧民文化生活的单调。他觉得要让世代以放牧为生的牧民群众享受到更多的文化权益，就必须加强公共文化服务体系建设。为此，他提出了《那曲地区公共文化服务体系建设情况调查》等调研课题，并通过对安多、聂荣、嘉黎等县区深入细致的专题调研，最终形成并上报了《对那曲地区公共文化服务体系的现实思考》专题调研报告，为自治区相关部门和地委行署主要领导决策提供了极具说服力的第一手资料。

援藏工作，实际上是一个双向交流的过程。在这个过程中，傅立文从西藏工作的干部那里学到了很多经验和他们吃苦耐劳、乐于奉献的精神，同时也把一些先进的理念带到了那曲的宣传部门，使大家进一步明白了思想文化工作的重要性，掌握了干好工作的要领。

在西藏这样一个少数民族地区，宣传工作有着比内地更为复杂多样的情况，所有的工作都和民族地区的经济发展、宗教信仰、生活习惯、民俗风情紧紧联系在一起。正因为这样，自进藏那天起，傅立文就牢固树立起了“援藏工作无小事、民族问题无小事”的思想观念，积极争取浙江省委宣传部、浙江省援藏办对那曲地区宣传文化系统对口援助工作的支持，把积极争取援藏资金、加快援藏项目建设作为一项极其重要的工作来抓。他和宣传部班子其他成员一起，对那曲地区公共图书馆项目、地区精神文明活动中心和宣传部干部职工周转房等进行了深入细致的考察调研，并注重抓好落实。到目前为止，在上级有关部门和领导的关心支持下，初步拿出了部分项目工作方案和措施。其中浙江省委宣传部已到位专项援助资金78万元。他还积极联系浙江省爱心事业基金会，为地委宣传部的扶贫联系点——申扎县卡乡完小基础设施建设项目投入人民币20万元；联系浙江省部分企业家到那曲对贫困学生开展帮扶结对活动，已到位资金1.8万元；协调浙江日报社、浙江电视台、浙江电台、浙江在线等省级新闻媒体，开辟专门版面、专题栏目、特色节目等，加大对那曲地区经济社会发展情况的宣传力度。很快，这个远在藏北的城镇就进入了内地人的视野和关注之中。草原的山光湖水，苍穹之下的幕帐、佛塔……让越来越多的人踏上旅途。为了提高《那曲报》的办报水平，他和宣传部其他领导一起研究，共同分析，提出了多条改进措施，并在此基础上向浙江报业集团递交了《关于恳请对口援助〈那曲报〉的报告》，引起他们的高度重视，为下一步《那曲报》的发展打下了坚实的基础。

2008年拉萨“3·14”严重暴力犯罪事件发生后，傅立文按照自治区党委和那曲地委的统一部署及要求，提前结束休假，迅速返回工作岗位，积极投身到反分裂斗争的第一线。当时，他的母亲刚做完“心脏换瓣（两个瓣膜）”手术不久，正处于恢复的关键时期，病情极不稳定。他的妻子也由于过度疲劳，和女儿双双发高烧近39度，迟迟不见好转。尽管心急如焚，但在严峻的形势面前，他毅然舍家忘私，把家事托付给了父亲和患病的妻子，按时随队进藏。进藏后，他和宣传部里的广大干部职工一起，认真学习中央关于反分裂的重要指示精神以及自治区和那曲地区关于全面深入扎实做好维护稳定工作的电视电话会议等会议精神，积极参加面向全体党员的“反对分裂、维护稳定、促进发展”的主题教育活动，不断提高思想认识，提高政治素质，处处发挥先锋模范作用，切实增强反对分裂、维护稳定的政治责任感和历史使命感。在事关祖国统一、反对分裂、维护民族团结这个大是大非问题上，他始终保持清醒头脑，坚定政治立场，增强政治敏锐性，自觉做到认识不偏差，思想不含混，态度不暧昧，行动不动摇，在这场严峻的斗争中经受住了考验。

2008年，四川汶川等地发生“5·12”特大地震灾害之后，傅立文时刻关注抗震救灾的进程，一下班就守在援藏公寓里的电视机旁，茶饭无味，度过了许多个不眠之夜。他积极响应自治区党委、政府和地委、行署的号召，充分发扬“一方有难、八方支援”的精神，踊跃向灾区捐款捐物奉献爱心。他在亲人重病、诊治花费巨大、家中开支紧张的情况下，先后三次参加了由那曲地区和浙江省爱心事业基金会、新闻媒体等地方和部门组织的募捐及缴纳“特殊党费”活动，累计捐助钱款12000余元。他说：“向灾区奉献爱心不能用捐款多少次、捐了多少钱物来衡量，只要灾区需要，我会继续奉献自己的力量，哪怕是倾囊而出、赤膊上阵！”他还抓住出差的空闲时间，先后两次到医院看望来自灾区的受伤儿童，带去价值1000余元的慰问品，给灾区的孩子以最贴心的关怀与安慰。他在做好志愿服务的同时，积极联系爱心基金会参加爱心助养灾区孤儿活动，结对帮扶三名儿童。当他看到灾区病人缺少血源的新闻报道后，二话没说，就积极参加了义务献血活动。这对一名工作在雪域高原的援藏干部来说，是一种冒险，但傅立文没有丝毫的顾虑，以实际行动证明着一个共产党人的生命价值！

● 喜悦的藏族老人

2009年3月28日，中央决定举办“庆祝西藏百万农奴解放50周年文艺晚会”。那曲地区编排的《牧人恋》经过层层筛选，最终入选晚会演出节目。接到通知后，那曲地委行署十分重视，地委书记边巴扎西亲自做出批示，要求全力以赴，努力完成这一光荣任务。由于这项工作时间紧、要求高，傅立文作为总领队，在地委主要领导的关心支持下，他和演出团的全体成员一起，充分发扬“老西藏精神”，克服一切困难，认真排练，最终圆满地完成了这次演出任务，向全国、全世界人民展示了那曲广大干部群众热爱党、热爱人民、热爱祖国、热爱和平统一、积极健康向上的良好精神风貌。精彩的演出获得了中央和自治区有关部门的充分肯定。

在那曲地区开展的中国特色社会主义主题教育活动中，傅立文积极请战，自觉加入到宣讲教育工作组中，以一名普通干部的身份，带着满腔热忱，全程参与了主题教育活动。他和工作组成员一道，进村入户与群众交心，排查矛盾纠纷隐患，了解群众关心的热点难点问题和生产生活状况，扎扎实实为群众办实事、做好事；认真开展调研摸排工作，坚持每天记民情日记和工作日志，初步摸清了基层的基本情况和影响基层发展稳定的突出问题。他与群众同吃同住同劳动，与群众建立起了深厚的感情，成了群众的主心骨和贴心人，群众有话愿意跟他说，有情况喜欢向他反映，有困难就找他帮助解决。好多群众一听到“傅立文”这个名字，就会伸出大拇指，连连赞叹。

在那曲，傅立文一直没有忘记过一种感动，那就是刚刚踏上这片土地的时候，那曲人冒着细雨夹道迎接他们的情景。如今，进藏前父母亲为他准备的、包裹着浙江的米、土、茶叶的“红布包”，已经和西藏的水土紧紧地融合在了一起。这一切都已成为他内心的珍藏，成为时刻激励他不辱使命的内驱力。

王东：本塔乡上谱写的青春之歌

说起丈夫王东来，他的妻子既充满自豪，又充满着深深的、只有夫妻间才有的心疼体贴的爱：“我老公工作的地方我去过，那里气候恶劣，高寒缺氧，条件很艰苦，内地人也许无法想象那种艰苦程度。由于工作原因，他们经常下村，回到家里，热饭热水都没有，饮食不规律，所以他经常胃疼。每次他走的时候包里总是放着胃药。我给他打电话也总是提醒他要按时吃饭，注意饮食。看到他带回来的荣誉证书，我觉得很自豪，但我也知道这些成绩来之不易，这背后他付出了很多努力……”

这个王东，就是荣获“自治区民族团结进步模范个人”称号的王东。他的身份是巴青县本塔乡副乡长。

2005年，王东被组织分配到本塔乡工作。本塔乡是个牧业乡，海拔在4500米以上，农牧民靠牧养牦牛、山羊、绵羊为生。对王东来说，海拔高的困难还能克服，语言关却是一个大障碍。怎么办呢？王东认真考虑了一番，觉得唯一的办法就是在实践中学习，在学习中实践。

王东是一个踏实、干练的人，严谨的工作态度使他宁愿付出大量的心力也不愿在工作上敷衍塞责、马马虎虎地混日子，那不是他的性格。在他的字典里，有这么一句话：要干就要干出点样子。而要干好工作，首先得攻克语言关，于是他抓住一切机会学习藏语。

很快，周围的同事和他遇上的每一位藏族群众都成了他的藏语老师。从藏族群众的日常口语，到一些地名、村落的藏语含义，他都一点一点记在心里。接触的人和事多了，不知不觉中藏语知识就积累起来了。这个不小的进步给他的工作带来的方便真是太大了，最明显的一点就是自己和群众之间的距离开始缩短了。交流上的方便，大大增进了他与群众之间的感情，反过来，群众也愿意和他这么一个谦虚、和蔼，具有亲和力的干部拉拉家常，说些掏心窝子的话。时间和勤奋，让这个汉族干部，完全融入到了草原，融入到了牧民群众当中。

他也深深地爱上了这片热土和这里淳朴的牧民群众。当他得知本塔乡一村村民德吉家因为长年苦守着一个身患脑瘫的儿子而家境拮据的情况时，马上决定进行对口帮扶，为她家脱贫致富出主意、想办法，先后捐资捐物4000余元。在他和乡党委、政府的帮助下，德吉一家如今已经搬进宽敞明亮的新房。每每说起这桩事情，德吉老人都会十分感慨：他对我们孤儿寡母非常照顾，在生活、生产上为我们出谋划策，还经常拿钱给我们贴补家用。他真是一名非常好的国家干部。

不仅如此，在抓好自己分管工作的同时，最让王东揪心的事情就是牧区的教育。与内地不同，牧区有不少群众缺乏对教育的认识，人们很容易见到一些学龄儿童整天四处玩耍、游逛，空耗着本来应当去求知的大好时光。这样的情形每次都会给他不小的刺激。他深感要让广大农牧民群众脱贫致富，尽快适应不断发展的牧区形势，就必须让他们接受良好的教育，提高他们融入社会和适应时代的能力和水平。为此，他走遍了本塔乡下辖的麦雄、玛钦、其康沃玛、托钦、杂莫、曲仲、曲嘎尔、改保龙、雅库塘、茶贡卡 10 个村委会 32 个自然村，挨家挨户熟悉和了解每个家庭的情况。每年学校开学前的那段时间，王东都会主动到适龄儿童家里，耐心认真地向家长讲解义务教育方面的法律法规，强调接受义务教育的重要性，苦口婆心地动员和劝导家长把适龄儿童送到学校，送到课堂上。正是在王东和乡、村干部的共同努力下，本塔乡的扫盲工作一下子位居全县前列，适龄儿童入学率达到 98.6%。同时，他还主动担任扫盲教员，每年新学年开学，他都要从自己微薄的工资中为学校捐款 700 元，四年来从未间断。只要听到学生琅琅的读书声，王东的心里就会比别人更多地体会到一份甜蜜和欣慰。

四年的光阴，王东就这样在本塔乡的每一寸土地上忙碌着，奔波着，收获着。尽管像“捐资助学先进个人”“巴青县十届人大代表”“自治区民族团结进步先进个人”这样的荣誉一个个纷至沓来，但在他心里，这些荣誉已经属于过去，他知道，要让生命发出更多的光和热，自己就得持之以恒，不辞劳苦。

殷梦奇：走到哪里，就把爱的阳光洒向哪里

在藏北高原西北部，有一片被称做“双湖无人区”的地方。

“双湖”指的是康木如湖和惹角湖。这里雪峰林立，气候恶劣，被称为“生命禁区”。进藏干部殷梦奇，就是在这里上演着自己的人生活剧。

那是在1987年，他被分配到双湖完小。20世纪80年代的双湖，条件还很差。通往这里的路都是被人们形容为“车在路上跳，人在车里跳，心在肚里跳”的搓板路和泥泞路。加上海拔高、人烟稀少等原因，许多人一提起双湖就会有种恐惧感。

身为教师的殷梦奇十分清楚，一所学校要想培养出合格的学生，头等大事就是抓好教学质量，而教学质量的关键在每一位教师身上。为此，他多次向学校领导提出有关改进双湖完小教学质量的意见和建议，并主动担当起职责和压力更大的毕业班班主任工作，同时兼几门主要科目的教学。为提高学生学习成绩，他主动向学校提出和学生同住一栋宿舍楼，并利用一切可利用的时间对成绩差的学生进行耐心的辅导。为了更好地做好教育工作，他不仅努力钻研业务知识，搜寻最新的教学成果，而且利用休闲时间到其他教师、学生家去串门，征求意见和建议，不断改进教学方法，提高教学质量。经过不懈的努力，由他接手的第一届毕业班升学率达到95%，第二届毕业班学生尼玛才旦还考入了天津红光中学，打破了双湖没有人考入内地班的纪录。

骄人的教学成绩很快就让殷梦奇脱颖而出，他的名声也不胫而走。殷梦奇很快被调到双湖特别区教育局工作。尽管走上了新的岗位，他仍继续住在学校，不遗余力地利用空余时间辅导学生学习，关心学生的生活。看到家境困难的学生，他总是忍不住要施以援助之手。经年累月，学校里80%的学生都不同程度地受到过他的资助。这些受到过他资助的学生，以更加努力的学习来回报他们尊敬的老师。桃李不言，下自成蹊。如今，他教过的学生才觉、斯旺等8人已成为这里的副乡（镇）长、乡镇公务员，12名学生已成为乡镇学校校长和高中、初中的教师。他们用殷梦奇哺育他们的赤诚之心，在各自的岗位上反哺着这片12万平方公里土地上的家乡父老。

由于工作需要，殷梦奇又被调到电视转播台。好学深思的殷梦奇，换一个岗位就把它当做新的挑战，全身心投入到崭新的工作环境中。在他看来，干一行就得钻一行，爱一行。果然，不到三年的工夫，他便掌握了电视转播的要领，小县城闭路电视的设计安装，卫星电视的接收调试，太阳能电视接受设备的维修、维护等。平时只要单位的广播设备和电视转播台出了毛病，他都能像一个优秀的医生一样药到病除，为单位累计节约资金10多万元。

经过多年的艰苦开发，今天的双湖特别区，建起了村镇、学校、商店、医院、卫星通信设备和电视地面接收站，多数牧民群众告别了酥油灯，看上了电视，用上了清洁、环保的太阳能照明设备。电器用多了，维修的需求也日益增多，殷梦奇维修电器的绝活更是派上了用场。只要听说谁家的电视或其他家用电器出现了故障，殷梦奇二话不说就去上门服务。为此，他每年都会拿出上千元钱购买电器零部件，免费为群众维修家用电器。为了能更广泛地为当地群众服务，殷梦奇多次召集乡镇电影队、电视管理人员进行集中学习培训，把自己的所学毫无保留地教给他们，提高他们的电器维修技能。他亲手带出来的巴旦，如今已成为双湖广播电视维护维修的第一能人。

如今，殷梦奇又走上了区委宣传部的工作岗位。频繁的岗位调动却没有让他那颗时刻为群众服务的炽热之心有丝毫的变化，即便现在从事宣传工作，可是只要到乡村去，他就会带上修理工具，帮群众办一些力所能及的事情。

殷梦奇就是这样，走到哪里，就把爱的阳光洒向哪里。

龚益华：受牧民群众爱戴的白衣天使

在地处藏北高原南羌塘大湖盆区的巴青县扎色镇，如果要说起龚益华这个名字，当地的藏族群众大多都会显出十分熟悉的表情。他们不仅熟悉这个汉族女孩的名字，一些曾经被病痛折磨的人，更是深深地记得自己的病是如何在她的手里得到医治的。在牧区，由于医疗条件相对落后，许多牧民平时有点头痛脑热都不当回事，一些原本很轻的病，因为拖延日久，拖成了大病，不到忍受不了的程度，很少有人会往医院里跑。

1984年出生的龚益华，2006年从郑州澍青医学高等专科学校毕业，第二年就来到了藏北牧区，在巴青县扎色镇当了一名乡镇卫生院的医生。

这个风华正茂的川妹子，因为是扎色镇上唯一的汉族女医生，一到那里便格外引人注目。

龚益华在医学高等专科学校学习的时候，喜欢钻研，学习上特别用功。可是到了扎色镇卫生院，她首先接触到的是那些牧民群众，他们说的是她一句也听不懂的藏语，这让她手足无措。这是她来这里之前没有想到的一大困难。好强不服输的她，起初很是为交流上的困难着急了好一阵子。

功夫不负有心人。通过一段时间的摸索，她一边学习一些常用的藏语，一边通过病人的肢体语言来交流，因此便形成了一些只有

进藏列车

她和病人之间才能理解的肢体语言。一段时间下来，虽然她还是不能完全听懂藏语，但凭借着自己的医学职业技能和敏锐的观察力，她能很快判断出病人哪里疼痛、需要买什么药。现学现用的日常用语配合上她对病人肢体语言的准确领悟，一个个病人就在她的诊治下渐渐恢复了健康，消除了病痛。有时遇上病情复杂的群众来就医，为了最大限度地减少诊断上的误差，她便主动请来藏族朋友和同事为她翻译，以便准确地诊断出病情。在她看来，让病人少遭罪甚至不遭罪是医生的天职。她更知道如果病人倒在医院里，这对一个完整的家庭来说，可能就意味着塌了一座山，倒了一个顶梁柱。正是凭借着过硬的医术和高尚医德，龚益华在乡镇卫生院里迎来的是一个又一个病病歪歪的病人，送走的却是一个又一个快快活活的康复者。

有一段时间，巴青县流行甲型流感，出于职业的敏感，她和同事马上赶到人员相对密集的学校，每天为学校的师生测量体温，并对200多人的测量结果逐一进行记录。由于措施得力，流感疫情很快得到控制。

在定居点分散的扎色镇，作为一名医生，经常是刚开始吃饭，有人就来求医，她总是立即放下碗筷，出门就诊。有时候遇上寒风刺骨的冬夜，需要半夜出急诊，她也是毫不犹豫，从床上爬起来就走。哪里需要她，她就会出现在哪里，不论是搭上牧民群众的摩托车，还是自己徒步，她都无怨无悔地履行着一名乡镇医生的职责。渐渐地，附近几个村的群众都能记住她的汉语名字，他们打心眼里喜欢这个漂亮的白衣天使，找她看病的群众越来越多。还有许多老百姓出于感恩的心情，自发地给她送菜、送肉甚至送上红包，但都被龚益华婉言拒绝。她常说：“作为一名医生，任何时候最重要的都是治病救人。为病人减轻和解除痛苦才是我们医生最大的光荣。”

龚益华就是这样在草原集镇上书写着自己无悔的青春，没有豪言壮语，没有惊天动地的壮举，但是每天通过听诊器，她都在深情地谛听着草原主人们的心跳，还有他们的渴望。

天路之魂

羌塘：大地深处的唐卡

天　路　之　魂 TIANLUZHIHUN

许多年里，古露依然延续着游牧民族的生活方式，除了一年一度的赛马节和敬神的日子，他们严格遵循着四季的轮回，放牧、剪羊毛、储草、迁移……然而，仿佛如神灵降福一样，日子突然发生了意想不到的变化，生活中出现了梦里曾多次萦绕过的火车。青藏铁路上的第一趟列车穿过古露的那天，镇上的男女老少穿上节日盛装全部出动，激动地等在铁轨两边，当那个钢铁长龙般庞然大物驶进古露车站并鸣响汽笛时，所有的人都发出了一声惊呼，许多人眼里还含满了泪水……他们知道，从今往后，他们就可以坐上这个大家伙，去他们想去的地方，看他们没有见过的风景。

古露：最神秘的地方

汽车从那曲驶出，就迫不及待地向着当雄奔去，其中的原因我们都心知肚明，就是在那曲的一夜无眠。整个夜晚，我们的睡眠就在海拔4800米的高空悬着，无处搁置。在此之前，我们在青海的大地上行走，最高纪录也不过是海拔3700米，和拉萨市内的高度相似。而我们生活的城市西宁，海拔是2300米。对于从未到过高原的很多内地人来说，这已经是一个令人恐怖的高度。现在，多出的2000余米对我们的身体发出了挑战，我们头痛欲裂，躺在床上辗转反侧，难以入睡。那曲铁路职工公寓为我们减轻高原反应提供了最好的服务，医用的大罐氧气奢侈地摆放在我们的床头，充足得足够让我们吸到醉氧。那个透明的小塑料管插进我们鼻孔，身体上所有的经络立刻苏醒，恍若步入了鸟语花香的林间，但悬挂的睡眠依然无法降落到枕头上。在羌塘草原偌大的空间里，那曲的夜晚过于静寂空旷。我们的周围，只有氧气罐冒出的微小气泡，小心翼翼地搅动着夜的安宁。失眠覆盖了我们进入西藏后的第一个夜晚。

在整个藏北无边的大地上，那曲和当雄间隔的166公里的距离根本算不上什么，但大地的皮肤已经完全不同。当汽车靠近一个名叫古露的小镇时，你会立刻感觉到一切都渐渐变得柔软，连空气也在飘动着零星的水分。这里草原的植物饱满葱茏，充满生机。四处分散的水洼仿佛镜子的碎片，晶莹透亮，反射着蓝天和太阳的光芒。从这里到当雄，是羌塘草原水草最丰美的地方，难怪当雄的藏语意思是“挑选出的好地方”。

在青藏铁路通车之前，古露只是藏北草原深处一个普通的牧业乡，因为青藏公路从中穿过，才有了几排稀疏的土房。自然条件限制了古露的生活方式，使放牧成为唯一的谋生手段。多数牧民一辈子也没有走出过赖以生存的这片草原，他们看到的只有眼前的桑丹康桑峰，还有缓缓流过小镇的桑曲河。出生在这里的孩子更是对外面的世界一无所知，与他们朝夕相伴的是帐篷前的小狗和家里的羊群，甚至连一棵最普通的树都需要他们展开想象。外面的世界距离他们太遥远，也太陌生。至于那条从天边飞来的钢铁巨龙，谁也没见过它的模样。青藏铁路要通到古露，这个消息简直是太令他们震惊了。

其实，伴随着青藏铁路格拉段的动工，古露犹如平静的湖面被投入了一粒石子，变得不再平静。首先是浙江省一批批援藏干部的到来。这些来自沿海发达城市的干部对古露这个据说是“除了月亮背面最神秘的地方”充满好奇。圣洁的雪山、广袤的草原令他们心醉神迷，藏族群众的纯朴善良令他们感动，一些牧民家里贫困简陋的生活更使他们焦虑。很快，由嘉兴建设局精心规划的古露新城破土动工了。青藏铁路的铺轨还没有抵达古露，浙江人就已经用沿海城市的速度更新了古露的旧貌。世世代代生息在天高地远草原上的牧民，惊奇地看到家乡古露也有了宽阔的街道、楼房、太阳能电站、文化中心，不久，还会出现一个广场。

沉浸在小镇的变化和要通火车的巨大喜悦中的牧民并不知道，青藏铁路在古露遇到了难题。古露是羌塘草原著名的湿地，无数条溪流汇聚于此，滋养了约 15 平方公里茂盛的牧草。站在高处放眼望去，高高的牧草一片青绿，恍如江南水乡旺盛的秧田。饱含水分的牧草不但令牲畜喜爱，也吸引了大批珍贵的鸟禽来此生息，所以湿地受到当地牧民加倍呵护。他们平日用围栏养护，只有冬天青黄不接、大雪封山的时候才放进牲畜，湿地是他们赖以生存、保护牲畜的最后防线。据资料介绍，湿地是人类重要的环境资源之一，被称为陆地上的天然蓄水库，在保持生物多样性和珍稀物种资源、蓄洪防旱、调节气候、控制水土流失和土壤侵蚀、促淤造陆、吸收二氧化碳等温室气体、调解大气湿度温度及提供旅游资源、降解环境污染等方面起着极其重要的作用，因而湿地被誉为“地球之肾”。然而，规划中的青藏铁路古露车站却不得不占用14万平方米的湿地。一时间，车站施工占用湿地成了铁路建设者、当地政府和藏族群众关注的焦点。专家提出，湿地上的牧草不同于普通牧草，离开充足的水分将不能成活，除非再造一个相似的湿地环境。

“再造湿地”的方案从出笼到实施，无数专家、铁路建设者和当地有关部门付出了巨大努力。湿地周边近10公里的草滩上，留下了他们多次勘察的足迹。2003年，当大地回暖，万物复苏，建设者们在春天的暖阳里开始行动了。他们先在原湿地旁边的植被稀疏处挖掘出与湿地等高的洼地，将湿地原水引入，营造出人工湿地环境；

美丽的草原

再将车站用地上的牧草连根挖出半米深，一块块小心植入人工湿地内。为此，他们花费了两年时光。最终，7 万平方米的人工湿地移植的草皮成活率达到 98%。人工湿地和自然湿地和谐地融为一体，生机盎然。这是世界上首次在高寒地带人造湿地获得成功。

因为人工湿地，小镇古露吸引了世界的目光，不再默默无闻。

许多年里，古露依然延续着游牧民族传统的生活方式，除了一年一度的赛马节和敬神的日子，他们严格遵循着四季的轮回，放牧、剪毛、储草、迁移……更多的时间里，他们会一个人守着自己的羊群，孤独地望着远处覆盖了白雪的桑丹康桑神山和茫茫大草原。除了牛羊的叫唤和马蹄声，他们听不到城市里的嘈杂。而现在，日子发生了变化，他们的生活里出现了铁轨。火车，就像天神降临一样，让他们充满期盼和敬畏。青藏铁路上的第一趟列车穿过古露的那天，镇上的男女老少全部出动。他们穿上了漂亮的节日盛装，激动地等候在铁轨两边。有的老人行动困难，竟让亲属们抬着来了。当那个神秘的庞然大物驶进古露车站并鸣响汽笛时，所有的人都发出了一声惊呼……望着渐行渐远的火车，古露人的眼睛里含满了泪水。他们知道，从今往后，他们就可以坐上这个大家伙，去他们想去的地方，看他们没见过的风景。

尽管小镇古露掩映在藏北草原深处，镇上的人没有经历什么世面，但并不意味古露人的脑子迟钝。他们的思维转动得比兔子奔跑还快。当来往的火车不再让他们感到稀奇时，在镇政府的引导下，很多赚“铁路钱”的想法已经付诸行动。一些藏式餐馆和藏式茶室，像雨后的蘑菇似的在铁路旁的空地上迅速冒了出来，奶产品加工厂也开始生产，颇有名气的古露酥油也已坐上了火车，走出羌塘。

青藏铁路改变了小镇古露，也赐予了小镇古露一个色彩斑斓的梦想。

当雄：在神山神湖的怀抱里

对于长期生活在青海的我们来说，青藏高原本身就是一个整体，密不可分。即使相距遥远，也像一个家里的弟兄，在相似的相貌之外只有性格上的差异。从唐古拉山脚下进入西藏，大地呈现给我们的色彩和景物与青海并没有鲜明的界限。然而，汽车行进的速度却突然慢了下来。在藏北草原伸向天边的公路上，所有的汽车都被一个叫“限速单”的小纸片局限在了每小时70公里内，无法任性和撒欢。在青藏公路两边，每隔若干公里就设有一个铁皮小屋，负责在小纸片上盖章，以检验你的速度是否违规。一些性急的司机，只好把车停在铁皮小屋的前方，消磨掉超出的时间，否则将被罚款。一切迹象似乎都在表明羌塘草原的与众不同。它的开阔，它的美丽，它的雄浑，它的神圣，容易使人忘乎所以，所以，限速单恰到好处地把它们放在了能够掌控的那个“度”里，有效地把行车安全隐患扼杀在摇篮之中。在平均海拔4000米以上的大地上，只要安全，速度已经不再重要。所有开向拉萨的汽车，从格尔木出发后，都很自觉地慢了下来。

我们进入了当雄县城，汽车在密集的店铺缝隙中拐了个弯，就看见了高高在上的当雄火车站。当雄火车站是将藏式与现代风格融为一体的建筑，白色主体的外沿是吉祥的绛红色，在远处白云和雪山的衬托下，非常和谐漂亮。在青藏铁路格拉段大小45个车站中，它是7个有人值守车站之一。因为位置较高，站在车站前的平台上，可以俯瞰整个县城。站长普布次仁是个年轻帅气的小伙子，也是全线唯一的藏族站长。他告诉我们，目前当雄火车站主要承载货运任务，以前藏北完全依赖公路运输的货物，现在渐渐聚拢到了铁路边上。虽然车站的力量有限，但通车四年多来，运输的货物达到了两万多吨，大大降低的成本让周围的农牧民群众尝到了铁路的甜头。

与拉萨相距170公里的当雄火车站，客运目前只有拉萨—西宁和拉萨—兰州两趟列车。在没有客列停靠的时候，宽敞的候车室里空空荡荡，和人口稠密的城市相比，这样的情形真是不可思议。

火车没有开到当雄之前，这里已经是羌塘草原人气旺盛的地方。餐馆、旅店、汽车修理铺、日用百货等早已随着青藏公路的通车应运而生。出于对神的敬畏，在羌塘深处熠熠闪光的纳木错湖和念青唐古拉山，始终吸引着众多的朝圣者，而当雄正是人们朝拜神湖神山的入口。

当雄县城

当雄每年一度的“当吉仁”赛马节也非常吸引眼球，是展示羌塘藏族风情最有魅力的一道风景。其历史的久远，可以追溯到几百年前蒙古骑兵在当雄草原驻扎时每年举行的检阅式。从每年的藏历七月开始，四方的人们就扶老携幼陆续向当雄赛马场汇集。他们身着平日里珍藏的民族盛装，携带帐篷和食品，融入到草原狂欢节的洪流之中。很快，漂亮的彩色帐篷绵延数里，像花朵一样开满草原，搭起一座颇为壮观的帐篷城。人们可以在这个帐篷城里观看表演、交易物品、走亲访友、洽谈生意。对于初来乍到的游客来说，赛马节上独特的服饰、豪放的歌舞、琳琅满目的饮食和工艺品，动人心魄的骑术表演，更是饱了眼福，醉了心灵。赛马节期间，当雄草原上飘溢着浓重的青稞酒的芳香，炫目的阳光在姑娘们身上缀满的宝石上闪耀。远处的念青唐古拉山上祥云缭绕，与碧绿的草原相互映衬，宛若一幅人间仙境图。

整个西藏，当雄是唯一的纯牧业县。羌塘肥美的牧草喂养了西藏最好的牛羊，但有限的公路运输并不能及时把牛羊送出当雄。以前，当雄牛羊出栏率低的另一个原因是大部分牧民固守着传统观念，只有看着家里的牛羊满圈心里才感到踏实。而且，牧民之间还彼此较劲，认为谁家圈里的牛羊多，谁就最能干，谁家就最富有，所以牛羊再多也舍不得宰杀，特别是牛，要养到五六年才出栏。

没有比铁路更具有改变生活的力量了。大批填补牧民群众生活空隙和提高他们生活质量的商品顺着铁路线运来了，价钱比过去便宜了许多。但他们必须卖掉圈里的牛羊，才能换来自己喜欢的东西。于是，县政府及时向牧民普及牛羊短期育肥技术并发放牲畜出栏补贴，大大加速了牛羊出栏率。牧民次珠说：“现在我们家过节就能宰上三头牛，而以前要能宰一头牛，在村里就是大新闻了。”

当雄真是名副其实的“挑选出来的好地方”。以牧业为主的当雄，畜种主要有山羊、绵羊、牦牛、犏牛、黄牛、马等。它们又衍生出了丰富的畜产品，如酥油、肉、奶、羊毛、羊绒、皮张等。在当雄柔软的草原上，一些珍贵的药材也在旺盛生长，像虫草、贝母、单子麻黄、红景天、雪莲花、龙胆、甘遂、黄芪等。特别是虫草的采挖出售，更是当雄牧民的重要收入，2009 年，仅这一项，他们就收入 5627.85 万元。

火车给当雄送来了大批的游客，当雄过去单一的经济模式迅速瓦解，令当雄人措手不及。他们看到以吃苦闯天下的四川人很快凭借川味餐馆在县城占据了一席之地，也不甘落后地开起了藏式饭馆。在几家装潢一新的藏式饭馆门前，藏族小伙子跨在簇新的摩托车上，笑吟吟地招揽游客。现在每天都有多趟从拉萨发往纳木错湖的旅游大巴需要在县城停留，游客需要就餐，开餐馆的收入真是他们以前放牧时不敢想象的。有个叫尼玛次仁的牧民，青藏铁路修建时就贷款买了辆车，一直在为铁路上运输石料，赚了上万元钱。铁路修通后，他发现开餐馆利润更大，就决定把运输车卖掉，加上手里的积蓄，准备在县城里开个藏式餐馆。“厨师我都找好了，肯定火。”这位30多岁的藏族男人谈到未来，显得特别自信。他说：“当雄已经不是原来的大村子了，我以后有机会也要坐火车去北京看看。”除了餐馆，当雄更多的建筑就是旅店和宾馆。旅游旺季，所有的地方都住满了人。对于祖祖辈辈生活在当雄的牧民来说，他们从来也没有见过县城会涌来如此多的人。

当雄县纳木错村洛次家在2007年以前还是特困户，每年都要靠政府救济才能勉强过日子。三年前，不甘落后的他在村里搭起帐篷开了间清茶店，做起了旅游生意。洛次说：“以前搞旅游，交通不方便，一年只有1000元到2000元的收入。现在水泥路通到了湖边，经济发展了，环境变得更美了。来纳木错休闲旅游的游客成群结队，年收入比以前翻了好几番，一年能挣3万元以上。”

纳木错乡恰嘎村是当雄县的一个纯牧业村，处在铁路边上。这里的村民做的酸奶绝对是城市里吃不到的。过去，他们的酸奶基本上是自食自用。青藏铁路的开通为他们的酸奶打开了销路。游客们对当地酸奶表现出的喜爱似乎使他们如梦初醒。很快，当雄火车站

当雄草原

附近就摆起了卖酸奶的摊子。更多加工好了的酸奶被火车运到了拉萨，一瓶卖到6元。如今，国内市场，甚至在香港也能见到恰嘎酸奶的影子，而经过深加工后的鲜牦牛奶在香港每千克可以卖到80元人民币。

让农牧民参与旅游业是当雄县经济发展、增加就业、促民增收的一项重要措施。为此，当雄县充分依托天湖纳木错丰富的旅游资源，通过制定一系列旅游管理方案和行之有效的措施，通过大力推广节庆游以及举办各项旅游活动，积极鼓励旅游景区周边的农牧民群众吃上旅游饭，走出了一条“以游助农、以农助游、旅游富民”的新路子。当雄县在羊八井和念青唐古拉景点各放置摊位30个，在纳木错放置摊位50个，方便牧民出售民族工艺品，增加现金收入。同时，动员牧民兴办旅游经济实体，如民俗度假村、牧家乐等，增加牧民就业渠道，并鼓励牧民向游客出售酸奶、奶皮等当地特产，将特色乳制品推向更广阔的市场。现如今，当雄县参与旅游经济的农牧民总人数达到1375人，纳木错景区共有经营者1082人，月人均收入3030元。

伴随着轰隆隆的车轮声，当雄人突然发现，原来一条铁轨可以引来如此多的赚钱路子。

“5100”：天赐的圣水

我们是在那曲火车站书记的办公室里见到“5100西藏冰川矿泉水”的。也许是由于我们疏忽，也许是它还没有走进我们生活的城市，在此之前，我们对这个以数字命名的矿泉水品牌真不怎么了解。因为还没有抵达拉萨，我们不能马上拿到采访的通行证，所以只能站在远处，眺望这个安静地俯卧在念青唐古拉山脚下的现代化工厂。

说到“5100西藏冰川矿泉水”，不能不提及中国工程院唯一的藏族院士、西藏地质矿产勘查开发局局长多吉。1987年，多吉带领西藏地质地热大队对全区的泉水点进行勘察时，在当雄念青唐古拉山南麓5100米的山谷中发现了冰川矿泉。据多吉院士和科研部门介绍，作为这一水源主要补给的冰川形成于7000万年以前，冰川融化后在地下岩层经过8年以上的深层循环，最后经地表自然涌出，富含丰富的矿物质。泉水水质极为柔软，口感甘润，温度始终保持在23摄氏度的常温范围。按照国际通行标准，锂、锶、偏硅酸这三项矿物质指标只要有一项达到标准就可被认定为矿泉水，而当雄的冰川矿泉，三项指标均达到了国际标准，十分罕见。但是，由于山高路远，这样的认定在当时仅仅停留在学术层面上。多吉院士说："一方面看着国外的矿泉水在中国市场卖高价，另一方面却只能任由史前冰川形成的全球最优质的矿泉水在我眼前白白流走。作为一个科学工作者，这件事情让我痛心了20年。"

多吉院士的愿望在20年后变成了现实。作为西藏自治区的重点招商引资项目，这股来自世界屋脊的千年泉水首先吸引了来自香港中稷佳华以及嘉士伯、中信资本等国内外投资公司的关注。2004年，上市公司西藏发展与嘉士伯国际合资成立西藏冰川矿泉水有限公司，投资5亿元，在西藏当雄海拔5100米的优质矿泉水源地建设世界上海拔最高的矿泉水生产基地。这不仅是西藏投资规模最大、产值最大、现代化程度最高的矿泉水企业，也是全国规模最大的单体矿泉水企业。公司引进世界最先进的德国克朗斯吹罐盖一体的生产线，实现水源地直接灌装生产，同时还在水源地周围60平方公里建立了封闭型保护区，防止水源地受到任何污染或破坏。2007年5月，"中国矿联"认定当雄县海拔5100米处的冰川矿泉为全国仅有的五个优质矿泉水源地之一。

当念青唐古拉山的泉水还在雪山上冰清玉洁的时候，法国的依云矿泉水早已在世界创造了传奇。依云是个大约只有7300多居民的法国小镇，它背依阿尔卑斯山，面临莱芒湖，湖的对面便是瑞士。

依云空气清新，风光秀美，夏天可以疗养，冬天可以滑雪，是法国人喜爱的休闲度假之地。但让依云小镇名扬天下的却是水。

1789年夏天，法国正处于大革命的惊涛骇浪中。有个法国贵族患上了肾结石，当时法国已流行饮用矿泉水，他打算也来试一试。一天，他散步来到附近的一个小镇，从一位绅士的花园里取了一些泉水，饮用了一段时间后，他惊奇地发现自己的病奇迹般痊愈了。消息传开，专家们对这里的泉水进行化验、分析后证明了它的特殊疗效。于是，人们蜂拥而至，来亲自体验这种水的神奇，医生们更是将它列入药方。那个叫Cachat的绅士于是将花园里的泉水用篱笆围起来，开始出售。拿破仑三世及其皇后也对这个小镇的矿泉水情有独钟，1864年正式将小镇赐名为“依云镇”。Evian来源于拉丁文，本意就是水。

依云镇背后雄伟的阿尔卑斯山是依云水的源头，来自高山的融雪和山地雨水在阿尔卑斯山脉腹地经过长达15年的天然过滤和冰川砂层的矿化形成了依云水。现在，依云镇70%的财政收入和依云矿泉水相关；矿泉水厂900多名工人中，有3/4的人来自当地。人们对依云矿泉水的追捧，使它成为一个非常有名的旅游小城。依云矿泉水是目前全球最贵的矿泉水，被誉为高端水第一品牌。在中国，500毫升的依云矿泉水零售价卖到了8.3元。

依云的传奇故事无疑启示了5100公司。青藏铁路开通后的第一批集装箱启运的全部是5100西藏冰川矿泉水。这个来自人类最后一片净土，用海拔高度命名的神秘之水果然引起了极大的关注。一些大城市的地铁站先后出现了“5100西藏冰川矿泉水”的气势恢宏的墙体广告：一双秀美如玉的手上，捧着一股宛若哈达的清澈的水，手的下方赫然跃出一行大字：“5100，西藏的水，世界的水！”让人过目难忘！之后，5100冰川矿泉水便一路高歌猛进，快速登陆内地大城市，价格直逼法国依云矿泉水，卖到每瓶人民币8元。2006年，西藏5100冰川矿泉水取代可口可乐，成为中网指定饮用水。

2007年，西藏5100冰川矿泉水重磅出击首届中国品牌节，作为首届中国品牌节唯一指定用水，受到与会嘉宾领导的好评。紧接着，5100冰川矿泉水被铁道部选中，在部分动车组列车上逐步实行向旅客免费供应，之后又亮相上海国际顶级高尔夫赛事——汇丰冠军赛，成为比赛的唯一指定用水。2010年，它又在上海世博会精彩亮相，带来了西藏人民的美好祝福。

一连串的好消息证明了开发这个项目的正确。当雄县是国家级贫困县，从来没有任何工业。而2008年，仅5100公司产值就接近3亿元，占当雄年产值的98%，到2009年产值达到5亿多元，可为政府上缴5000多万元的税收。这个公司先后解决了二三百人的就业，其中约九成是藏族同胞。

24岁的藏族姑娘洛桑是当雄县公堂乡冲噶村人，初中毕业后在家里帮父母放牛，后来到拉萨打工。2005年建厂时她被第一批招进厂里当了工人，现在已经是车间的班组长了。她说："我们家里有二三十头牦牛，每年收入只有四五千元。上班后每月的工资就有几千元，去年年收入近4万元。家里弟弟妹妹的生活费用和学杂费我都能负担了。""5100"建在当雄，仿佛在古老的草原上打开了一扇通向世界的窗口，让当地牧民看到了新技术、新市场、新的管理模式和新的生活方式。它在为当地牧民带来稳定收入的同时，还带动了当地经济的发展。"没有青藏铁路就没有5100矿泉水厂。""5100伴随着青藏铁路成长而成长。"这是西藏冰川矿泉水公司总裁付琳常挂在嘴边的话。

在《人民日报》的一篇文章里，我们看到了这样的表述："5100"和西藏绿色饮食产业的建设和发展，得益于西藏自治区党委和政府大力发展绿色饮食产业的方针政策，得益于青藏铁路的开通，更得益于自治区党委和政府与铁道部门贯彻落实科学发展观、通力合作创立了一种造血型援藏方式。

5100西藏冰川矿泉水公司执行董事王红说："5100公司要借鉴

依云的成功经验，和当雄县政府一道，利用世界上最高的现代化工厂，加上纳木错湖的风光传说，以及当地温泉、宗教文化，打造中国式的依云小镇，让当雄的经济更具后劲，让藏北明珠更加光彩照人。”

5100西藏冰川矿泉水有限公司的负责人说：“目前我们公司已经具备了年产30万吨的能力，公司的主力产品是5100冰川矿泉水系列产品，走的是高端路线，除了销售给部分动车组列车外，同时以中高档的价格在北京、上海等大城市进行试点销售，专供高档宾馆、商务会所及A类高档超市。目前，我们在日本、欧洲、中东和北美都有一定的市场，准备再用三到五年时间，把‘圣地之水’真正打造成世界知名的高端品牌。”

从这些充满激情的话语里，我们仿佛看到5100冰川矿泉水正在跃跃欲试，做出了一个向世界冲刺的优美姿势。

站在当雄松软的大地上，远望念青唐古拉山，想象那股流淌自神山怀抱的甘泉。其实，矿泉水走进我们的生活不过就是若干年内的事，而我们童年甚至少年的生活经验里并没有矿泉水的概念，只知道喝的水就是家里自来水管流出的，从没想过还能装到小瓶瓶里

当雄铁路桥

卖钱。我们的祖先就更无法想象了，他们逐水而居，赖以生存的就是江河之水。清澈、纯净的江河滋养着他们健壮的身躯。那时，江河就是他们的生命之水，没有任何杂质。可是，千百年来，我们所面对的江河就像作家于坚所描写的："而现在，河流已经完全被实用主义征服了，它是一种水利，物尽其用。它的起源已经无影无踪，生活占领了现场，生活不再是上游高原上冥想的苦行僧了。世界在这里航行、捕捞、排泄、买卖、设闸、发电、睡觉、繁殖……河流现在被生活利用得死去活来，水色浑浊、浓汤似的煎熬着、翻滚着。"越来越工业化的今天，我们的大地不再洁净，我们的空气不再洁净，我们的身体不再洁净，甚至连我们每天吃的食物也不再洁净。

那么，"5100"这个来自西藏，来自净土的圣水，正是我们现代人最后的梦想。

纳木错：大地碧蓝的眼睛

在羌塘的大地上行走，需要依靠充足的时间来满足自己的各种愿望，而我们恰恰被压缩了的时间逼迫得行色匆匆。从当雄火车站出来，时间的指针已经停在了午后两点。天空堆满了黑云，向着地面愈压愈低，遮挡得念青唐古拉山也模糊不清。当雄县城距离纳木错湖 60 多公里的路途要穿过长长的山谷。公路环山而筑，狭窄弯急，对天气条件的要求非常苛刻。我们一行三人，只有向宁已走过两次青藏公路，却也没有看到过纳木错，每次都是因为糟糕的天气。我们仰望天空，脸上堆满焦急。人生的许多机会都往往是稍纵即逝，再也无法出现。还是普站长经验丰富，他给纳木错景区的朋友打电话询问，得到的答复说天气没问题。于是一阵雀跃之后，我们就向着天湖奔去。

多年来，纳木错对于我们只是在纸上呈现的一个名词，遥远而虚幻。西藏人从自己境内的上千个大小湖泊中，挑选出三个敬奉为神湖，它们分别是阿里神山下的玛旁雍错、日喀则岗巴拉山下的羊卓雍错以及念青唐古拉山下的纳木错。因为与神山相伴，三大神湖各自都有奇妙的传说。纳木错，藏语的意思是“天湖”，是世界上海拔最高的咸水湖。

公元12世纪末，藏传佛教噶举派创始人达隆巴·扎西贝高僧，曾到湖上修习密宗要法，并始创羊年环绕纳木错灵湖之举。信徒传说，每到羊年，诸佛、菩萨、护法神集会在纳木错湖设坛大兴法会，此时前往朝拜，转湖念经一次，胜过平时十万次，其福无量。

纳木错转湖节十二年一遇。羊年转湖，很久以前就被藏民族列为传统活动。为此，纳木错周围庙宇林立，香火旺盛，许多高僧在这里弘扬佛教，直到现在，仍有噶举教派僧人在湖边或湖心岛修行。每逢羊年，虔诚的佛教徒纷纷前来转湖朝佛。这时候，湖边的恰催寺、扎西切寺、谷穹寺、多为口寺等，祭祀壮观、热闹非凡。信徒们转湖时，把各种供品投入湖中，祈求风调雨顺，吉祥如意。他们绕湖一周，一般要耗时一个月左右。在200公里的湖岸上，四处留下了他们的踪迹。山脊那边100多米长的玛尼墙，就是历史的见证。

纳木错湖

玛尼墙由无数的经石堆成，有的字迹清晰，有的迷离斑驳，这是千百年来信徒们在转湖后留下的。羊年转湖，马年转山，猴年转森林，是佛的旨意。在别处修行一百年才能成佛的话，在这里修行弹指间就能修成。修行者绕湖而行，便可得到无量的功德和渊博的知识，并能舍去自己的恶习和痛苦。

我们不可能与十二年一个轮回的仪式巧遇，但完全可以想象，当无数个信徒组成的洪流沿着纳木错旋转时，那场面一定令人震撼。那是一条铺设在信徒心中的道路，通向神和幸福的天堂。而我们，西藏大地上的匆匆过客，那条转经的路，永远遥不可及，无法抵达。

汽车从山的高处向下盘旋时，我们看见了纳木错。远远望去，湖水就像一条细细的蓝丝带，在大地深处闪烁着蓝色的幽光。随着汽车移动，蓝丝带很快变成了一只蓝色的眼睛，然后又变成晶莹的蓝宝石。我们在纳木错的万千幻化中来到了湖边。已经到了深秋，海拔 4718 米的湖面吹来的风非常寒凉。我们虽穿着防寒服，手脚依然被冻得僵硬。纳木错湖水常年由念青唐古拉山融化的雪水滋养，无数条溪流从不同的方向注入湖中，湖水因此洁净透明。奇妙的是，刚刚密布在天空的黑云，顷刻间悄然退去，无影无踪。太阳开始光芒四射，覆盖在雪山和我们的身上。天地间一片静寂，只有微风在湖面上吹起的波澜在向我们的脚下堆积，在每一个细小的波纹里，都闪烁着金子般的光芒。此时，一股神奇的力量在推动我们的身体，我们忍不住弯下双膝面向天湖顶礼膜拜。湖边的游客稀稀落落，能看见的只有远处几匹为游客装扮簇新的马和游客拍照的影子。我们一脸虔诚向圣湖俯下了身子，磕头的同时，心里涌上来很多愿望，不过都是些日常生活里的俗念，不知道神会不会喜欢。对于纳木错，我们都是陌生的面孔，一生也难得相遇一次。至于那些转湖的信徒，他们心里的念想，我们无从知道。不过，单是他们把倾尽积蓄购买的价值不菲的珠宝抛进湖里敬神的举动，已经足以令我们这些俗人目瞪口呆了。

向宁可能在磕头的时候用力过猛，将相机的镜头盖丢在了湖边，直到我们上了车他在摆弄相机时才发现了问题。我们只好下车，重新向着那个圣湖迈动脚步。在海拔近5000米的高度，这不是一件容易的事。好在我们刚才一番敬神的举动产生了效果，镜头盖安然无恙地躺在湖边等待主人。此时，坚硬的风已把我们的脸吹成了紫红色。

初次踏上藏北草原的游客，纳木错既是诱惑，又是考验。近5000米的海拔使每个人头重脚轻，飘飘欲仙。能够在神湖岸边留宿，观赏日出与日落，一定是每个人心中的梦想。在湖边不远的地方，一些简易的旅社和小餐馆，早已为宿营的人做好了准备。然而深秋时节，夜晚寒气逼人，难以忍耐。一番踌躇后，我们还是决定放弃留宿。

纳木错湖中有五个岛屿，佛教徒传说它们是五方佛的化身，前来神湖朝佛敬香者无不对之顶礼膜拜。此外还有五个半岛，分别从不同方位凸入水域，其中扎西半岛最大，也是重要景点。扎西半岛位于湖的东侧，远远望去，还真像人们比喻的睡佛。它静静地平躺着，把小腿以下的部分惬意地伸向湖中。岛上到处怪石嶙峋，峰林遍布。这是个由石灰岩构成的约10平方公里的半岛。由于天湖水的侵蚀，出现了许多幽静的岩洞，形成了独特的喀斯特地貌。

岛上大一点的岩洞甚至被布置成佛堂，供奉佛龛佛像，有远道而来的尼姑在此修行。

纳木错盛产细鳞鱼和无鳞鱼。湖面有成群的天鹅，繁殖季节到来时，湖心岛上的草丛中散布着大量的天鹅蛋。湖滨平原牧草繁茂，野驴、黄羊、狗熊、狐狸、野兔等野生动物自由栖息。人与动物、自然在此聚集，构成一幅动人的和谐画卷。

我们在湖边看见了一家川菜馆，女老板是重庆人。青藏铁路开通后，她就来到这里。我们问她生意怎么样，她说："你们来的这个季节冷清多了，每年的7到9月，是纳木错的钻石季节，平均每天都有四五千人。你们说生意好不好嘛!”

有趣的是，我们刚刚离开纳木错，乌云便笼罩了天空。瞬间，豌豆大的冰雹落了下来，砸得我们的车顶噼啪作响。当汽车行驶到最高处，太阳再次放射光芒时，我看见扎西岛的玛尼堆上，舞动的经幡正闪烁出吉祥的五色。

羊八井：羌塘的人间仙境

这首在羌塘草原经久流传的古歌，是我在作家马丽华的文章里读到的——

辽阔的羌塘草原呵/在你不熟悉它的时候/它是如此那般的荒凉，当你熟悉了它的时候/它就变成你可爱的家乡

走出当雄，羊八井就近在眼前，但我们依然没有走出羌塘。羌塘真是太辽阔了，同等的路程，在欧洲可以穿越所有国家。

羊八井的藏文意思是“宽阔”。距离拉萨90公里的羊八井是世界上唯一的地热城，也是我国目前已探明的最大的高温地热湿蒸汽田所在地。地热田面积达到17.1平方公里。在这里，温泉、热泉、沸泉、喷气孔、热池、热穴星罗棋布。关于地热，资料上是这样解释的：地热是一种地球物理现象，其形成必须具备两个特殊条件：一是特殊的地质构造，使地球内部的热量能够散发出来；二是要有地下水，它可以通过水流把热源带到地球表面。100万年前，羊八井一带曾出现过一次大规模的强烈地质构造运动，使这里形成了一个大的断裂层，断裂层的交汇处就在羊八井北面的唐古拉山。这里岩石破碎形成地下通道，使地下岩浆的热量能够涌向地面。加上唐古拉山常年积雪，还有总面积达1900平方公里的纳木错湖，这些丰富的水流渗入地下，与地下岩浆结合成高温热水，通过断裂的地层涌出地球表面。羊八井地热就这样形成了。

从 1974 年开始，国家就把羊八井开发作为重点科技攻关项目，先后拨出两亿多元资金，经过藏汉工程技术人员的艰苦创业，丰富的地热资源开始被开发利用。1975 年，西藏第三地质大队用岩心钻在羊八井打出了我国第一口湿蒸汽井。1976 年我国大陆上第一台兆瓦级地热发电机组在这里成功发电。1977 年，羊八井建立了地热电厂，这是我国目前最大的地热试验基地，也是当今世界唯一利用中温浅层热储资源进行工业发电的电厂。如今在海拔 4300 米的羊八井盆地上，一座全新的地热城已初具规模，地热开发利用的外延也在逐渐扩展，出现了蔬菜基地以及畜产品、硼砂加工厂等企业。目前，电厂已有 8 台 3000 千瓦机组，总装机容量 2.5 万千瓦，年发电量在拉萨电网中占 45%。

一年四季，羊八井总是在清晨呈现自己动人心魄的美。此时，海拔 4300 米的羊八井气温最低，白色的雾气四处弥漫，地热田产生的巨大蒸汽团从湖面冒起，蒸腾缭绕，恍若仙境。如果碰上热水井喷发，更可一睹沸腾的温泉由泉眼直冲云霄的场面，十里之外均可听见喷发的声响，十分壮观。涓涓清泉汇聚而成的热水河和热水湖碧波荡漾，热气腾腾，令人惊奇。这里的温泉水含大量硫化氢，对多种慢性疾病都有治疗作用。隆冬时节气温低于零下 20 摄氏度时，

● 羊八井镇

热水却保持在30至40摄氏度，人们可以下湖沐浴游泳。泡在温泉里看四周晶莹洁净的雪山，这可是只有在世界屋脊才能感受到的浪漫。

羊八井温泉的独特景观，吸引大量游客趋之若鹜。借助青藏铁路通车的契机，羊八井地热电厂开始发挥地热资源优势发展旅游业。除了建造地热温泉度假村外，还利用循环水发展养殖业，兴建1.5万平方米的养鱼场，让拉萨的冬季市场也见到了活鱼。

青藏铁路的羊八井隧道由一号和二号组成，雄踞两岸陡峭、坚硬的堆龙曲之上，被四周绵延的群山紧紧包裹。羊八井一号隧道是青藏铁路线上最长的一个隧道，也是青藏铁路线上唯一需要安装通风系统的隧道。其地质结构异常复杂，土质破碎，且地下水丰富，隧道内常年流水，边坡小型岩滩密布，再加上海拔高、大气含氧量低等，注定了设计和施工的难度极大。承建该隧道的中铁二局集团曾经联系过国内多家著名公司做通风系统工程的设计，但方案都没有通过审核，直到通车前的最后冲刺阶段才做出决定，该隧道通风系统由柳铁科研所负责研发、安装及调试。柳铁科研所自主研发的铁路隧道射流通风技术，是通过在隧道穹顶串联悬挂数台射流风机，或在隧道口建造引风洞集中式并联安装数台射流风机，依靠射流风机产生的高速气流诱导周围空气一起流动，将隧道外的新鲜空气引入隧道，让隧道内有害气体从隧道另一端排出洞外，以达到增加隧道内氧气，提高内燃机车在隧道内的牵引力，改善机车乘务人员、旅客及隧道内施工人员工作环境的目的。

在攻克了这个难关后，接踵而来的困难又摆在了中铁二局面前：隧道施工在进入岩层破碎地段后，一号和二号隧道的各个洞口都先后遇到了多次塌方。中铁二局员工认真分析险情，不断总结经验，逐步摸索出了“测量打眼”“控制爆破”“定时定人观望”“阶梯找顶”“衬砌紧跟”等一套防止塌方的有效办法。担任羊八井二号隧道攻坚任务的开挖班，在掌子面滴水成冰、空气稀薄、围岩又遇到历史性挑战的恶劣情况下，他们没有退缩。风钻的喷嘴结了冰，他们就用火烤，用体温来化冰开钻；隧道地质条件不允许使用机械，他们就手执铁锹，一锹一锹地挖；为确保炮眼的成功率、进尺度、工序衔接和创优要求，他们苦钻技术，严控药量，创造了光面爆破的优质效果，得到了领导、专家的交口称赞。羊八井一号和二号隧道开工以来，多项工程都被铁道部青藏铁路建设总指挥部评为优质工程，并取得了无一例伤亡事故发生的好成绩。

从2001年11月1日那个寒风扑面的冬日开始，中铁二局的员工在羊八井群山的怀抱里，伴随着此起彼伏的爆破声、机械轰鸣声和嘹亮的劳动号子声，在海拔4264米的工地上，用了不到两年的时间，胜利贯通了这条总长3345米被称为“世界屋脊第一长隧”的隧道工程，比计划工期提前了一年多。青藏铁路建设总指挥部常务副指挥长王志坚说：“羊八井一号隧道创造了我国在海拔4000米以上修建长隧道的历史，填补了多项空白，也是青藏铁路攻坚年的重大工程之一，具有重大意义。”

距离拉萨最近的柳梧隧道吸引了我们的目光。从外观上看，隧道洞门是典型的藏族建筑风格：隧道洞口四周采用花岗岩镶嵌，洞门边缘涂着红色的颜料，洞口上方刻着六个象征着藏民族吉祥如意的万字形图案，洞顶为布达拉宫式红白相间的藏族宫廷屋顶建筑，单调的隧道因此而飞扬出灵动的生命。我们碰巧遇到了藏族青年平措朗杰，这个羊八井镇桑巴萨村的牧民，每年冬季来临，都要到牧区收购牛羊皮贩卖。“牛羊皮在外省很畅销，但通车前我每年最多只能贩运三卡车，大约3000多张牛羊皮。主要是因为交通不便，运输十分困难，一车货从拉萨运到西宁需要一个星期的时间，再说用卡车拉货运量少，也不安全。有时遇上暴风雪，青藏公路发生交通堵塞，我们就得忍饥挨饿。除去2000元运费，一张羊皮只能赚一元钱。现在铁路修好了，我每年可以收购几万张牛羊皮贩卖到外地，我很快也要在羊八井镇开个皮货店了。”平措朗杰眼中闪烁出的兴奋和喜悦的光芒，深深打动了我们。

我们匆匆的脚步并没有在羊八井停留，无缘欣赏到地热田的壮观美景，而跳进温泉消除旅途的风尘和疲惫更是一种奢望。离开羊八井后，我们心里始终在后悔一件事，那就是想知道羊八井温泉是不是原始地裸露在大地的身体上，没有任何人为的修饰。如果真是这样，当我们进入升腾着热气的水中，我们体内携带的城市的乌烟瘴气一定会逃遁。

暮色将至，拉萨河在昏暗的天地中闪闪发亮，无际的羌塘草原在我们的身后悄然退隐。然而，两天来在羌塘行走，它浓烈而饱满的色彩所构成的图案：银色的雪山，碧蓝的湖泊，绛红的寺庙，青绿的草原，常常让人想起塔希提岛上孤独的高更笔下那些带着灼热阳光芬芳的油画。那是一种来自天堂的感觉，所不同的是，画卷中流溢出的神秘光芒，似乎更贴近作家祝勇的话：羌塘草原是一幅巨大的唐卡。

天路之魂

拉萨：众神栖居的天堂

天 路 之 魂 TIANLUZHIHUN

已是黄昏，火红的晚霞在天边燃烧。八廓街上的店铺也已经关闭，所有的信徒都聚集于此，按照顺时针的方向，汇成了一支浩浩荡荡的队伍。他们手里数着念珠，转着经轮，诵经声和脚步声合成一种特殊的乐声，在拉萨的天空下回荡。而且，这股滚滚向前的洪流，一千多年来从未中断。我想，尽管火车、飞机等现代文明已经极大地缩短了这里与外面的距离，使这里发生了巨大的改变，但这座城市的精神内核从没有改变，它仍然神圣、洁净、至高无上。其实，在拉萨我始终想看到的是清晨的第一缕霞光照亮布达拉宫金顶的那一刻……

拉萨火车站：西藏的文明之窗

我们离拉萨越来越近，似乎已经感受到了拉萨的呼吸和心跳。轻拂的微风里，飘来了酥油、桑烟、奶茶混合的香气。公路两边，不时闪过颜色鲜亮的藏式民居。一个朋友告诉我，如果见到两排整齐高大的白桦树，就意味着拉萨马上到了。现在，笔直的白桦树果然在公路两边像士兵一般整齐列队，秋日的叶片在斜阳下熠熠闪光。我们激动起来，拉萨，正将一个长久的梦境化为真实。

青藏铁路的终点——拉萨火车站是我们进入拉萨后采访的首选目标。2006年7月1日，一个在中国铁路史上会永远铭刻的日子。上午11时05分，青藏铁路首列旅客列车从格尔木启动开往拉萨。中共中央总书记、国家主席、中央军委主席胡锦涛同志在青藏铁路通车庆祝大会上发表了重要讲话，并为青藏铁路首趟列车开行剪彩。长达1142公里的路途上，沿线大小村镇的藏族同胞手捧雪白的哈达，聚集在铁路两侧，惊喜地看到那个令他们望眼欲穿的钢铁巨龙从眼前飞驰而过。经过13小时26分行驶，7月2日零时31分，列车鸣响汽笛，徐徐开进终点站。一夜无眠的西藏拉萨火车站立即一片沸腾，歌声、乐曲、舞步、锣鼓，从等候多时的上千名藏族群众中飞扬迸发，回荡在拉萨凌晨深远的天空，响彻在拉萨河静寂的两岸。这个伟大的历史时刻，令现场的每个人终生难忘。

列车停靠在站台后，身穿节日盛装的藏族群众迅速围拢过来，抚摸着具有浓郁现代化色彩和民族特色的车厢，掩饰不住满脸的激动，纷纷和列车合影留念。代表堆龙德庆县柳梧乡参加庆典的村民普布顿珠激动地说：今天火车通到了家门口，出门方便多了，火车会给我们村带来更多的实惠。聚集在车站喜迎首趟旅客列车的藏族群众，还有很多是准备乘坐首次旅客列车出藏。拉萨大昭寺僧人次仁说：今天有幸坐上第一趟从拉萨开往格尔木的火车，以后我还想坐火车去内地更多的地方朝佛观光。还有很多藏族同胞在用手机兴高采烈地告诉家人：我见到火车了！我要上火车了！

距离拉萨火车站不远的拉萨河大桥，同样挤满了翘首等待列车的人群。知道今天青藏铁路通车的消息后，大批藏族群众骑着摩托车，开着小车，早早来到了美丽的拉萨河大桥下等候。七月太阳城的烈日炽热如火，他们似乎浑然不觉。当“藏 2”次旅客列车驶上

白色的大桥，大家激动万分，拼命挥舞着手中的哈达，大声地欢呼起来。他们说，今天真是比过年还要高兴呢！

有人说：如果青藏铁路像一条纽带连接着内地和西藏，那么沿途的火车站就像是纽带上的珍珠，而那最璀璨的一颗就是拉萨火车站。

在拉萨市区西南郊的柳梧乡，我们见到了这个风格独特的建筑。这是青藏铁路格拉段规模最大的客运站，也是青藏铁路的标志性工程。整个建筑坐南朝北，与布达拉宫遥遥相望。车站由一个主站房和若干附属用房以及一个公交站和一个长途客运站组成。整个车站从外立面设计到内部装修都采用了红、白、黄三种传统藏式建筑的装饰色彩，主站房大面积的红色墙面与中心进站口的白色外廊形成

布达拉宫

强烈的色彩反差，使得建筑形态极具视觉冲击力。同时，整个客运站建筑窗户采用竖向分隔，增加了建筑的高直感，而中心进站口外挑的木制平台，又打破了竖向划分的单调感，从而丰富了立体效果。

拉萨火车站的站台上看不到一根柱子，整个站台被一个巨大的钢结构无柱雨棚覆盖，视野开阔。三个贵宾候车厅在风格上各有特色，增加了一些藏区特有的装饰与陈设，使空间更显华丽、高雅。此外，主站房在外墙细节处理上也是煞费苦心，采用了彩色混凝土施工工艺，并且充分考虑到高原紫外线和干燥气候对建筑外立面的影响，对墙面进行了拉毛和竖向线条的处理，还印上了“吉祥八宝”的图案，使拉萨火车站的建筑形态既渗透着藏式传统建筑的主要元素，又体现了现代建筑的风格。车站外观和站内各种设施的颜色、图案也都处处洋溢着浓郁的藏民族风情。

考虑到拉萨的地域环境和气候条件，在拉萨火车站的设计中还融入了很多人性化的元素。火车站的主楼为三层：地下一层，地上两层。地上两层分别为候车室及配备供氧设施的医务室。为缓解旅客缺氧、疲劳等症状，火车站尽量缩短旅客进出站的路程，站内设置了电动扶梯。同时，为了保护周边环境，主要采用无污染的太阳能作为取暖能源。车站内还设有残疾人自动扶梯、残疾人售票窗口、残疾人厕所等。

● 拉萨火车站

总建筑面积为23697平方米的拉萨火车站于2003年7月5日正式开工建设，到2006年6月20日全面竣工。这个由中国建筑设计研究院设计、中铁建工集团建造，将自然环境与藏民族的建筑风格完美融合的优美建筑，与拉萨河大桥一起，荣获2007年度中国建筑工程“鲁班奖”。这是西藏建筑首次获得我国建筑行业工程质量的最高荣誉奖。

中国建筑设计研究院环境艺术设计研究院院长、拉萨火车站设计师孟建国说：“在拉萨建造火车站，不仅是建造一个现代的交通枢纽，更是建造一座文明的里程碑。这里的单纯、浓郁、醇厚，所表达的不只是一套室内的设计，更是我们对建筑的忠实传承，对藏文化的崇敬，对民族气质与现代文明的交融思考，对人类美好未来的满心向往……”

我想，当初孟建国来到拉萨，站在选定的拉萨火车站的空地上，深情地望着远处雄伟的布达拉宫和蜿蜒的拉萨河的那一刻，拉萨火车站的蓝图就已经在他的心里清晰地浮现出来了。

走进拉萨火车站一楼的中央大厅，仿佛置身于传统的藏式宫殿。硕大的电子显示屏上滚动着藏、汉两种文字提示的火车进出站时间表。进站口设立了“五彩哈达、和谐服务”的服务台，上面摆满了奶粉、药品等婴儿或患病旅客急需的物品，还有为旅客提供的藏、汉、英三种文字的《旅客健康登记卡》。“五彩哈达”的服务理念是：白色代表诚信，红色代表热情，黄色代表精细，蓝色代表洁净，绿色代表便捷。

拉萨火车站客运车间党支部书记周美琴说，为了掌握旅客的健康状况，车站要求对每位旅客的健康状况进行登记。对老、弱、病、残、孕等重点旅客，客运员还会主动了解他们的需求，做到“知到站、知席别、知困难”，让他们优先检票、进站、上车。

2007年11月12日，一名汉族旅客在检票口突然晕倒，正在值班的藏族职工土丹立即为这名旅客紧急输氧，并及时将其送往医院救治。经诊断，这名旅客患了急性胃穿孔，幸亏抢救及时，否则性命难保。

2008年3月的一天，客运员杜凤琴看到8名藏族旅客走进候车大厅，他们有老有少，个个一脸紧张茫然之色。杜凤琴连忙上前询问，发现这8人中只有一个叫卓玛的女孩懂汉语。卓玛说，他们来自青海，祖孙四代一大家人坐汽车来拉萨朝佛后要乘火车返回，但不知怎么乘车。在解答乘车程序时，细心的杜凤琴发现卓玛的奶奶脸色不好，好像生病了，便马上把老人送到车站医疗室。在医疗室里，老人拉着杜凤琴的手，感激地哭了起来。

在拉萨站，工作需要更加细心和更多耐心。不少藏族同胞是头一次坐火车，不懂得如何买票，买完票不知道去排哪个车次的队，也不知道如何填写乘车健康卡，乘务人员就专门上前协助，直到大家顺利地检票进站。另外，藏族男同胞有佩带藏刀的习惯，但列车上是绝对不允许带刀乘坐的，客运员此时就要耐心地解释，提出合理的解决办法，让他们接受这一列车运行条例，保证安全。

有件事让客运员郭秀英难以忘记。一天，几位年过古稀的门巴族老人，专程从几百公里外的地方赶来，就是为了看一眼开进拉萨的“大铁牛”。在站台上，他们抚摸着火车，热泪盈眶，口中喃喃。通过旁人的翻译，郭秀英得知，他们是在说，没想到自己有生之年还能亲眼见到火车，死也瞑目了。

一位德国游客请求车站职工宗巴帮他改签火车票，宗巴帮他办完手续后见他行李多，就亲自把他送上火车。这位德国游客临走时记下了宗巴的电子邮箱，回去后给她发来了热情洋溢的感谢信。

青藏铁路沿线气候恶劣，地形复杂，在列车运行中易发生各类突发事件。为了保证快速反应，及时高效地处理这类事件，保证旅客人身安全和行车安全，拉萨火车站制定了19项应急预案和27项规章制度，努力做到“安全第一、人身首位，抓小防大、超前防范”。

2007年8月30日，因内地发生洪涝灾害，由北京和广州开来的两趟列车到达时间分别推迟至凌晨3点和5点，为了安全疏散1600多名旅客，火车站启动应急预案。先是联系公交部门派出16辆公交车在站前广场等候，又动员全站人员参与疏导旅客出站，随后又组织行车、机务、保洁等部门加班工作，保障了第二天列车正点发车。拉萨火车站工作人员告诉我们说，车站能经受住一次次考验，是平日的“铁规定”发挥了作用。

对于拉萨火车站站长王新文来说，2006年7月1日胡锦涛总书记考察青藏铁路的情景依然历历在目。那一天，他接到了总书记从玉珠峰火车站打来的电话，总书记嘱咐他们：“把拉萨站运营好，管理好，更好地造福西藏各族人民！”王新文说：“从那以后，我们时刻谨记总书记的嘱托，发挥‘挑战极限，勇创一流’的青藏线精神，不敢有丝毫懈怠。”令全体职工欣慰的是，青藏铁路通车后，拉萨火车站始终保证了安全运营，还获得了全国铁路系统最高奖“火车头奖杯”等多种荣誉。

拉萨站是一个由汉、藏、回、土、珞巴等多民族职工组成的大家庭。为此，青藏铁路公司和拉萨站大力进行民族团结宣传教育。为了把各民族职工拧成一股绳，团结成一个人，车站党委除了坚持不懈地在广大干部职工中开展党的民族宗教政策的学习和研讨活动外，还为车站干部职工多次举办了藏语、藏族风俗民情、服务礼仪等方面的培训。

扎西达杰1996年离家到内地上学，三年后成为青藏铁路的预备建设者，2005年投入拉萨站的建设，离别十年的故乡时常萦绕在扎西达杰的梦中。2006年春节前夕，扎西达杰收到了来自那曲班戈县的一封家书，姐姐在信中询问他过年时能否请假回家一趟。

怎么办？拉萨火车站的建设工期非常紧张，人员和岗位都是固定的，如果自己请假探亲，这遥远的路途不知要耽误多少日程。可是看望母亲的心情的确难以抑制，一向工作踏实的扎西达杰陷入了矛盾中。就在扎西达杰踌躇不定时，站领导找到了他，关切地询问家里的情况。当知道扎西达杰十年未回家时，站长当即决定破例派专车送扎西达杰回家探亲。“当时，我的眼里热热的，不知道说什么好。只是打心眼里感谢领导。”扎西达杰现在提起这件事，眼眶还是潮的。

2006 年 6 月，大学毕业的德纯和同学一起被分配到拉萨火车站工作。“刚到拉萨的那天晚上，天下着雨。来接车的站领导怕我们感冒，赶紧熬了一锅姜汤让大家喝，当时心里暖暖的，感觉就像回到了家一样。”德纯回忆说。

工作一年后，车站要选拔新的车站广播员，要求能用“藏、汉、英”三语流畅播报。当时有 20 多人参加了考试，德纯是其中之一。“虽然压力很大，但播音员一直是我想尝试的工作，平时工作中就很留心学习。”德纯说。

机会总是留给有准备的人。顺利通过考试的德纯，经过几天的紧张培训，为 2006 年 7 月 1 日首发到站的火车承担了播音工作。圆满完成首播任务的德纯，兴奋得一夜未眠。2007 年 12 月末的一天，德纯的妈妈到拉萨来看女儿，看火车。站党委为了实现德纯母亲的心愿，专门安排德纯带着妈妈坐火车去北京参观游览。在青藏铁路

牧民登上青藏列车

公司拍摄的德纯故事的专题片里，可以看到美丽的藏族姑娘德纯和手里始终摇着一个小转经筒的妈妈。青藏铁路帮助这个藏族老人实现了去北京看天安门的梦想。

2008年汶川“5·12”大地震发生后，拉萨站党政工团组织迅速行动，在全站范围内开展了“向地震灾区同胞送温暖、献爱心”捐助活动。车站客运部的藏族党员斯朗卓玛，家在西藏与云南交界的左贡县，经济条件比较困难。但在大灾面前，她却在第一次捐款活动中捐出500元钱。随后，她再次加入缴纳特殊党费的行列中，又主动缴纳100元钱。2010年4月14日青海玉树发生了大地震，拉萨火车站100多名职工立即开展“情系灾区、奉献爱心”捐助活动，共筹集捐助款4万余元。

“我们注意把民族团结的工作融入到日常的学习和生活中。”谈及藏汉亲如一家的车站氛围时，拉萨火车站党委副书记王多吉这样说。

2009年9月29日，拉萨火车站荣获国务院授予的“全国民族团结进步模范集体”称号。

“拉萨站是世界上海拔最高的客运大站，也是世界看中国的一扇窗户，我们要用自己的工作擦亮这扇窗户，让它变得更加美丽。”拉萨火车站客运车间党支部书记周美琴告诉我们。

在西藏，我听过一首献给青藏铁路藏汉民族大团结的歌曲：

千年的雪山绽放笑容
千年的期盼正在圆梦
祥云飘绕的青藏高原哟
天边上飘下一道最美的彩虹

呀拉哩呀拉哩呀拉嗦
跳起节日欢快的锅庄
放飞喜悦的心情尽情歌唱
盛开的雪莲相映最美的彩虹

世世代代飘在藏人心中

千年的呼唤穿越时空
千年的情感不再冰封
祥云飘绕的青藏高原哟
人心上架起一道最美的彩虹

呀拉哩呀拉哩呀拉嗦
唱起节日欢快的歌谣
放飞喜悦的心情尽情舞动
洁白的哈达相伴最美的彩虹
藏汉民族血脉永相连

时值2010年国庆前夕，我们在拉萨炽热的阳光下穿街走巷，一点点了解和感受青藏铁路通车后给这个古老的城市带来的巨大变化。拉萨火车站又传来喜讯：9月26日上午，拉萨至日喀则铁路建设动员大会隆重举行，拉日铁路正式开工建设。这是青藏铁路的延伸线，也是加快西藏经济社会发展重要的基础性工程。拉日铁路全长253公里，其中桥隧总长115.7公里，占线路总长的45.7%。铁路东起拉萨站，沿拉萨河南下，途经堆龙德庆、曲水，顺雅鲁藏布江而上，穿越长度近90公里的峡谷区，经尼木、仁布后抵达藏西南重镇日喀则。拉日铁路设计标准为国家I级单线铁路，预留电气化条件，列车运行时速不低于120公里，初步设计概算总额133亿元，建设工期为四年，建成后年货运量可达830万吨以上。

谈及西藏的交通，大凡熟悉西藏历史的人都知道英国人曾送给十三世达赖喇嘛一辆汽车，因为没有公路，只能在印度拆成零件，靠人背和牲畜驮运回拉萨。而百年后，一个现代的交通网络即将覆盖这片古老的土地。

青藏铁路纵贯我国青藏两省区，跨越青藏高原，不仅填补了我国路网的一个空白，沟通了西藏与内地的联系，是拉萨通往西北、华北、中原等地区最便捷的陆上通道，而且是通往南亚次大陆的捷径。它的修建，在我国西北铁路网中具有极其重要的战略地位，西藏自治区可以通过青藏铁路、兰青铁路、兰新铁路、包兰铁路、陇海铁路以及正在修建的柳园至格尔木铁路、格尔木至库尔勒铁路与祖国内地铁路联网，实现铁路网络化。

作为进出西藏的主要运输通道，青藏铁路发挥着西藏对外经济联系的纽带和骨干作用，不仅可以大大改善西藏的交通运输条件，而且以青藏铁路为契机，可以逐步完善西藏的区域铁路网布局，向西可达日喀则、阿里，构筑新藏铁路通道；向东可达林芝，构筑滇藏铁路通道；向南可达亚东、樟木等国际口岸，构筑中印和中尼国际通道，加强与印度、尼泊尔等国的经贸联系，形成通向南亚、东南亚的又一通道。这对西藏地区乃至西北及其他省区对外开放、发展边贸、繁荣市场、振兴经济、维护民族团结和巩固国防等都将起到极为重要的推动作用。

毋庸置疑，每个人都能从这张西藏铁路网的蓝图中，看到西藏的未来。

旅游业：西藏展翅腾飞的鹰

从青海省会西宁向西大约50公里的地方，有一个叫丹噶尔的古城。明中晚期它是西北地区最大的贸易集散地，名扬四方的“茶马商都”。当时，每年都有一批批被称作“藏客”的商贩，带着自己的骡马商队跋涉在唐蕃古道上。他们顶风冒雪，翻山越岭，历尽千辛万苦和四个多月的时光才能抵达路途的终点——圣城拉萨。可以想象，通往拉萨的路途有多么遥远，又有多么艰难。

道路不畅阻止了人们奔赴西藏的脚步和愿望，使得这片土地更加神秘。漫长的岁月里，人们无法亲眼目睹它独一无二的自然景观和人文景观。

由于地壳的变迁，整个西藏被喜马拉雅山、昆仑山和唐古拉山所环抱，成为青藏高原的主体，平均海拔4000米以上，故有“世界屋脊”“地球第三极”之誉。境内有闻名世界的第一高峰——珠穆朗玛峰以及如一条巨龙般奔腾起舞的雅鲁藏布江。辽阔的大草原、莽莽苍苍的原始森林以及寒带、温带、亚热带和热带等不同气候带的世界珍稀动植物应有尽有，迷人的高原风光遍布西藏各地。由于海拔高，西藏的多数山峰终年覆盖着冰雪，组成高原最为壮丽的雪山群落。奇特的地壳运动还在这些山涧谷底创造出了许多独具特色的小气候、小环境。有的地方，山顶白雪皑皑，山腰绿树葱葱，山下繁花点点，谷底流水潺潺，使西藏的山峰在白色的妩媚之外，更有五彩的绚丽。高山积雪的融化，点点滴滴汇成了一条条奔涌的江河和一汪汪蓝色的湖泊。在雅鲁藏布江、拉萨河、年楚河、尼洋河流域，分布着片片农田，与映衬在青稞和油菜花中的一座座村庄构成一幅宁静安详的高原田园画卷。

保存完好的历史文化是西藏人文景观的主要内容。据统计，西藏目前有国家级重点文物保护单位13个，自治区重点文物保护单位11个，拉萨、日喀则两市被确定为历史文化名城。境内藏、门巴、珞巴等少数民族文化，在千百年来的封闭式发展中形成了与现代文明迥异的风格，构成其独特的旅游资源，其中最具特色的是藏传佛教文化。举世闻名的佛教古迹有布达拉宫、大昭寺、扎什伦布寺等，对中外游客具有很强的吸引力。省会拉萨是世界驰名的高原古城，也是藏族人民心目中的神圣之地。市内著名的布达拉宫，是我国著名的宫堡式建筑群，集藏族古代建筑艺术的精华于一体，极具观光价值；山南乃东县的雍布拉康，据传是藏族第一代赞普——聂赤赞普的王宫，已有两千多年的历史；琼结县有吐蕃王朝历代赞普的墓地，规模宏大，气势威严；昌都地区昌都镇东郊的大野乡，是中生代侏罗纪的恐龙化石发掘地；江孜县保存有近代西藏爱国军民英勇抗击英国侵略者的宗山炮台。除此之外，西藏有大小寺庙2700多座，这些寺庙大都是西藏建筑物的典型，规模庞大，装饰华丽，殿堂巍峨耸立，宫顶金碧辉煌。寺内佛像众多，四壁粉色彩匣，豪华异常。从公元7世纪起，佛教传入西藏，历经曲折，逐渐演变成本土化藏传佛教，形成政教合一的统治，直到20世纪50年代。一千多年来，数以千计的寺庙出现在西藏的土地上。今天，佛教依然为多数藏族群众所信奉，充满神秘感的各种宗教活动，包含了高原人对生活的哲思、热望和祈盼。在地广人稀的高原，寺庙及其周边，人群往往较为集中，成为一个地方、一个市镇的标志。寺庙融西藏建筑艺术、绘画艺术、雕塑艺术、音乐艺术于一体，显示了一个民族的智慧。所有这些元素，都足以构成西藏对我们的强大诱惑。

在西藏旅游发展的线路图上，我们可以清晰地看到，2006年是西藏旅游的一个鲜明的拐点。众所周知，这个拐点的标志就是青藏铁路。

西藏旅游业的萌芽起始于1951年西藏和平解放后，国家对进藏公路、桥梁、航线的开通和建设。此后在一个漫长的岁月里，它前行的脚步非常缓慢。直到党的十一届三中全会后，才作为一项新型产业正式诞生。而等到步入正轨，接待能力明显提升的时候，时光又向前迈动了近20年。

但在青藏铁路开通前，由于受交通等多方面的限制，“出国容易进藏难”的局面并没有改变。一是进藏航班运力有限，在旅游旺季机票相当紧张；二是从公路进藏，高原反应令许多人望而生畏。因此，在整个“十五”期间，西藏旅游仅接待海内外旅游者525.5万人次，旅游总收入也仅为61亿元。西藏，仍然是无数人心驰神往的梦想之地。

几代人的期盼与梦想通过一条延伸到圣城拉萨的神奇天路化为

现实。天路不但吸引了全世界对雪域高原关注的目光，更激发了人们的进藏热情。2006年7月1日青藏铁路通车后，进藏旅游立刻“井喷”并一路走高，2007年首次突破400万人次，而到了2011年，全区接待游客将达到850万人次，实现旅游收入95亿元，是2001年的十几倍。青藏铁路的开通让沿线和西藏无数的藏族农牧民吃上了“旅游饭”。一个名叫尼玛的农户在林芝的家里办起了农家乐，过去他们靠种植农作物，很难维持一家人的生活，所以尼玛除了种地，还养了60头牦牛，每年能有2万多元的收入，日子宽裕多了。而现在农家乐的每张床30元，每个双人间100元，却能给他们家一年带来10万元的收入，这是他过去做梦也不敢想的。在珠穆朗玛峰脚下，藏族小伙巴桑正满脸笑容地数着手中的钞票，他说：过去自己主要是通过给登山队提供马车运输服务挣钱，如今来珠峰的普通旅游者大幅增多，他用马车运送游客到珠峰大本营，一天能挣到100多元呢。青藏铁路通车5年来，风景如诗的西藏已经成为不计其数的朝圣者和游客的梦中天堂，这个坐落在世界屋脊上的圣地，正在向着到2015年实现接待游客1500万人次，旅游年收入达到180亿元的目标迈进。

可以说，西藏独特的旅游资源优势，为旅游业发展提供了良好的基础。西藏独特的地理位置，美丽的自然风光，悠久的历史，灿烂的文化，别具一格的民俗风情，不胜枚举的文化古迹，独一无二的宗教文化，构成了旅游资源的独特性和垄断性，吸引了海内外旅游者的目光，赋予了西藏旅游在全国独树一帜的重要地位。青藏铁路开通后，西藏已成为中国旅游的一大亮点和热点。目前，西藏充分利用已开发的300多处景区景点，初步形成了以拉萨为中心、东西南北四条环形线路和两条廊道向沿途各景点辐射的旅游格局。同时在西藏各地（市）还开发了诸如雪顿节、雅砻文化旅游节、羌塘赛马节、珠峰文化旅游节、林芝大峡谷旅游节等具有地方特色、民族风情浓郁的旅游产品。

青藏铁路的通车，不仅打破了西藏交通的瓶颈，而且青藏铁路线本身也是一条旅游“黄金线路”。青藏铁路从青海的格尔木进入西藏，直达西藏自治区首府拉萨，沿途经过青海湖、可可西里自然保护区、羌塘大草原、纳木错、布达拉宫等9处世界级的旅游资源地，23处国家级旅游资源地以及6处国家级自然保护区和风景名胜区，193处普通级旅游资源地。独特的自然和人文旅游资源使青藏铁路沿线成为一道跨越青藏高原的旅游风景线。青藏铁路在建设中创造了许多“世界之最”的奇迹，又给这条精品旅游线增加了新的亮点。青藏铁路以其独特的魅力吸引着世界各地的游客。

西藏，已向世界呈上了一张金光闪闪的名片。

特色产业：西藏经济快车的引擎

西藏的同学白拉请我们去八廓街附近的一家藏式餐厅吃饭，她特意点了西藏的青稞啤酒让我们品尝。这种产自雪域高原的啤酒果然与众不同，清洌、甘醇，有独特的青稞香气。但和5100矿泉水一样，在来西藏之前我们没听说过也没有见过。其实，类似这样极具地域特色的产品西藏能开发出许多。在青藏铁路通车之前，它们大多都是“养在深闺人未识”。而正是青藏铁路这条“天路”，推动了西藏经济与国内外市场接轨，也为当地特色产业发展提供了千载难逢的机遇。昔日相对封闭的西藏，逐渐成为我国对外开放的前沿阵地和与南亚陆路贸易的“桥头堡”。

西藏自治区党委书记张庆黎说，西藏要坚持在“特色”上做文章，在“特色”上下工夫，做到“人无我有，人有我新，独一无二，不可替代”，真正把西藏丰富的资源优势转化为经济优势，打造战略支撑点。

有专家认为，除了具有巨大潜力的矿产、能源、建材和旅游业外，目前西藏特色产业资源条件较为成熟的有饮料加工业、藏毯加工业、牦牛产品加工业和藏药业。

西藏拥有丰富的含多种有益微量元素的优质水资源和矿泉资源，区内人口稀少，绿色生态环境得天独厚，基本无工业污染，为发展饮料业提供了优良的水源。拉萨啤酒厂首批啤酒已销往美国；5100矿泉水首次销往香港并成为博鳌亚洲论坛政府首脑专用水；西藏安多生产的天然苏打水将通过那曲物流中心运到上海，全部出口到欧洲。2010年12月27日上午，拉萨西站彩旗飘扬、锣鼓喧天，西藏自治区和铁道部运输西藏青稞啤酒专列首发仪式在这里举行，标志着西藏地区的青稞啤酒将通过青藏铁路和中铁快运股份有限公司覆盖全国的物流服务网络大批量走向全国市场，造福西藏人民。

藏毯是西藏民族手工业的“拳头产品”，在民间，生产藏毯的历史由来已久。从早先的小作坊一直演变为今天的产业化工厂，这其中饱含了一代又一代人的心血。西藏地毯主要是仿古毯，织法风格独特，色泽鲜艳和谐，毯面柔软细腻，洗涤不褪色不掉毛，经久耐用，加之以浓厚民族色彩的图案花纹，使其具有很高的欣赏价值，堪称工艺精湛、美观大方。现在，不仅在拉萨、江孜、昌都、日喀则、泽当、那曲建有地毯厂，许多县和乡村也办起了地毯厂或加工组。即便这样，有些厂家生产的产品依然供不应求。

在拉萨市城关区地毯厂的卡垫车间，一群女工忙着编织卡垫。厂长次仁卓嘎说，这些年，地毯厂将民族传统手工艺与现代科技结合起来，引进了防蛀防潮技术，剪毛、洗毛、合毛、捻线、染色、洗毯等工序全部采用了机械化生产。科技创新为藏毯产业带来了活力。除此之外，阿里、那曲等绒山羊基地已与内蒙古鄂尔多斯集团合作，推出了“阿里牌”山羊绒毛衣，对那曲羊绒分梳厂实施嫁接改造，并合资组建了那曲东源羊绒制品有限责任公司。金哈达公司的生产和经营也取得了良好的发展，已设计出羊绒制品五个大类几十个品种，其中包括羊绒披肩、羊绒衫、羊绒大衣、羊绒西装、羊绒夹克、羊绒围巾、羊绒衬衫、羊绒毯等一系列高品质藏羊绒制品。公司销售网也已遍布全区，并取得了良好的销售业绩。

牦牛是高原牧区的主要家畜之一，全世界现有的牦牛大都繁衍生息在青藏高原。如今，各种牦牛加工企业如雨后春笋般在高原大地兴起。西藏净土鲜食品开发有限公司不仅生产出真空保鲜的牛排、牛肉香辣酱、牦牛肉干等产品，还建立了牦牛养殖育肥基地，实施牦牛产业的综合开发。西藏拉萨皮革厂是西藏最早生产牦牛制品的企业，已与德国合资引进了先进的制革制鞋设备，生产的牦牛皮革、皮鞋、皮衣，已经出口到德国、奥地利等国家和香港地区。山南、日喀则、昌都也建立了牦牛制品企业。

西藏是藏药的发祥地，在药材资源、群众基础、人才力量、人文背景等方面对藏药业的发展提供了多种有利条件。独特的地理位置和高寒缺氧的环境为药材的生长提供了纯净的天地。同时，藏药的炮制、组方和制药过程充分展示了藏医药的民族特色。传统的藏药在许多疑难病、慢性病和老年性疾病的治疗方面具有独特的疗效和治疗经验。随着国际市场对天然药物需求量日益增长，藏药已逐步为越来越多的人所了解和接受，为藏药开拓国际市场提供了良好机遇。藏医药业已有两千多年的历史，近年来，西藏将其传统优势与现代科技相结合，不断完善现代化的藏医医疗、教学、科研和藏药生产体系，使藏药生产走上标准化、科学化轨道，年产值超过3亿元。目前，“奇正消痛贴”“诺迪康胶囊”等藏药已顺利进入美国、韩国、日本等国际市场。为促进藏药产业规模化、集约化、现

野牦牛

代化和国际化，做大做强藏药产业，2010年，西藏宇妥藏药产业集团有限责任公司正式挂牌成立，标志着藏药产业发展进入了一个新的历史时期。公司将重点开拓藏药材和藏成药业务，通过集团的运作，合理规划藏药材的种植与开发，以市场为导向聚合品种资源，以科技创新引领藏药产业现代化生产，以现代营销模式拓展市场规模，逐步将其打造成为产、学、研、销一体化，具有综合竞争优势的高科技现代藏药龙头企业。如今，全区藏药企业能生产360余种藏成药，其中218种已经列入国家标准；全区藏医药从业人员2500多人，其中专业人员1000多人；藏药生产企业已发展到18家，年均生产总值达30多亿元。

在2010上海世博会上，琳琅满目的西藏特色产品展示让人眼前一亮：纯天然无污染的优质矿泉水、西藏青稞啤酒、利用西藏当地资源加工制作的核桃油、辣椒油……众多具有高原特色的西藏品牌让世界各国的参观者看到了西藏特色产业发展的现状与未来。

有人说，青藏、川藏公路第一次同时穿越青藏高原时，打破了西藏的“封闭”，格（尔木）—拉（萨）输油管道再次穿越青藏高原，为西藏发展提供了“粮草”，兰（州）—西（宁）—拉（萨）光缆的兴建，为西藏各族人民装上了“千里眼”和“顺风耳”，而青藏铁路的开通为西藏经济跨越式发展提供了强大的“引擎”。

文化教育：西藏天空亮丽的彩虹

有人用羚羊奔跑来形容西藏教育发展的速度，这并不夸张。西藏和平解放半个多世纪以来，昔日95%的文盲率变成了如今的适龄儿童入学率，其间变化堪称翻天覆地。1984年，中央决定对西藏区办重点小学和县办重点中学全部实行寄宿制，不收学费和杂费，由国家“三包”——包吃、包住、包学习费用，后来又对全部中小学农牧民子女住校生实行“三包”政策。20年来，中央先后四次提高“三包”标准，使农牧民适龄子女比内地绝大多数地区提前5年享受到免费义务教育。目前，西藏已经初步建立起一个包括幼儿教育、中小学教育、特殊教育、职业教育、高等教育和成人教育在内的社会主义民族教育体系，西藏教育事业进入了历史最好的发展时期。全区现有6所高校、117所中学、7所中等职业学校和884所小学，在校生共计54.7万人，小学入学率和初中入学率分别达到98.2%和90.7%。同时,从2009年起，西藏将义务教育阶段学生年公用经费标准提高到小学生人均300元、初中生人均500元。

我们在自治区教育部门采访时，因为话题和青藏铁路有关，他们提到最多的就是“西藏班”。西藏班是为了适应西藏经济建设的需要，针对西藏教育落后、人才匮乏的状况而特批设立的。1984年的中央第二次西藏工作座谈会，专门研究了西藏的教育问题，明确指出学校教学要以藏语文为主，教学内容要适合西藏经济文化的发展水平，并做出了利用内地较好的办学环境和办学条件，“在内地省市办学，帮助西藏培养人才”的重大决策，决定由内地19个省市为西藏办学，共办3所西藏中学、16个西藏班。

中央和有关办学省市为西藏班学生提供了优越的学习和生活环境。学生入学后的衣食住行、医疗和西藏派出的藏语文教师的工资等费用都由国家提供，每年中央补贴200万元，其余由西藏负责。西藏班、校的教师除藏语文和生活管理教师由西藏派出外，其他都由当地择优配备，教职工工资和教学经费等全部由分担办学的省市支付。

从与他们的交谈中可以感受到，内地的西藏班和西藏中学很受藏族群众欢迎，家长都希望把自己的孩子送去学习。西藏教委有关领导介绍说：“内地的教学质量高，环境好，而且毕业以后，学得好的可以继续在内地深造，稍微差一点的也可以回西藏读中等专业学校，出路都比较好。国家规定实行的九年义务教育，西藏也是同样。按规定初中是不需要考试就可以就读的，可是报西藏班的人太多了，只好用考试成绩加以限制，挑选优秀的去。”的确，内地西藏班开办 25 年来，为西藏培养了两万多名人才，这批人才已经成为西藏经济社会发展中各领域的骨干力量。

西藏自治区教育厅厅长宋和平感慨地说：“内地西藏班的开办是我国教育史上的一个创举，所涉及的已有 20 个省市。西藏班成为西藏人才培养的重要基地、民族文化交流的窗口和民族团结进步的纽带。”

龙仁乡是拉萨市当雄县成立最晚的乡，县政府给龙仁乡配备的年富力强的领导班子里，都是内地西藏班毕业的本专科生。他们观念新、点子多，建立了当雄县第一个牦牛育肥基地，首次把合作社概念带到牧区。乡干部次仁卓嘎说：“乡里农牧民人均纯收入涨了 1000 多元，现在各个乡镇都向我们学习。”他们还努力转变当地群众观念，解决辍学率高的问题。“我们挨家挨户地去劝学，现在入学率达到 90%以上，相当的好。”

2009 年 3 月 28 日是第一个“西藏百万农奴解放纪念日”，内地西藏班师生也和各地的藏族同胞一样沉浸在节日的喜庆之中，以各种形式庆祝这个难忘的日子。为了让学生“亲身感受”这 50 年的巨变，北京西藏中学特地组织高一、高二学生前往民族文化宫，参观了由国务院新闻办、中央统战部、国家民委等单位主办的“西藏民主改革 50 年大型展览”。此次展览是我国第一个以西藏民主改革为主题的大型展览，集中展示了西藏民主改革的历史进程和 50 年来西藏的变化，是西藏现代历史的缩影。藏族学生或驻足文物展柜前，从历史的记载中寻找西藏发展的足迹；或坐在多媒体展示台前，跨越时空感受西藏前进的步伐。特别是在“新西藏的社会经济发展”展区部分看到北京西藏中学图片时，学生脸上都洋溢着自豪和幸福的笑容。整个展览内容丰富、资料翔实，向世人生动地展现了旧西藏的黑暗落后和新西藏的发展进步，富有震撼力和说服力，给学生上了一堂内容丰富、形式多样的西藏现代史课。中央统战部还在人民大会堂举办了“纪念西藏百万农奴解放50周年座谈会”，北京西藏中学有30余名师生代表参加。会上学生次仁顿珠代表西藏青年学生发言。他说：“如果没有民主改革，就没有西藏广大劳动人民的翻身解放，更不会有包括我在内的西藏各族人民今天的美好生活。生活在新西藏，我是幸运的，我要感谢国家给予我们的一切，珍惜来之不易的学习机会，坚决反对一切分裂西藏的活动，坚定地和党站在一起，维护祖国统一和民族团结，努力学习，全面发展，锻炼成才，将来为家乡的建设和发展做出自己的贡献。”次仁顿珠的发言，道出了全校学生的心声。

2010年9月，由八一电影制片厂与辽宁省辽阳市委宣传部等单位联合摄制的反映内地援藏教育的数字电影《西藏班》，在辽阳市第一中学开机拍摄。这是以辽阳市第一中学开办西藏班的先进事迹为素材创作的。辽阳市第一中学在各级党委政府的关心支持下，从1985年开始创办西藏班，老师们二十五年如一日，满腔热忱地为西藏人民培养了一大批优秀人才，在教育援藏和民族大团结方面做出了突出贡献，先后五次被评为“全国民族团结进步先进集体”“全国民族团结进步模范单位”。电影《西藏班》以艺术的形式充分展现了藏族学生在辽阳的学习生活情景，生动描述了被誉为“不进藏的援藏干部”——藏族班老师们的感人故事，真实反映了“汉藏一家亲”的民族深情。影片拍摄中，有七位藏族学生饰演了不同角色。

“西藏班”的学生无疑也是青藏铁路通车最大的受益者之一。2007年的寒假，拉萨火车站迎来一批又一批从内地返乡的西藏学生。青藏铁路的开通让常年在内地读书的高原学子回家了。“以前坐汽车苦坏了！这次一路都很舒服。”刚下火车的丹增索朗，是西南民族大学音乐系二年级学生。两年前他花了1500元钱乘飞机到成都上学以来，中间只回过一次家。有一次他从成都坐火车到兰州又转车到格尔木，之后又坐了24小时长途汽车才回到拉萨，总共用了

70多个小时。“这一次只花了300多元，不用倒车，40多个小时就稳稳当当地回来了，现在我们不用再为回家发愁了。”丹增索朗说，他还有两年才大学毕业，今后每个假期都打算回家。在拉萨市服务行业工作的旺加曾在北京、成都上中学和大学，其间三年没回过一次家。他们那一代西藏学子大多两年才回一次家，有的大学生四年一次家也回不了。“那时候公路不好走，机票又很贵，想家也没办法。”

随着进藏列车第一声汽笛响起，地处绍兴县柯桥的绍兴西藏民族中学沸腾了。600多名西藏学生的心，已经沿着这条“天路”飞回到了雪域高原的故乡。绍兴西藏民族中学学生多数来自拉萨和那曲两地，由于从西藏到绍兴路途遥远，大多数孩子要一直等到毕业才能回家，平时跟家长联系只能靠电话和信件，因此，学生们对青藏铁路非常关注。

初二女生拉姆次来自拉萨，到绍兴读书已经三年了，一直没有回过家。她说：“从绍兴到家乡坐飞机回一趟家要花好几千元，班里49名西藏学生，只有10名回过家。平时大家都非常想念亲人和家乡的风景，老早就盼望着能乘火车回家看看了。”

绍兴西藏中学的一位老师曾去西藏学生家做过家访，青藏铁路的开通，让他感受颇深。他说：“随着青藏铁路的开通，西藏和外界的交流会越来越多，西藏的孩子们将有更好的学习条件，知识会更丰富，视野会更开阔，西藏的发展步伐肯定也会更快。”

很多年前，当我还是个孩子的时候，西藏给我最初的印象是电影《农奴》。具体的剧情已经模糊了，但在电影院门前贴出的、一个浓眉大眼的藏族男人手里高举着砸断的锁链的海报却深深地镌刻在我的记忆中。后来，在中学的校宣传队，我又参加了藏族舞蹈《洗衣歌》的演出。这些都唤起我对西藏长久的想象。2011年春节晚会，当我看到一群来自西藏山南地区扎囊县农民表演的藏舞《欢歌起舞》，看到他们质朴感人的原生态表演，每一张脸上洋溢的发自内心的对幸福生活的追求与向往，我的眼睛便有些湿润。因为在此之前，我刚刚从西藏回来，尽管只触摸到西藏的一部分肌肤，但对我来说，西藏已不再是一个空洞的概念。

由藏族歌手才旦卓玛饱含深情演唱的《翻身农奴把歌唱》一直打动着我们。这首代表了百万翻身农奴心声的歌曲，从 1959 年开始，一直在我们的耳边回荡到今天。伴随着这支歌曲，才旦卓玛也从一个青春少女成为 70 多岁的老人，但仍以充沛的精力活跃在艺术的舞台上。不知道这位一生中多次进出西藏的老艺术家可曾想到，自己的家乡在 2006 年 7 月 1 日开始发生了巨变。

绵延千里的青藏铁路如同一条哈达，把西藏和内地亲密地连结在了一起，奔驰的列车如同一个使者，带进内地先进的文化理念，又将西藏独具魅力的民族文化传播到大江南北和世界各地。

青藏铁路通车后，西藏对外文化艺术交流空前活跃，文化交流成本大幅降低，交流活动日益频繁。中国西藏艺术团首先赴澳大利亚演出和举办画展。他们还与北京香巴拉文化交流有限公司合作，在深圳成功举办国内首次全方位展示西藏民族文化艺术的大型展演活动——“走进西藏”珠穆朗玛文化艺术展，介绍了西藏绚丽多彩的民族文化和艺术。西藏的文化艺术团体还参加了意大利威尼斯凤凰剧院举办的中国艺术家演出活动、韩国的文化活动、奥地利“中国·西藏文化周”演出活动和德国埃森市“中国西藏文物展”活动，西藏文化在国内国际的影响不断扩大。同时，西藏摄影家协会同澳门综艺摄影会联合在澳门和西藏分别举办了《我们眼中的西藏》和《我们眼中的澳门》摄影展，在香港举办了《雪域风采》摄影展，加深了澳门、香港同胞与西藏人民的相互了解和沟通。应尼泊尔有关方面的邀请，西藏文学艺术家代表团先后三次赴尼泊尔考察访问，同尼泊尔文化界进行了广泛的接触与交流，向尼泊尔各界介绍了西藏和平解放 50 多年来文学艺术事业取得的辉煌成就。

与此同时，青藏铁路全线贯通为西藏传统文化的发展带来了新的契机。藏戏作为现存的我国戏剧中最古老的剧种之一，已有一千多年的历史。由于种种原因，藏戏发展、生存面临诸多问题。铁路开通后，随着游客的增多，藏戏迎来了难得的发展机遇。在拉萨的许多餐馆里，游客在用餐的同时，可以欣赏到原汁原味的藏戏。在自治区藏剧团的大戏院里，前来观看演出的大多是游客。演员的精彩表演，博得观众的阵阵掌声。一位游客说："藏戏让我入了迷，虽然语言不通，但我通过演员的手势和表情，懂得了剧目的内容。"铁路通车加速了西藏文化产业的发展，昔日"深藏闺中"的民间文化也开始通过铁路走向五湖四海。如今，来藏申办文化经营项目的人越来越多，文化产业投资额大大增加，发展速度明显加快。

西藏文化遗产保护也成效显著。仅"十一五"期间，国家和自治区就投入 6.7 亿元对布达拉宫等三大文物、白居寺等 22 处重点文物以及一批革命历史文物进行全面保护维修。布达拉宫、罗布林卡、大昭寺被列入世界文化遗产名录，藏戏、格萨尔王被列入联合国人类非物质文化遗产代表作名录，唐卡等 76 项非物质文化遗产被列入国家名录，53 人成为国家级非物质文化遗产代表性传承人，34 部古籍文献被列为国家珍贵古籍。其中"贝叶经"的保护研究工作在国内外产生了重大影响。藏学研究事业繁荣发展，藏文成为国家第一个具有信息技术信息交换用文字编码国际标准的少数民族文字。藏医藏药、天文历算等传统文化瑰宝得到进一步传承和开发利用。

一些群艺馆、公共图书馆、县级综合文化活动中心、乡镇综合文化站、行政村文化室陆续建成，遍及百姓生活中。全区专业文艺团体和县民间艺术团每年下乡演出千余次，群众文化活动日渐丰富。拉萨雪顿节等一大批具有浓郁区域特色的群众性文化传统节庆得到恢复和创新，已成为地域文化品牌。文化创新也硕果累累，新编大型历史剧《文成公主》在区外公演获得巨大成功，《多彩的哈达》《飞弦踏春》《彩铃传情》《飞快的舞步》《乐舞》等剧目在第三届全国少数民族文艺汇演中荣获多项大奖，《天路》《火车通到我家乡》《雪山彩虹》等优秀歌曲在区内外广为传唱。

2011年新年伊始，西藏文化发展大会在拉萨隆重召开。根据西藏推动文化大发展大繁荣的决定，到2015年，西藏将建立健全区、地、县、乡、村五级公共文化服务体系，广播电视人口综合覆盖率达到95%以上，人均图书报刊拥有量达到全国平均水平，公共文化服务能力显著提高，文化产业在全区生产总值中的比例力争达到3%以上。到2020年，西藏全区公共文化服务能力接近全国平均水平，文化产业将成为西藏的支柱产业。

正如藏学专家安才旦所说："青藏铁路为藏文化带来了新的发展空间。藏族文化将在交流中摒弃落后的成分，吸收外来文化的精髓，从而得到更好的继承和发展。"

"天路迢迢四千里，连通汉藏孰能拦？雪山俯首甘支柱，草地呈身乐拥纨。日侧巨龙轻巧驾，云中圣迹等闲观。文成公主如今嫁，何必三年马踏寒。"田牧的这首《七律·青藏铁路通车》饱含了西藏人民对青藏铁路的无尽深情。

五彩斑斓的经幡

布达拉宫：红山上的圣殿

英国人斯潘塞·查普曼在1936年写的《圣城拉萨》中曾这样记载："当一缕阳光在布达拉宫金色屋顶上闪烁时，你会激动不已。"

我们的汽车是在傍晚时分进入拉萨的，我渴望第一眼见到布达拉宫时，夕阳的光芒能在它的金顶上闪烁。但我忘记了，拉萨有自己的时间表。傍晚19时，内地的许多城市早已暮色苍茫，而拉萨，太阳依然明灿灿地挂在天上。就在我们去吃晚餐的途中，布达拉宫以不经意的方式突然出现在我们面前。尽管在此之前，这个世界上海拔最高的伟大建筑已经在电影和印刷品里反复出现，但它的真实面目更加非同凡响。后来，在拉萨的各个街巷奔波采访时，我们发现，建筑于红山上的这个辉煌的宫殿在城市的不同方位都能看到，而且在每一个时间的光影里，它令人仰视的面目都在神秘变化。

我们选择在中秋节参观布达拉宫。对于远离家人的我们来说，此时能在举世闻名的神殿为亲人祈福，这个节日才最有意义。比起黄金季节，此时游人要稀疏很多，因此参观不用遵守严格的时间限制。正是早晨，来自世界各地的藏传佛教信徒汇聚于此，围绕布达拉宫顺时针旋转，仿佛一条五彩缤纷的河流。我们沿着古老的石阶，小心而缓慢地靠近这个高高在上的宫殿。缓慢的步履不完全是因为高海拔，更多的是对藏文化的敬意。"住进布达拉宫，我是最大的王。走在拉萨的街头，我是最美的情郎。"此时，仓央嘉措的诗和这伟大的建筑一同飘落在了我眼前。

布达拉宫坐落在西藏拉萨河谷中心海拔3700米的红山上，是世界上著名的宫堡式建筑群。红山是藏语"玛布日"的意译。在藏族民间宗教苯教之中，玛布日被认为是祖先神灵的栖居之地，而祖先神灵最喜欢住在红色的岩山上，因此玛布日山是藏族民间宗教中的圣山。玛布日山位于古城拉萨的中心，南邻药王山。山顶上的布达拉宫，位处宽阔的拉萨河谷之中，被连绵的山脉护持。环视整个拉萨平原，如同慈悲的观音，深情眷顾着雪域的众生。

“布达拉”是来自梵语的汉语音译，译做“普陀罗”或“普陀洛伽”，原指观世音菩萨在南印度的居地普陀洛伽山，因而称之为布达拉。在信仰藏传佛教的藏族人心中，这座小山犹如观世音菩萨居住的普陀山，藏王松赞干布犹如观世音菩萨的化身，所以他们将玛布日山比做观世音菩萨的居地。

布达拉宫始建于公元7世纪，是当时吐蕃王朝的藏王松赞干布为迎接远嫁西藏的唐朝文成公主而建。之后，吐蕃王朝灭亡，古老的宫堡也大多毁于战火。直至公元17世纪，五世达赖建立噶丹颇章王朝，并被清朝政府正式封为西藏地方政教首领，布达拉宫才开始了重建。此后历代达赖又相继进行了扩建，才形成布达拉宫今天的规模。

布达拉宫是历世达赖喇嘛的驻地，同时又是供奉历世达赖喇嘛灵塔的地方，也曾是原西藏地方政府政教合一的统治中心。作为藏传佛教的圣地，不论它瑰丽巍峨的建筑，还是它本身所蕴藏的文化内涵，一直受到人们的敬重和神往。

布达拉宫依山叠砌，群楼重叠，迂回曲折。雄伟的殿宇同山体有机地融合在一起，这是布达拉宫给人最为直接的感觉。布达拉宫建筑面积13万平方米，宫体主楼13层，高115米，全部为石木结构。布达拉宫的宫顶金碧辉煌，宫墙红白相间，黄、红、白三种色彩对比鲜明，交相辉映，艺术感染力极强，体现了藏族古建筑别具一格的特色。另外，木制飞檐斗拱的设计，全部花岗岩砌的墙身，再加上五彩缤纷的经幢、神奇的摩羯鱼、共命鸟的装点，使这座位于地之巅的圣殿独傲苍穹，富丽堂皇。布达拉宫内部廊道迂曲，殿堂序列，空间曲折莫测，置身其中，犹如进入一个神秘世界，你可以体验到心灵无疆。那生生不息的沧桑故事，那地久天长的虔诚诺言，那经轮转动的凝重愿望，在庄严肃穆中久久地回响，都会使你沉到生命之底，用心灵的寂静来接纳这种壮观。宫内珍藏的大量佛像、壁画、唐卡等是一个艺术的海洋，所收藏的藏经册印、稀世珠宝、历代帝王封赐西藏官员的诏敕、封诰、印鉴、礼品以及各类佛像、法器、供器等，可谓价值连城。步入布达拉宫，犹如走进了藏民族的艺术长廊，件件均有很高的学术和艺术价值的珍宝，是人类文明发展史上重要的文化遗产。它是汉藏艺术交流融合的结晶，是宗教艺术的宝库。

在人们心中，这座凝结藏族人民智慧又亲历了汉藏文化交流的古建筑群，以其悠久的历史、恢宏的建筑和藏传佛教圣地的地位，成为藏族历史与文化的象征。1994 年 12 月，这座人类宗教与文化的艺术宝库被列入《世界遗产名录》。

布达拉宫

这段对布达拉宫的精彩介绍，引自李春生先生主编的《喜马拉雅丛书》。因为我无法找到更准确的语言来抒写这个神奇的建筑。当我进入布达拉宫，那数不清的房间、佛像和忽明忽暗的光线立刻让我迷失了方向。我神志模糊，被人流形成的惯力推搡着前行。在六世达赖喇嘛仓央嘉措昏暗的寝宫前，我停下了忙乱的脚步。布达拉宫里唯独没有他金光闪烁、珠宝满目的灵塔。他年轻俊美的面庞，像谜一样消失在青海湖畔，却在无数热爱他的僧俗百姓的心中得到了永生。他在床榻前的烛光下写的那首诗，似乎在冥冥中暗示一种命运：

洁白的仙鹤
请把双翅借我
不到远处去飞
只到理塘就回

缺少仓央嘉措灵塔的布达拉宫，依然飘忽着他浓郁的气息。在圣殿之外宽广的世界里，他的诗歌正在四处飞扬。据说，仓央嘉措至死不曾丢弃的一件藏品，是一名女子的一缕永不苍老的青丝。

“无数的宫殿死去了，成为废墟，或者成为博物馆，丧失了生命力。而布达拉宫继续活着，作为某种精神生活的载体，屹立于世界最高原，活在过去与未来之中。一千年对它来说微不足道，这伟大者其实已经超越了时间，它是没有时间的。”这是作家于坚对布达拉宫深情的表述。

由于我们在拉萨的时间非常有限，离开布达拉宫后，我们就直奔大昭寺，这是每一个抵达拉萨的人毫不犹豫的选择。就像大昭寺里著名的喇嘛尼玛次仁所说的，“去拉萨而没有到大昭寺就等于没去过拉萨”，这话后来被许多旅游景点加以复制。

大昭寺位于拉萨老城区中心，距今已有 1350 年的历史，在藏传佛教中拥有至高无上的地位。大昭寺始建于公元 7 世纪吐蕃王朝的鼎盛时期，是西藏最古老的木构建筑。据说是藏王松赞干布为纪念文成公主入藏而建，后经历代修缮增建，形成庞大的建筑群。大昭寺建筑面积达25100余平方米，有20多个殿堂。主殿高4层，镏金铜瓦顶，辉煌壮观，具有唐代建筑风格，也吸取了尼泊尔和印度建筑艺术特色，成为藏式宗教建筑的典范。大殿正中供奉着文成公主从长安带来的释迦牟尼12岁时等身镀金铜像，两侧配殿供奉着松赞干布、文成公主、尼泊尔尺尊公主等塑像，塑像神态和蔼，栩栩如生。主殿周围墙上绘满各种壁画，色彩绚丽，画面生动，内容除佛经故事外，还绘有骑马的文成公主及其随从人员进藏途中的场面，以及藏汉族工匠紧张修建大昭寺的情景。这些珍贵的壁画是历史的真实记录。

大殿周围的廊殿间、殿门、梁架、廊枋上雕刻着各种生动的图案。大殿内还有与敦煌石窟相似的飞天浮雕柱头；在初檐与重檐间有半圆雕的人面狮身伏兽作为承檐，雕梁画栋，绚丽夺目。大昭寺内保存着各类佛像、唐卡、法器、供器等宗教艺术品，其中有一幅刺绣“胜乐佛”唐卡，系明永乐皇帝所赐，为国内罕见的珍贵文物。此外，寺内还收藏着相传为文成公主带进藏的形式古朴的乐器和羊头壶等文物。

大昭寺每年有两个重要日子：一个是藏历正月初一，这天信徒要到大昭寺朝拜佛祖释迦牟尼。另一个是藏历四月的萨嘎达瓦节，是佛祖释迦牟尼诞生、得道、圆寂的日子，这时候，朝佛进香的人要排几公里长。这样的时刻我们没有赶上，但大昭寺里依然被游人和信徒挤得水泄不通。

尼玛次仁是西藏第一个身穿绛红色僧衣的喇嘛导游。他原本是一个普通的农家子弟，老家林周县彭波距拉萨仅有一山之隔。尼玛次仁从小的梦想就是能成为一名大格西。格西是藏传佛教格鲁派的学位名称，共有四个等级，通常是在大昭寺每年一度的藏传佛教大法会的辩经中产生。为圆儿时的梦，20世纪80年代中期，只有15

岁的尼玛次仁从家乡搭乘一辆过路的卡车来到了大昭寺，削发剃度做了一名少年喇嘛。他立志高远，发奋学习，不仅刻苦钻研佛法，还报考了当时的汉语、英语学习班。短短几年时间，他就从大昭寺众多的僧人中脱颖而出。虽然没有成为通常意义上的格西，但却成了一名真正意义上的学者、大昭寺的栋梁之材。我看见尼玛次仁的时候，他正在用流利的英语为一个国外旅游团讲解。从他的神态可以看出十分的投入。在漫长的岁月里，也许连他自己也无法搞清楚讲解大昭寺有多少次了，但他仁慈的笑容和微微前倾的身体，还是留给了我过目难忘的印象。

在拉萨，藏族人喜欢将以大昭寺为主的八廓街一带称为"拉萨"。初到拉萨时，听见街上随处可停的小中巴售票员尖着嗓子喊："拉萨，拉萨，去拉萨了！"总是一头雾水，但很快就明白了原来是去大昭寺。

站在大昭寺的高处，透过古老的飞檐，远处的布达拉宫辉煌夺目。一路沿着青藏公路西行，经常会看到磕长头的佛教徒，一步步用身体丈量着苍茫大地。他们来自不同的地域，需要花费数月甚至

● 大昭寺

更长的日子，但方向永远只有布达拉宫和大昭寺。

在罗布林卡的大门口，马钧和向宁躲在一棵大树下，拼命往脸上涂着防晒霜，然后才敢把自己一张黑白不匀的脸暴露在拉萨刺目的阳光下。没来拉萨之前，我感觉这个被誉为“日光城”的地方一定是雨水稀少、干燥无比，结果证明是我对拉萨太过生疏。我们抵达拉萨的日子，并不是拉萨的雨季，但几乎每到夜幕沉沉的时候，天空都会电闪雷鸣，随即大雨便会翩然而至，将白日的尘埃荡涤一空。拉萨的朋友解释说，“夜雨”正是拉萨一奇。拉萨地处雅鲁藏布江河谷地带，夜雨正是高原气候的典型表现。拉萨全年84%以上的降水都集中在夜间。白天晴空万里，夜间大雨倾盆。

罗布林卡是个令人喜欢的地方。“罗布”在藏语中意为“宝贝”，“林卡”的意思为“林园”，罗布林卡即“宝贝园”，是一座典型的藏式风格园林。罗布林卡的性质与清代北京的圆明园、颐和园和承德避暑山庄等帝王行宫、离宫相似，是历世达赖喇嘛处理政务和进行宗教活动的夏宫。罗布林卡始建于公元18世纪中叶，后经历世达赖喇嘛数次扩建，已有格桑颇章、金色颇章、达旦明久颇章等几组宫殿建筑。从原始的自然山川林木，逐渐变成与人工造园相结合，并吸收汉族造园艺术的手法，营造出一个有殿阁楼台、假山亭树、林木花草、水池勾栏的藏汉合璧宫廷式园林。罗布林卡内树木茂密，在绿树丛中，湖心宫、龙王亭、金色林卡等颇具藏式风格的建筑隐约其间，幽曲动人。清新的空气，安谧的环境，具有一种西藏园林特有的朴实、自然的情趣。罗布林卡的宫门是一座气势甚为宏大、极具藏式建筑风格的大门，配有宽大幽深的藏式垂花门楼和楼顶的金色装饰。罗布林卡占地面积约为36万平方米。园内有植物100余种。不仅有拉萨地区常见花木，而且有取自喜马拉雅山南北麓的奇花异草，还有从内地移植或从国外引进的名贵花卉，堪称高原植物园。此外，罗布林卡内还珍藏有大量的文物和典籍。

生活在城市，我很少走进人工精心修饰过的公园，但罗布林卡有所不同，宫殿楼阁的丰富色彩，令人想象到佛经里描述的极乐世界。园内建筑一般用原色装饰，配以镏金的屋顶和装饰构件，在阳光下闪闪发光。檐墙用赭红色的边玛草，大门和柱用红色，窗套用黑色，窗罩和门罩用白色，彩画用青绿色，大片的墙面用黄色，在碧蓝的天空下幻化出一种炫目的效果，震撼人心。

除了令人痴迷的藏式建筑，每年藏历六月三十日的雪顿节也是罗布林卡的亮点。在藏语中，“雪”是酸奶的意思，“顿”是“宴”的意思，雪顿节也被译为“吃酸奶的节日”。雪顿节起源于公元11世纪中叶，最早是一种祭神的宗教活动，后来节日的内容逐步丰富，不仅有吃还有玩。人们吃酸奶和其他各种食品，跳舞唱歌，还有藏戏的会演。雪顿节逐渐变成了除藏历年以外最热闹的节日。我们当然没能赶上这样热闹的场面，但一个细节让我觉得十分有趣。我发现一些藏族人在敬神的时候，如果拿出面额较大的人民币，便会在香案上的一堆零钱里找回剩余的钱，但没有人会多拿一分钱。在神面前，每个人都表现出最诚实的一面。据说拿回香案上的零钱非常

罗布林卡

吉利。我也想找一点零钱拿走，但终究没敢，怕遭到误解。

由于采访重任在身，我们没能再参观更多的景点。其实在拉萨市区，还有哲蚌寺、色拉寺、甘丹寺和药王山都很有名。如果对佛教文化有兴趣，这几大著名寺院是不能错过的。

为了赶在国庆长假之前完成采访任务，我们最后决定兵分两路，向宁和马钧坐汽车原路返回，继续采访青藏铁路沿线，我独自留在拉萨。在八廓街告别时已临近正午，阳光把街道照得通亮。不知怎么搞的，当向宁、马钧和司机小陈转身离去时，我忍不住泪水夺眶涌出。一个人在一个陌生的城市，这并非头一次经历，可此刻，巨大的孤单却紧紧包裹了我。十多年前，我背着沉重的行囊，独自远走欧洲留学时，也没像现在这个样子。

我默默地站了很久。在我的身后，“玛吉阿米”鲜亮的黄色在阳光下温暖祥和。年轻的六世达赖喇嘛仓央嘉措在这个著名的酒楼写下了那首流传百世的情诗：

在那东方高高的山尖
每当升起那皎洁的月亮
玛吉阿米醉人的笑脸
就冉冉浮现在我心田
……

我一个人去了小昭寺。小昭寺距离大昭寺很近，大约不足一公里。如果说八廓街已逐渐演变为外来旅游者的“观光街”，那么小昭寺前热闹的商业街更能体现拉萨百姓真实的市井生活。沿着拥挤的小街缓缓前行，你还真能寻找到那些躲在时光深处的一些民居、店铺和茶室，这里才是真实的拉萨。

和大昭寺相比，小昭寺冷清了许多，但小昭寺依然是一处香火旺盛的地方，到这里敬香拜佛的信徒总是排起长队。始建于唐代的小昭寺与大昭寺同期建成，是深受藏族人民敬仰的一座古寺。初建时仿汉唐风格，崇楼峻阁，金碧辉煌，极为精美壮观。小昭寺据说是文成公主入藏时，从内地招来建筑师修建的，后经数度火焚与修复。现存的小昭寺的建筑大多是后来重修的，只有底层神殿是早期的建筑。殿内的10根柱子依稀可见吐蕃遗风，上面镂刻着莲花，并雕有花草、卷云以及珠宝、六字真言。小昭寺主楼共三层，底层分门庭、经堂、佛殿三部分，周围是转经廊道，廊壁上遍绘无量寿佛像。顶层是汉式金瓦，金光闪闪，凌空摩天，从拉萨的各个方位均能看到，蔚为壮观。如今，小昭寺是黄教格鲁派上密院的修法之地。

小昭寺正门面向东方的长安，以寄托这位公主对家乡父母的思念。寺庙取名“甲达热木齐祖拉康”，意为“汉虎神变寺”。拉萨当地人管这儿叫做“热木齐”，意思就是“汉人的”。根据五世达赖喇嘛所著的《大昭寺目录》等书记载，小昭寺主神殿原来主供文成公主从长安带来的释迦牟尼12岁等身像，大昭寺主神殿原来主供尼泊尔尺尊公主从加德满都带来的释迦牟尼8岁等身像。松赞干布逝世后，遵照文成公主的旨意，大昭寺和小昭寺释迦牟尼等身佛像进行了对换。

在酥油灯幽暗的光线里，释迦牟尼的等身佛像金光闪闪。可我还是无法靠前，只能远远地观望。我曾经通过视频看过小昭寺里给释迦牟尼刷金粉的场面，非常神圣。

今日拉萨：传统与现代拼接的面孔

卧塘是拉萨最古老的名字。相传1350年前，这里是一片人迹罕至、野兽出没的沼泽地。沼泽地中央则是一个名叫吉雪卧塘的大湖泊。公元7世纪，吐蕃部落崛起，到了第三十一代首领达日聂司（松赞干布先祖）开始了统一西藏的大业。吐蕃一代英主松赞干布出生时，吐蕃王朝正是兴盛时期。但当松赞干布13岁时，吐蕃发生了政变，其父被谋反的贵族毒害致死。继承王位的松赞干布很快平定了内乱，并为完成西藏统一大业南征北战。一个盛夏的日子，松赞干布来到拉萨河沐浴，发现卧塘一带水草丰茂，景色优美，气候宜人，地势险要，于是从雅砻迁到了卧塘。从此，天时地利再加上牧民们的辛勤劳作，畜牧业很快在当地发展起来，真可以称得上是牛羊肥壮，奶子长流，于是人们便给这地方取了一个美好的名字——卧塘，意思是“奶子坝”。

拉萨在藏文中为“圣地”或“佛地”之意，长期以来是西藏政治、经济、文化、宗教的中心。1951 年 5 月 23 日，西藏和平解放，拉萨城步入了新的时代。1960 年，国务院正式批准拉萨为地级市，1982 年又将其定为国家首批 24 座历史文化名城之一。史籍上第一次出现“拉萨”二字，见于公元 806 年藏王赤德松赞所立《噶琼寺碑》，其中有言：“神圣赞普先祖松赞之世，始行圆觉正法，建拉萨大昭寺。”由此可见，拉萨的城名，已经出现近 1200 年了。

我对西藏的关注，大约开始于上世纪 80 年代初期，那时我还是一名大学校园里的学生。不知为什么，当时中国大地突然刮起一股西藏旋风，大批文化人满怀激情地奔向西藏。这其中以画家和摄影家居多，当然，也有作家，如著名的画家陈丹青、摄影家吕玲珑、作曲家何训田等。作家就更熟悉了，有马丽华、马原以及后来把生命留在西藏的龚巧明等。读到他们有关西藏的作品，真是崇拜极了。因为那时进西藏非常不易，他们常常坐着拉货物的卡车，遇到糟糕的天气，路上要走十几天。随后没有几年，青海电视台编导刘朗创作的一部专题纪录片《西藏的诱惑》便将我彻底征服了。

有人说：西藏只能生存两种人，一种是以体能与自然抗争的强者，另一种是以灵魂去感悟的智者。我知道这两者自己都做不到，所以在《西藏的诱惑》诱惑了我 20 余年之后，才与西藏相遇。现在落入我眼中的拉萨，早已不是马原们笔下的拉萨了。我在上世纪 80 年代的某期《西藏文学》上，看到画家于晓冬的一幅油画《干杯西藏》，里面的人物后来大多都成为了文学艺术界的名人。除了本土作家扎西达娃，也大多都已离开西藏了。如果他们现在回到拉萨，还能认得出吗？

人们喜欢说："不到西藏，不知道天空有多蓝；不到拉萨，不知道空气有多鲜；不到大昭寺，不知道信仰有多诚；不到八廓街，不知道逛街有多爽。"而我在拉萨有一件后悔的事，就是应该住到一家叫巴朗学的藏式旅馆，听说它在国内外非常有名，价格低廉，是背包客喜欢聚集的地方。这里离八廓街近，各种信息很多，会让我更多地感受拉萨。我在拉萨采访的几天里，每天都会利用中午的空闲时间去八廓街。

八廓街是拉萨最古老的一条街道，也就是通常所说的"八角街"。这条街过去只是围绕着大昭寺的转经道，藏族人把它称作"圣路"。如今的八廓街既是转经道，又是一条充满民族特色的购物长廊。这里有土生土长的藏族居民和商人，也有来自内地各省市的汉族、维族、回族、白族商人，更有远道而来的尼泊尔、印度、不丹等国商人。经营者也由和平解放初的 80 来户，发展到现在的近 2000 家，上市商品约 8000 多种。有藏银制作的项链、手镯、耳环，有造型奇特、图案多样的藏刀和地毯、挂毯等。其中藏帽、木碗、经书、唐卡、藏香、佛像、佛龛、面具、烛台、鼻烟壶、藏币、宗教法器以及各种饰物均为旧货古董，可谓古香古色、粗犷古朴，令人过目不忘。特别是一些旧货摊上的饰物、用品、工艺品，其形状构思之巧妙，工艺之精细，内涵之深刻堪称一绝。当然也有舶来品，如印度的宝石和香料，尼泊尔的项链、纸灯笼、手织布等。八廓街市场已成为西藏最大的商品集散地。正如藏族作家次多所说："八廓街是一道宗教的江，是一条生活的河。八廓街比世界上所有的街道都富于内容。它有精神上的意义，也有物质上的价值；它有值得骄傲的悠远历史，也有缤纷多姿的现代色彩。东方西方，内地外国，以及那永难磨蚀的藏民族风格，全都汇集其间。"

青藏铁路通车后，八廓街的变化成了整个西藏变化的缩影。

在八廓街做旅游生意的老板风趣地告诉我："过去很多年里，因为季节性强，到了旅游淡季，我们都会选择歇业，所以人家都叫我们是'冬虫夏草'。现在游客多了，全年做都没有问题了。"大量内地经商者的涌入，也改变了拉萨本地人的经营理念。来自陕西、浙江的经营者每天早上7点多就开门营业，一直到晚上10点半左右关门。渐渐地，周围的藏族商户也遵循了他们的营业时间表。而在以前，他们早早地就关门歇业了，那时，太阳还高高地挂在天上。

八廓街东面有一个小摊，经营者是来自康区的拉姆，摊位不大但前来光顾的游客却络绎不绝。拉姆经营这个摊位已经十几年了，由于藏、汉、英三种语言都懂，她招呼起顾客游刃有余。拉姆说："我这个摊位东西虽少，却很有特色，不少游客都喜欢买些小巧玲珑的民族工艺品和饰品作为礼物带给亲朋好友，所以我每天的生意还不错。"据说，八廓街里像这样的小摊就有1000家。这一个个小摊成为每家人重要的生活来源。在八廓街一角，一个新疆维吾尔族商人的皮鞋（靴）生意做得十分红火。他每天的收入除了改善家里的生活外，很大一部分是用于子女的教育。摊主买买提说："社会发展那么快，我们必须让孩子上学。只要有知识将来就不至于被社会淘汰。这几年西藏的变化很大，想在这里发展，如果没有文化、没有能力是不可能立足的。"

"八廓街这几年眼见着一天一个样"，正在摆摊卖货的54岁的次仁卓嘎，谈起八廓街的变迁，颇为感慨地说，"过去八廓街是一条黄土路，下雨两脚泥，刮风满身土，弄得货物都脏兮兮的。现在八廓街铺上了石板，每天还有打扫卫生的，到处干干净净，外地人来这儿走走看看心里感到舒服，咱在这里居住、做生意也顺心。"

在拉萨市老城区八廓东街与南街的交会处有一家"东孜苏古玩店"，主人是旺堆和罗珍夫妇。店子不大，但天珠、玛瑙、绿松石、红珊瑚，应有尽有，古陶器罐子、酥油筒、藏族饰品也种类繁多，整个店内的装饰紧凑而独具特色。多年前，旺堆还是西藏日喀则地区仁布县的一个普通牧民。当他第一个走出牧区外出打工的时候，族人将他视为异类，父亲也扬言要跟他断绝父子关系。连他自己都没有想到，如今，旺堆已经成了拉萨有名的古玩老板和“挂毯大王”，生产的手工挂毯不仅成为中外游客必选的装饰品，而且还被布达拉宫收藏，个人资产已达上千万元。

旺堆说：“火车通了，人多了，市场繁荣多了，民族用品也越卖越好，价格也‘刷刷’地上去了。五六千一个月的铺面租金，一个月下来也能盈利不少。”作为一个民族文化的捍卫者，他还有更深层次的精神追求：“300年以前的东西，我是不会卖出去的。我计划等我的收藏够丰富时，就开一个小型的博物馆。”

八廓街上还有一家百年老店，别看那个沉淀着岁月痕迹的木制招牌“夏帽嘎布”并不起眼，但在八廓街甚至整个拉萨城却是尽人皆知。店主人名叫热特那·古玛·吐拉达哈。100多年前，他的曾祖父巴苏然纳从尼泊尔骑马越过喜马拉雅山，来到西藏做生意，买下了大昭寺附近的一座两层楼房。当地藏族人记不住他的名字，只是看到他总是戴着尼泊尔风格的白帽子，就叫他“夏帽嘎布”，藏语就是“白帽子”的意思。时间久了，这家店铺的名字就变成了“夏帽嘎布”。

夏帽嘎布曾在拉萨创建了第一家羊毛洗涤厂，西藏的第一辆汽车也是他们从中国与尼泊尔交界的喜马拉雅山口拖进来的。可以说，尼泊尔人巴苏然纳创办的夏帽嘎布为西藏的经济发展做出了一定的贡献，因此，这家店的主人曾多次受到中国领导人的接见。

对于拉萨快速的变化，热特那说：“现代化可以让本地人过得更好，现代化本身并不能改变西藏文化。外国人喜欢的是这里的古老建筑和手工艺，但不能因此而阻止西藏人提高自己的生活水平。”

在几家小店里，一种类似豆浆机的东西让我好奇，店主告诉我那是电动酥油搅拌机。“现在拉萨人喝酥油茶都用这个机器做了，很少再用木桶了，很费事的。”然后，他又补充道：“不过，那种用木桶捣出的酥油茶的香味，再也没有了。”

漫步在八廓街用石板铺出的小道上，让我想起江南的古镇和欧洲的老城。那斑驳的石墙、梯形围着黑框的窗户，饱经沧桑又独具韵味。尽管这里庭院密布，街巷通幽，经声连绵，人头攒动，但你依然能够感受到弥漫在其间的缓慢的生活节奏。时间的指针在这里突然放缓了脚步。对于当地人来说，这种天生的节奏是一种神赐的福缘——把大量时间奉献在八廓街缓缓地转动中，这才是拉萨应该拥有的生活。

八廓街是古城拉萨的灵魂。在这里你可以看到佛教与尘世、宁静与喧哗、虚无与真实、传统与现代和谐并存、完美融合。

八廓街外的拉萨城，也在发生着日新月异的变化。经过十多年的建设，现在几乎所有拉萨市民都住进了新建的民居，在街上可以看到一家一栋的别墅和组合式的公寓楼房。八廓街的旧房和街道也做了改造，每户家庭都设置了独立的厨房和厕所，还改善了房间的

八廓街

通风和采光条件。周围的大街小巷都铺了青石板，把给排水、通讯、照明等管线都埋到地下。北京东路、朵森格路等拉萨最繁华的商业街人流如织，甚至到了深夜，车辆仍川流不息。新建的西藏图书馆、西藏博物馆、西藏大学、西藏社科院、西藏人民医院、宇拓路商业街等一大批城市公共建筑和城市基础设施气派壮观，弥漫着现代气息，为拉萨城增添了众多亮丽的城市景观。不只是休闲服装，汽车、电脑、手机、高档家具等消费品也逐渐进入拉萨居民的家庭。2009年以来，差不多每天跑上街头的新牌照机动车在40辆左右，平均每23人就拥有一辆私家汽车，是全国平均水平的5倍还多。电脑数码城、家具综合商贸城、手机商城等众多专业性商贸城也应运而生。新近落成的营业面积达6000多平方米的拉萨百货大楼是西藏最大的商场，一些来自藏区的牧民在起起落落的自动电梯上发出爽朗的笑声。在拉萨的大街小巷，装修豪华的酒楼、茶馆，袖珍小巧的美容美发店，海内外游客云集的藏餐馆，数不胜数的服装店、干洗店、照相馆，鳞次栉比。城郊6平方公里的拉鲁湿地得到了有效保护，使拉萨人有了自然绿地公园。这呈现在视野中的一切，让人们全然忘记了是置身在海拔3700米、自然条件恶劣的西藏。

在布达拉宫和大昭寺周围，不停旋转的转经筒闪烁着金光，而在它不远的地方，越来越多的专卖店与咖啡馆也吸引着年轻人的目光。昌都长大的藏族姑娘央珍，从中央民族大学信息专业毕业后回到了西藏，在拉萨的中国银行工作。她常常会在周末陪母亲去大昭寺，然后双手合十，默默注视母亲磕着等身长头。对她来说，宗教已经不是生活的全部内容。

在拉萨街头，我注意到了十分醒目的洋快餐招牌也出现了。我的同学说，洋快餐刚刚登陆拉萨的时候，市民们充满好奇，许多人在经过洋快餐店时，读着汉堡、三明治、热狗这些陌生的名字，却不知为何物。其实，对吃惯了藏餐和川菜的拉萨市民，洋快餐经营目前仍然低迷，但这个新鲜事物的出现，却大大影响了拉萨餐饮业的发展。洋快餐从点菜到上菜几分钟的快捷服务，以及始终坚持的大众化路线，作为一种新理念，在拉萨餐饮业产生了一股冲击波。中式快餐店也慢慢开始学习洋快餐店的一些经营模式：大面积的玻璃橱窗，一排排固定于地面上的桌椅，统一着装的服务员，托盘上桌的用餐方式，都极力塑造一种“快餐”形象。我想或许有一天，当肯德基、麦当劳等国际知名连锁店落户拉萨时，也会受到这个古老城市的青睐。

交通的便利让拉萨的藏族居民饮食习惯也发生了变化。如今藏家餐桌上不仅有传统的风干牛羊肉、青稞酒，还有嫩绿的青菜、可口的鸡鸭鱼肉，从沿海空运来的生猛海鲜也逐渐成了藏族人经常品尝的美味菜肴。到藏民家做客，酒足饭饱后，主人还会端上一盘插有牙签的水果。由于有了更多的卫生保健知识，藏族人对于长期食用牛羊肉、酥油等高脂肪食物会引起心血管疾病有了认识，也开始尝试食用鱼类等低脂肪高蛋白饮食。讲究科学饮食已经从城镇普及到广大牧区，就连千百年来以牛羊肉为主食的藏北牧区，蔬菜和水果也越来越受到牧民的喜爱。在一些乡镇的农贸市场，出售蔬菜和水果的摊位数量开始超过牛羊肉的摊位数量。

一个外国记者在自己的文章里这样描写对拉萨的感受：

> 在拉萨，我见到了高原上广阔的林荫大道，见到了喧闹的购物商场、卡拉OK厅，甚至网吧……这些景象使拉萨在我的眼中与其他中国内地的新兴城市别无二致。拉萨的八廓街把藏族人的传统与现代交融得如此贴切……富裕起来的西藏，孕育了一批富裕起来的藏族人。中国政府正积极鼓励西藏中产阶级的出现，而他们的出现，将会对西藏的未来产生巨大的影响。
>
> 在离布达拉宫不远的一个娱乐城的夜总会里，我见到一批富裕家庭的藏族青年。娱乐城里所有的装饰物都是带有西藏风情的。在这里，歌手和来宾唱着汉族和藏族的流行歌

曲，喝着西藏产的啤酒，看着印度电影。兴起时，大家翩翩起舞。藏族的“哈达舞”和迪斯科在同样的旋律里相会。这些既未丧失自己的民族特性也不想再回到过去岁月的西藏青年，正在走向一个全新的世界。

西藏历史上，并没有过真正意义上的城市。那些漂亮的碉楼和藏居曾经诗意地散落在雪山脚下、圣湖之畔，但今天的拉萨已经以现代化的都市面貌出现在世界面前。作为西藏自治区首府，拉萨市如今辖七县一区，总面积近3万多平方公里，市区面积59平方公里，是50年前的近20倍；城市道路总长由50年前的1公里增加到241公里；全市总人口近55万，其中市区人口近27万，有藏、汉、回等31个民族，藏族人口占87%。

关于拉萨未来的城市建设，我在拉萨市住房和城乡建设局了解到：到2015年，城市建成区面积将达82平方公里以上，城市常住人口将达35万。将基本完成东城区、柳梧新区的城市主干道和次干道建设，完成东嘎区、西城区主干道建设，建成纳金大桥、北环线

拉萨全景

和柳梧东大桥，构建“二环七横九纵”的城市交通骨架。建成后，城市功能更加完善，交通更加顺畅，出行更加便捷，建筑更具特色，夜景更加亮丽，环境更加优美，城市形象将得到大幅度提升。根据拉萨市委、市政府提出的“东延西扩、跨河发展”战略目标，规划后的拉萨市区将分为七大区：以工业为主的东嘎区；以城市生活、产业为主的西城区；以交通枢纽、城市物流为主的柳梧区；以自治区行政中心、历史文化保护为主的市中区；以文教、体育设施为主的北城区；以市级行政中心为主的综合性的东城区；以城市开发为主的白定区。

已是黄昏，火红的晚霞在天边燃烧。我站在大昭寺前的转经路上，默默地注视着潮水般的人群。这是我在拉萨的最后一个夜晚，无论如何，我必须看到八廓街上这最壮观的一幕。八廓街上的店铺已经关闭，所有的信徒都聚集于此，按照顺时针的方向，汇成了一个浩浩荡荡的队伍。他们手里数着念珠，转着经轮，诵经声和脚步声合成一种特殊的乐声，在拉萨的天空下回荡。而且，这股滚滚向前的洪流，一千多年来从未中断。我想，尽管现代化已经给这里带来了巨大的改变，但这座城市的精神内核从没有改变，它仍然神圣、纯净、至高无上。其实，来到拉萨后，我始终想看到清晨的第一缕霞光照亮布达拉宫金顶的那一刻，观赏这一景象的最佳位置应该是在药王山上，这是摄影家们理想的拍摄布达拉宫的地方。可是，生性胆小的我始终没能把愿望化为行动。比起在西藏大地上行走的那些女独行侠，真是羞愧之极！

月亮升起来了，喧闹了一天的八廓街慢慢寂静。五彩斑斓的街灯为城市置换出了另一张布景。我小心翼翼地捧着从八廓街请来的铜制文殊菩萨，向着我住宿的宾馆走去。现在，我只剩下了一个心愿，那就是希望神性的西藏能从此开启我的愚钝。

青藏列车：天路上的绿色天使

为了零距离地体验这条行驶在天路上的钢铁巨龙，我决定从拉萨坐火车返回西宁。我的同学白拉送我到了车站。在入口处，白拉按照藏族人的礼仪，为我献上了洁白的哈达，然后，我们相拥而别。那一瞬间，我突然觉得，西藏让我有了难舍之情。

列车慢慢驶出拉萨站，很快就到了拉萨河大桥。这里距离拉萨车站只有两公里，是青藏铁路标志性工程之一，也是青藏铁路上的最后一座桥。拉萨河大桥设计非常别致新颖，远远望去，三个白色的桥拱宛若飘舞在青山碧水间洁白的哈达。主桥和引桥桥墩分别设计成了牦牛腿和雪莲花的形状，独到美观，与藏民族文化相得益彰。当游客奔波了上千公里的漫长旅程后，拉萨河大桥便以藏族人的热情让你的心头一热。

与独具匠心的拉萨站、拉萨河大桥一样，进藏列车也是青藏铁路上一道亮丽的风景。它大量采用了祥云、荷花图案和黄红白色彩，让旅客走进车厢就能感受到扑面而来的藏文化。乘务员服装整体色彩以“中国红”和“喇嘛红”为主调，款式上将青藏两地佛教文化和民俗风情巧妙融合。同时，车厢内的藏式地毯，堆绣吉祥八宝、土族盘绣太阳花、特色绒毛画等装饰以及列车广播电视滚动播出的西藏文化艺术、宗教历史、风土人情介绍，无一不在展示着雪域高原的独特魅力。

风韵别致的青藏客车由南方四方机车车辆股份有限公司制造，所采用的供氧系统属于世界首创。四方机车公司的技术员刘振环介绍说：“制氧系统是青藏客车上独有的、必备的，也是最关键的设备之一。”这与我们平常所乘的客车完全不同。

试验证明，当海拔高度超过3000米时，就会有人出现缺氧症状；海拔达到4000米时，出现缺氧症状的人数可达80%以上；海拔达到5000米时，普通人都会出现缺氧症状，必须补充氧气。经过多次论证、试验，青藏铁路最后采用了弥散式和分布式结合的供氧方式。弥散式供氧是将富氧空气送入主送风道，与新风和回风混合后送入客室，提高客室的氧浓度，满足大部分旅客对氧气的需求。分布式供氧是通过管道直接将富氧空气接到旅客界面的适当位置，按照定员设置氧气分配器数量，这样旅客可以通过鼻吸式氧气接口直接吸取富氧空气，满足个别旅客对氧气的需求量。这两种方式结合使用，可以解决旅客高原补氧的不同需要，提高旅行的舒适性。

“客车行驶到全线海拔最高的唐古拉山站时，弥散式供氧使车内的氧浓度提高到23.5%~25%，旅客吸入的氧气量相当于在低于拉萨海拔高度（海拔3641米）时吸入的氧气量；分布式供氧则可使车内的氧浓度达到38%~47%，旅客吸入的氧气量相当于1800米以下海拔高度的氧气量。”刘振环介绍说。

为了保证旅客生命安全，列车厕所内部特别为出现紧急状况的旅客安装了一个红色紧急按钮。旅客只要按下红色按钮，乘务员就会立即赶到并帮助解决难题。除了配有医生和护士，列车还在沱沱河设立了医疗救护站，与铁路沿线的西藏安多、那曲等地医院建立了医疗联系点。如果旅客在沿途发生严重缺氧反应症状或发生重大高原疾病，就将旅客直接安排在这些地方进行紧急治疗。

青藏铁路格拉段风沙大，空气稀薄，雷电频繁，特别是地滚雷时有发生。为避免雷电对电气系统的破坏，消除对旅客人身安全的威胁，青藏客车首次装用了防雷系统。同时，普通列车上了青藏线，窗玻璃会变形，往外鼓，也无法防止高原紫外线强照射。而青藏铁路列车的车窗玻璃选用了进口的低辐射中空玻璃，紫外线透过率不超过 13.3%。经过滤后，车内紫外线强度与平原环境下基本一致。在列车的用材上，我还发现进藏列车全列密闭，“身披”铝合金外

● 拉萨河大桥

衣。列车负责人介绍说，这是因为铝合金的重量大大低于钢铁，有利于进藏列车减重提速。另外，铝合金能够提供良好的气密性，在高速运行过程中，列车表面会产生负压，而两列火车“擦肩而过”时又会变为正压，正负压的瞬间转变需要车体有良好的密闭性，而铝合金能较好地做到这点。车身必须采用一整块与车身同长的铝合金板制成，若是拼接的话，强度将会减弱。针对高原行车颠簸的特点，每节车厢还采用完善的气囊减震系统，大大提高了乘车的舒适性。

初次奔赴青藏高原，每个人多少都会有心理压力。在安全保障上，青藏列车针对沿途气候变化大、环境恶劣的实际情况，每节车厢都设有紧急出口窗，当车内遇到紧急情况时，拉动把手将窗玻璃固定胶条拉下，扳动车窗玻璃把手，窗玻璃就可以拉下，旅客就能从紧急出口逃生。车内设有监视屏，可以准确显示轴温、防滑器、烟火报警器、空调、制氧机、车门及车下电源箱的运行详细信息，为列车检修及安全行驶提供保障，还有紧急断电系统以应对突发事件。

青藏线格拉段有547公里的常年冻土地段，生态环境脆弱，环保要求极高。为满足客车在青藏线运行时“污水污物零排放”的要求，青藏客车对相关系统进行了全新设计。客车上安装了污物收集装置，排泄物通过真空集便装置和连通管系集中收集到车下吊装的污物箱内。每个污物箱的容积为400~450升，可以满足连续运行42小时无须排放的要求。另外，客车上还安装了废水收集装置，废水通过排水管系收集到污水箱，污水箱容积为600~800升，可以满足连续运行16小时无须排放的要求。在部分客车上安装了压缩式垃圾箱，加大了垃圾收集能力。

子夜时分，列车缓缓停靠在格尔木火车站。我看见大批旅客从列车正面上下车的同时，在列车背面有7辆真空吸污车一字排开，迅速将各自的管道插入列车的排污口，开始了紧张作业。青藏铁路自2006年7月1日全线开通4年来，旅客列车共计排放的18万多吨污水和污物就是这样被集中收集并实现零排放的。“我们必须在列车停靠的20分钟内，吸完每趟列车排放的污水和污物，要让青藏铁路旅客列车干干净净地驶入雪域圣地西藏。”负责执行当晚吸污任务的王胜元师傅说。据了解，青藏铁路公司在青藏铁路全线共设置了西宁、格尔木、拉萨3个吸污站点，配备了21辆真空吸污车。其中，除西宁站点的3辆车属应急设备平时基本不作业外，格尔木站点的14辆车和拉萨站点的4辆车几乎承担了全部吸污任务。格尔木站点收集的污水和污物将被送到当地的园林部门，经过科学处理后，用于灌溉树木和花草，彻底变废为宝。与此同时，列车的车窗也经过专门的设计，在保证空气流通的同时，能够有效防止垃圾被遗弃到车外。“你想往窗外扔啤酒瓶都不可能。”一个列车员告诉我。很多年前我出门远行，铁路两边飞舞的塑料袋和丢弃的垃圾非常刺目，随着全民环保意识的增强，这样的现象已经成为历史。我注意到在青藏铁路沿线，果然看不到任何垃圾，可见环保工作非常成功。

青藏列车处处体现出的人性化设计理念很引人注目：车内所有的标志牌都用汉文、藏文、英文书写；座位上部的行李架由透明材料制成，门体也采用了透明材料，显示出列车的高档豪华；车厢内

列车上的乘客

所有的门都一改过去的推拉门为横拉门，既安全又节省空间；车厢两端的车门采用感应式的“塞拉门”，旅客进出时只要轻点一个感应开关，车门就可自动开启；车厢内设有电子显示屏，可随时滚动播出车内温度、列车时速等相关内容，让旅客对列车的运行情况有所了解。另外，列车厕所将传统的用手扳拉冲水器改为智能化的手触式按钮，让旅客倍感亲切。

餐车也很有特点，通透的厨房敞开玻璃式结构使人赏心悦目。厨房完全使用既干净又安全的微波炉和电磁灶，厨师烹饪，旅客在外面一目了然。在高海拔地区，如果厨师遇到高原反应，还可以插着氧气管吸氧做饭。餐车在提高餐饮工作人员服务质量、烹饪技术的同时，自创了以中餐、西餐、藏餐、清真餐为主，地方特色小吃为辅的餐饮服务模式，能够满足不同旅客的饮食需求。

“青藏铁路是世界上海拔最高的铁路，同时也是服务水平最高、服务态度最好的铁路之一。乘务员用甜美的微笑、辛勤的劳动、优质的服务精心为旅客营造了优良的乘车、休息、用餐和观光环境，让我们享受到了一段愉快的旅程……”这是我在列车上看到的来自宝岛台湾的10名旅行者联名写来的感谢信。乘务员告诉我，类似的感谢信还有很多，都是旅客们对青藏铁路公司及客运职工发自肺腑的赞叹与感谢。他们还给我讲述了这样一件事：有位名叫白秀娟的女士，家住玉树地震灾区扎西大同村，在大地震中遭遇了失去亲人的巨大打击后十分悲痛，决定去拉萨为逝去的亲人祈福和超度。2010年6月2日，在前往拉萨的K9801次列车上，白秀娟因精神恍惚不慎将钱包丢失在了卫生间，餐车的魏海楼师傅捡到后立即交给了乘警，乘警根据钱包内的身份证及软卧登记牌找到了她。当白秀娟拿着失而复得的钱包，发现9400元现金分文未少时，激动之情溢于言表。她说：“大难无情，人间有爱，在我遭受了巨大打击、一度失去生活勇气时，是全国人民的爱温暖了我的心；而列车工作人员拾金不昧的好人好事，更让我重拾了对生活的信心。人间处处有真爱，我愿好人一生平安！”

在和列车员们聊天的时候，我发现他们中很多人至今也没参观过布达拉宫，因为列车到拉萨都是在晚上，第二天一大早就往回返了，根本没有时间下车。我还了解到，青藏铁路公司对司乘职工的选拔和培训十分严格。人员的选拔主要从文化素质、专业要求、职业资格、工作经历、年龄、技能、职业道德、身体素质等都有具体要求。培训主要包括新设备、新技术、新规章、新运行图、新作业标准、作业程序等相关知识；民族、宗教政策和藏语言培训以及行车人员兼职兼岗的相关知识、安全知识、操作技能、非正常情况下的应急处理知识、高原卫生和环境保护知识、卫生防疫、高原病预防及自救等。

高标准使青藏铁路开通近五年来，客运服务质量不断提高。列车员中涌现出了很多语言交流的“小翻译”，民族特色、景点介绍的“小导游”，熟知旅客出行知识的“小电脑”，介绍高原病防治知识的“小医生”，满足旅客不同口味的“小厨师”，充分展示了世界一流高原铁路的风采，给一批批到雪域高原寻梦的国内外游客留下了美好的印象。

随着青藏铁路的全线贯通，乘坐快捷舒适的火车进藏已成为旅游者的首选方式。青藏铁路沿线车站，在统一协调的总体风格下形成了一站一景的特色化建筑群。楚玛尔河车站被设计成高度抽象的藏羚羊造型，站台上放置着藏羚羊的雕塑，以此提醒人们已经进入可可西里自然保护区，这里就是藏羚羊迁徙的主要路线。沱沱河车站设计简洁而醒目，以顺次设置的三组倾斜体寓意了雄伟的高山，以水平展开的弧形玻璃暖廊寓意了曲折的河流，巧妙地反映了沱沱河乃是长江之源的主题。在藏北第一重镇的那曲，车站主入口的雨篷造型正是羌塘地区毡房和雪山的象征。而安多车站，酷似帐篷、毡房，两翼上扬的挑檐对称设计，更是借鉴了草原上随处可见的雄鹰形象，隐喻了安多乃至西藏的飞升之势。无论是安多、那曲，还是当雄、拉萨，凡是青藏铁路的主要旅客上下站，设计中无一例外地依据藏式建筑特点，通过抽象变形，将藏式建筑特有的檐口、斜墙、碉楼、柱式、门窗饰边、布幔等特色化元素发挥得淋漓尽致，既洋溢着浓郁的藏地风格和地域特点，又各具特色，充满了时代感。据有关资料介绍，除供旅客上下的车站外，青藏铁路沿线还专门设计了6座无人值守的景观车站，使旅客在著名的玉珠峰、昆仑山、唐古拉山以及青藏铁路沿线最美丽的错那湖畔可以驻足观望，拍照留念。同时，沿线还设计了多个无人值守的非景观车站，虽没有实用价值，但可以对旅客的视野造成冲击效果，避免旅游过程中因高原辽阔、人烟稀少而产生视觉疲劳。

列车已经进入茫茫夜色，窗外的景致淹没在无际的黑暗中。我开始在灯下翻阅有关青藏铁路的资料，学者方敏、马菁林的一篇文章吸引了我。关于青藏铁路通车后所带来的影响，他们概括得非常全面，其中特别提到：青藏高原人口主要集中在海拔较低、气候条件较好的高原谷地。雅鲁藏布江流域、河湟谷地人口密度相对较高，耕地相对集中，大部分为良田沃土，是青藏高原重要的工农业生产区。青藏铁路的建成通车，将带动和加快青藏两省区的城镇开发建设，全新的高原城镇版图将逐渐显现。包括交通、能源、通讯、供水、供气、供热等在内的基础设施建设，以及医院、学校、市场、银行等各项公共设施的配套建设，将具有巨大的投资潜力。小城镇

列车奔驰在青藏线上

将日益繁荣，德令哈、格尔木两市将发展成为中等城市，安多、那曲、当雄三县将发展成为小城市，素有“拉萨西大门”之称的堆龙德庆县将成为拉萨的卫星城。作为全国首条高原生态铁路，青藏铁路的建设充分体现了可持续发展的要求，对带动沿线地区的环境保护起到积极作用，并为今后我国大型基建项目的环境保护工作提供良好的范例，有利于沿线地区的综合交通运输体系走上科学发展的轨道。青藏铁路建成通车后，西北地区丰富的煤炭、石油等资源可以经济、便捷地运抵藏区，高原居民的燃料和食物结构将彻底改变，这对于遏制破坏森林草场、保护生态环境具有深远的意义。

穿越苍茫大地的青藏列车，离我生活的城市西宁越来越近，圣地西藏已化为一段美好的记忆。望着窗外辽远的大地，我想起了约瑟夫·洛克。这个美籍奥地利探险家，把生命中大把时光都留在了中国的西部，并让整个世界都知道了香格里拉这个神秘的地方。1930年10月，无数的人从《美国国家地理》杂志上读到了他名为《贡嘎山的光彩》的文章。贡嘎山是藏族群众心中至高无上的神山。洛克这样写道：“走进寒冷、灰色的黎明，但见前方万里无云的天空下，一座无与伦比的金字塔——雅博雅傲然挺立。这是我所见过的最美妙绝伦的山峰。墨绿色的天幕下，那座冰雪金字塔呈现出灰色，然后又换作银色，但后来当太阳最初的光芒吻了上来，雅博雅的山顶涂上了一溜金黄。”此次西藏之行，我也看到了一生最美的雪山——南迦巴瓦峰。这座位于西藏林芝、海拔7782米、高度排在世界第15名的高峰，位居《中国国家地理》评选的“中国最美的十大名山”之首，同样是藏族人民心中伟大的神山。它终年积雪，风景秀美。山峰脚下是世界第一大峡谷——雅鲁藏布江大峡谷。由于地处季风通口处，一年四季常常云雾缭绕，很难有几天显露其真面目，素有“云中天堂”之名。但奇迹还是发生了。清晨我们前往雅鲁藏布江大峡谷，南迦巴瓦峰云遮雾绕，像蒙了层厚厚的面纱。车上的导游不断重复“能不能看到，就看你们的佛缘了”，搅扰得我们心乱神迷。等我们从大峡谷返回，刚刚站到观赏南迦巴瓦峰的平台上时，南迦巴瓦峰竟神奇地为我们一点点地撩开神秘的面纱，亮出深藏已久的容颜。人们激动地欢呼着，等待已久的摄影家从四处奔来。我被南迦巴瓦峰动人心魄的美深深震撼，那一瞬间，我明白了洛克“在凝望雪峰时内心突然感到某种疼痛——因感激、崇敬和幸福而生出的疼痛”，然后，我泪流满面。

作家于坚说：“俗人到西藏去是要有缘分的。”他还说：“拉萨是一个只能体验，无法想象的地方。”对此，我深信不疑。

现在，我回到自己的城市已经数月，行走青藏铁路的情景依然历历在目，恍然如昨。我知道，这条承载了几千年华夏民族大国梦想的天路早已嵌入我的身体，成为我生命的一个部分。尽管这条天路抵达的雪域高原空气稀薄，遥远荒寂，但它的宽厚、圣洁、神秘、慈悲却能为我们久居于城市日渐困顿和麻木的灵魂充氧、注入激情。从文成公主进藏到今天从首都前往拉萨，岁月流逝的1300年里，路途的时光已由3年缩短到了48小时。我相信，每一个乘坐青藏列车奔赴西藏的人，都会为这人类建设史上的伟大奇迹心生敬意并终生难忘。我还相信，西藏炽烈的阳光会停泊在每一个抵达这里的人们心头，经久不散。

南迦巴瓦峰

后　　记

行走青藏线，写这样一本和青藏铁路有关的报告文学，完全是一件意料之外的事情。

2010年7月末，正值西宁最惬意的季节，陕西人民教育出版社的田和平副总编和编辑室李崇君主任，专程来到西宁与我们见面并道出此行的来意。他们想出版一本反映青藏铁路通车后给沿线带来变化的报告文学，打算赶在2011年7月1日青藏铁路通车5周年出版。受到《青藏大铁路》一书的启发，他们认定青海的作家对这个选题更能把握，因此特地来邀请我们合作。说真的，起先我们是有所顾虑的，其原因有三：第一，青藏铁路跨越青藏两省区，沿线范围非常大，加上民族地区语言沟通有障碍，采访起来会非常不便；第二，这本书明确要求要在2011年2月份交稿，时间非常紧。写报告文学必须去现场采访，除去采访的时间，写作时间仅仅只有三四个月，我们深怕难以按时完成任务；第三，青藏铁路二期从格尔木到拉萨1100多公里，沿途平均海拔4500米，最高海拔达5200米。一路翻山越岭，高寒缺氧，气候十分恶劣，能不能适应心里没有底。但是，出版社同志的那份真诚还是打动了我们，加上作家的使命感，于是就促成了我们的合作。

经过精心策划和反复协商写作提纲后，2010年10月初，我们从西宁出发踏上了青藏线，沿着50年前修通的那条生死交织、凝聚着光荣与梦想的青藏公路，去寻找和亲历曾经发生和正在发生的青藏铁路筑路、养路的故事。当钢铁长龙般的青藏铁路真正出现在我们的视野中时，才感觉到肩上的担子的确太重了。青藏铁路太过漫长，它延续、萦绕在几代人的梦里；青藏铁路太过博大，它让雄浑壮丽的青藏高原为之动容。我们深知，我们手中的笔难以记录它那苍茫深邃的历史，无法全面描绘它今日的辉煌。但是，作为高原儿女，我们为能远涉高山大河、寻找见证这历史的壮丽过程而深感自豪。我们知道，此刻，我们已经站在了一个历史的重要交汇点上。

十月的高原，已经进入深秋，一早一晚寒风凛冽，广袤的戈壁空旷而深远，辽阔的原野枯黄萧瑟，连绵的远山已披上了银装。苍茫的青藏线被人们称为“天路”一点也不夸张。出了格尔木海拔就逐渐上升，汽车如同一只鹰一样一直在4000米以上的高度孤独的盘旋，越昆仑山危岩，走可可西里无人区，过长江源沱沱河，翻鹰飞不过去的唐古拉山，穿羌塘大草原……高寒造就了恶劣的气候，时而暴风骤雨，时而大雪纷飞。从格尔木出发时分明是艳阳高照，到了昆仑山，突然一朵乌云飘过来，又是一场铺天盖地的大冰雹，冰雹过后又是大雨。最可怕的是滚地雷，刚听见轰隆隆地炸响，就看见一团火球贴地滚过，闪电追着汽车轮子跑，真正是“一日有四季，千米不同天”。去沿途的乡镇，交通条件异常的艰难，不是遇到疙疙瘩瘩的沼泽地，便是坎坎坷坷的高山，汽车明明停在看着坚硬的河滩地上，不知不觉地就往下陷。在这样的“天路”上，我们还真的遭遇了一次历险：车到唐古拉，突然间天色大变，先是淅淅沥沥的细雨，很快就变成了撕棉扯絮般的雪片，天地瞬间就变成白茫茫一片，视线模糊，能见度仅为一米。车子战战兢兢前行，忽地，一声沉闷的骤响，前面的一辆车滑出路面，翻进路边壕沟。我们的司机紧急刹车，多亏有防滑链才没有重蹈覆辙，但车轮已到了壕沟的边缘。置身此情此境，竟是一身冷汗。就连经验丰富的司机，在返回西宁后还在说：“也就是现在，我才长舒了一口气，真险哪！”失眠和嗜睡，血压过高和偏低，便秘和腹泻，各种生理不适因个人高原反应的情况不同却同时出现，因为高原反应，我们一路都在吸氧。

在这样的条件下，我们一直向西南挺进，跑遍了沿线青藏铁路公司辖下7个站点和沿线青藏两省区的7县4镇，从青海湟源的丹噶尔古城、格尔木的唐古拉山镇，到西藏自治区的安多县、当雄县；从可可西里工区、雁石坪工区，到唐岗护路队、那曲物流中心等等，林林总总的地方、采访站点不下几十处。采访对象不一而足，既有当地县、乡、村的各级领导、基层干部和牧民，也有铁路部门的经理、技术人员和普通民工，就连草原上偶遇的牧羊人、旅游者、环保志愿者等都是我们的采访对象。哪里有铁路，哪里有建设、养护铁路的人物和故事，我们就往哪里去。在采访铁路建设的同时，我们也试图穿越时间的隧道，去寻找历史的沧桑，将青藏铁路沿线的历史人文景观纳入感受之中，尽量使此次行走成为一次较为丰富的文化之旅。我们一路听，一路看，一路问，到过沿线的车站，进过牧民的帐房，钻过护路工的板房，去过兵站的营房，也登过布达拉宫的红墙，伴着一路的风雪，一路的沙尘，一路的高原反应，但也有着一路新奇，一路感动，一路沉思。

“丹心一片报祖国，微命三尺献高原。”在采访中我们了解到：青藏铁路开工前的2001年春天，当修筑青藏铁路的喜讯传遍神州大地时，一封封请战书、决心书雪片似地飞到各级组织和领导手中，有的同志还写下血书表达心愿。1.7万人的中铁二十局就有7000多人写了请战书。有的一家人要求同去青藏线，出现了父送子、妻送郎，子承父志、夫妻双双上青藏线的感人场面。

青藏铁路开工后，更是呈现出党建作基础、领导和党员作表率，干群团结奋战在高原、立功在高原、奉献在高原的生动局面。为了风火山隧道顺利贯通，党员干部况成明率领先遣小组4次徒步踏勘了海拔近5000米的36公里管段。为了解决清水河特大桥桩基偏孔、塌孔问题，中铁十二局指挥长余绍水主动下到几十米深的桩孔，找出了问题根源和解决办法。中铁三局中心医院副院长、呼吸道专家段晋庆放弃出国机会，主动到条件艰苦的沱沱河组建工地医院。中铁十六局青藏指挥部陈德伍面对严重缺氧，不肯下山休息并写下保证书：如果发生病情，责任自己承担！

许许多多的干部职工怀揣家中加急电报仍然坚持在建设一线；有的昏倒在现场又从医院提前回到工地；有的出差途中几过家门而

不入。他们以自己的模范行动，体现出中国铁路建设者所追求的精神坐标，充分展示了“一个支部一面旗，一个党员一团火”的高尚形象和崭新风貌。

青藏铁路建成后，为了维护铁路畅通，促进青藏两省区社会、经济、文化、民族团结的发展和进步，青藏铁路公司雁石坪工务车间线路工长王建明、唐岗营区的护路工人尼玛次仁、援藏干部傅立文、巴青县扎色镇乡镇医生龚益华等许许多多的基层的干部群众，继承和发扬青藏铁路建设者的精神品质，守望在青藏线，扎根在青藏线，战斗在青藏线，以旷日持久的热情和顽强不屈的信念，以大无畏的英雄气概、求真务实的态度、扎实细致的工作，为铁路和地方的两个文明建设，做出了无私的奉献。

……

青藏铁路是西部大开发标志性工程，是造福青藏两省区人民的幸福工程。这条横跨世界屋脊的钢铁大道，从 2006 年 7 月 1 日建成通车，已经整整过去了五年，为青藏两省区的经济社会发展带来了新思路、新理念、新构想，也极大地改善了青藏两省区的对外交通条件和投资环境。当我们抚摸着被建设者们牢固地铺在青藏高原冻土上的一根根铁轨时；当我们看见因铁路通车而生活好转，从旧帐房住进新村的老阿妈灿烂的笑脸时；尤其是当我们听到当年施工现场上各族人民齐心共建的故事时……我们不仅心潮澎湃，热泪盈眶，但也陷入了深深的沉思：究竟是什么样的精神力量作支撑，使那些建设者克服世界性三大难题，在自然条件十分恶劣的世界屋脊上架起了这条天路？

通过这些事例，我们终于明白，青藏铁路之所以成功地建成，正是有一种精神在支撑，这个精神就是“挑战极限，勇创一流”的青藏铁路精神，是青藏铁路建设大军全面践行“三个代表”重要思想的生动表现，是贯彻落实科学发展观的具体体现，是传承中华民族精神的时代创造，是发扬新时期火车头精神的最新成果，这就是“天路”之魂。

在采访中我们了解到，“挑战极限”和“勇创一流”作为青藏铁路精神的主体内容，内涵十分丰富，蕴涵的建设者的精神品格，极为鲜明。

首先是爱国奉献的崇高品质。广大建设者为了国家的发展、民族的复兴，满怀建功立业的豪情壮志，义无反顾地投身到青藏铁路建设第一线，这种爱国奉献的强烈意识是鼓舞广大建设者战胜困难的强大动力。

其次是敢于挑战的英雄气概，这是广大建设者以爱国奉献为思想基础所表现出的永远向前，不向恶劣环境屈服的顽强生命力。正是这样的英雄气概，鼓舞着他们战胜了一个又一个的困难，越过了一个又一个障碍，取得了一个又一个胜利。

三是善于攻关的科学态度，他们运用科学方法破解治理冻土、维护生态、保障健康等难题，强调开拓创新，打破陈旧观念，开创了建设管理、设计、施工、监理等各项工作的崭新局面。

在青藏铁路精神指导下，各建设单位还努力培养和塑造了各具特点的团队精神。如铁道第一勘察设计院的“尖兵精神”，中铁一局的“铺架精神”，中铁西北科学研究院的“风火山精神”，中铁十七局的“唐古拉精神”等。正如青藏铁路在建设时施工队的一副对联所表述的那样：“雪域之巅谱写人生壮歌，世界屋脊再造精神高原。”这就是青藏铁路建设者不畏艰险，打造“精神高原”的生动体现。

通过采访，我们以为，青藏铁路二期工程的建成，不仅结束了西藏无铁路的历史，全天候的铁路运输方式，形成铁路、公路、民航共同组成的综合运输体系，将会进一步增强青藏两省区经济社会快速发展的能力。我们不仅要向读者讲述青藏铁路建设的过去、见证青藏铁路的现在，更应该预见它的未来，以及和它紧密相连的青藏高原的未来。关于青藏铁路的未来，我们获得的最新的消息是，青藏铁路的终点不会止于拉萨，它还会以拉萨为枢纽，衍生更多连接西藏各地的网状支线，把西藏和内地紧密联系起来，把西藏和世界联系起来。

历经艰难的奔波，我们对青藏铁路的关注，暂时告一段落。但采访的过程无疑是一场心灵的洗礼，一次深刻的灵魂烤炼。我们切肤体会到青藏铁路在恶劣的自然环境下建设工作的艰辛，真切感受到建设者们身上的大爱和奉献牺牲精神。他们所经历的流金岁月，他们演绎出的每一个故事，都是新时期中华民族智慧勤劳的真实写照，这一切让我们产生了无可遏制的创作激情。我们想：写青藏铁路不仅仅是写铁路建设，而是写一段历史，写一个如火如荼的时代。

但是，对于青藏铁路所覆盖的那个广大世界的光彩，我们也只是触摸到了沧海一粟，更无法汇集到仅有20多万字的书稿里。限于时间紧迫，我们的触角不可能深入到青藏线的每一个角落，难免挂一漏万。太多太多感人至深的故事仍然掩藏和散落在雪域深处或者苍茫的戈壁、荡漾的湖泊、绿色的草原里……但是，采集到的故事已经在我们心里凝结成一座不朽的丰碑……

经过三个多月的点灯熬夜，我们终于完成了这部书稿。按照事先的策划和分工，本书分为六章，引言、开篇和第一章由李向宁撰写，第二、三、四章由马钧撰写，唐涓撰写第五六两章。我们的合作使本书呈现了不同的表述风格。由于水平有限和采访中遇到语言障碍及一些难以预料的困难，虽然经过努力，书稿形成后，我们还是发现有许多不尽人意之处，遗珠之憾，敬请读者批评和谅解。

本书在采写过程中得到了陕西人民教育出版社领导无微不至的关怀，采访途中多次打来电话关心我们的安危，西藏自治区宣传部、西藏那曲地区宣传部、青藏铁路公司宣传部以及青藏铁路沿线各车站等单位和部门对我们的采访都给予了大力支持，在此一并呈上感谢！此外，我们在写作过程中还参考了一些青藏两省区的相关资料，这里也向提供资料的单位、作者致以诚挚的谢意！

愿此书是为所有关心青藏大铁路的人们捧上的一束心香。

作　者

2011 年 4 月 15 日